Roland Bühs

Warmabbruch

Kriminalroman
Wall-Wache
Band 1

Kellner Verlag
Bremen Boston

Dieses Buch ist bei der Deutschen Nationalbibliothek registriert. Die bibliografischen Daten können online angesehen werden:
http://dnb.d-nb.de

IMPRESSUM

St.-Pauli-Deich 3 • 28199 Bremen
Tel. 0421-77866 • Fax 0421-704058
sachbuch@kellnerverlag.de • www.kellnerverlag.de

Lektorat: Sebastian Liedtke
Satz und Umschlag: Roland Bühs

ISBN 978-3-95651-118-9

Roland Bühs, Jahrgang 1949, studierte Kunst und Germanistik in Berlin und war Seminarleiter in Bremen. Er zeichnet Cartoons, seit er zurückdenken kann, und hat schon mehrere Cartoonbände publiziert.

Die Handlung und Figuren dieses Romans sind frei erfunden. Ähnlichkeiten mit lebenden oder verstorbenen Personen sind nicht beabsichtigt und wären rein zufällig.

Ich danke meiner Schwester Waltraud Mika für ihre hilfreichen Vorschläge zum Manuskript.

1

»Darauf werden sie bestimmt alle neidisch sein, aber ...«, dachte Hauptkommissar Schilling und ließ seinen Blick aus Schwindel erregender Höhe über die Stadt gleiten, denn dieser Tag präsentierte die Highlights der Stadt in einer ungewöhnlichen Morgenblässe. Die leisen Geräusche, die von irgendwoher am anderen Ende der Stadt zu ihm herüberwehten, verstärkten die Wirkung des Entferntseins.

»... aber *hierauf* werden sie alle wohl nicht neidisch sein«, vollendete er in Gedanken den Satz, denn weit unter sich vorne konnte er das Rot der Feuerwehrfahrzeuge und das Blaulicht der Streifenwagen ausmachen. Hinter dem Löschwagen stand ein Versorgungsfahrzeug der Feuerwehr. Er selbst befand sich in einer Art Gondel am Kran eines Feuerwehrfahrzeugs, die im Wind leicht hin- und herschwang. Seine Füße steckten in klobigen Stiefeln, und seinen Anzug hatte er gegen einen schweren, feuerfesten Overall eingetauscht.

Er registrierte erleichtert, dass es ein wenig nieselte. Vielleicht würde so seine Kleidung und auch seine Haare weniger von dem massiven Brandgeruch aufnehmen. Jetzt spürte er auch das bittere Aroma von verkohltem Holz. Unter ihm lag das, was von dem Kaufhaus am Wall übrig geblieben war, und er erinnerte sich an die schöne Fassade und die etwas schiefen Holztreppen im Inneren des Gebäudes.

Jetzt ragten geschwärzte Dachsparren, wie die Rippen eines gestrandeten Wals, unter ihm in die Luft. Ein Feuerwehrmann mit Helm und Schutzjacke stocherte unter ihm in nicht erkennbaren Trümmerteilen herum, mit denen der Dachboden übersät war. Wie gigantische Riesenschlangen wanden sich von unten Schläuche in das ausgebrannte Gebäude hinein.

Ganz weit unten hinter der Absperrung drängten sich Schaulustige, Fotografen und Journalisten, und eine Crew im Übertragungswagen des Fernsehens wartete auf Neuigkeiten.

Den großen Mann neben sich kannte er als Brandermittler Ingo Schlichting – sie hatten bereits in einigen Fällen zusammengearbeitet. In seinem Schutzanzug sah er, wie Schilling auch, durch Helm, Maske, Schutzanzug, Handschuhe und einen Gesichtsschutz einem Astronauten ähnlich. Als sich die Gondel senkte, neigte er sich zu Schilling: »Ich habe die Fotos vom Mittwochabend gesehen. Hier oben ist der Brandherd. Seien Sie vorsichtig, wo Sie hintreten. Bewegen Sie sich nicht, bleiben Sie dicht hinter mir, es besteht Einsturzgefahr. Wir werden direkt am Fundort abgesetzt.«

Einsturzgefahr! So ein wunderbares Haus war das gewesen. Nun wird es sicher abgerissen. Er versank für einen Moment in Erinnerungen. Seine Mutter hatte dieses Kaufhaus als alte Bremerin bevorzugt und ihn als Kind häufig hierhin mitgenommen und das alles durch einen Besuch bei der Konditorei Stecker zu einem leckeren Abschluss gebracht.

Doch diese schönen Erinnerungen an die Kindheit wurden brutal hinweggefegt, als die Gondel mit einem leichten Ruck aufsetzte. Der Geruch war nun erstickend. Schilling fühlte, wie er in seinen Kleidern und Haaren hängen blieb, wie er durch die Haut in seine Nase drang und seine Augen tränten. Doch in diesem infernalischen Gestank erkannte er auch noch den schwachen, süßlichen Geruch verbrannten Fleisches.

Auf dem Boden schimmerte das Löschwasser der Feuerwehr in Pfützen wie flüssiger Asphalt. Schilling beugte sich leicht vor, um die Umgebung genauer zu beobachten und schluckte krampfhaft, um das Brennen aus seinem Hals zu vertreiben.

Der Brandermittler hob mit einem Steuergerät die Gondel an und bewegte sie langsam zu etwas, das wie eine verbogene Stahltür aussah, und wandte sich dann an Schilling. »Bleiben Sie in der Gondel, wenn's geht«, sagte er. »Wir wollen versuchen, möglichst wenig Spuren zu vernichten.«

In der Nähe der Tür lagen sie. Es war kaum zu erkennen, dass es sich um die Überreste von Menschen handelte, teilweise waren sie zudem verdeckt von einem Laken. Wie verdorrte Äste krümmten sich Arme und Beine der auf dem Rücken liegenden Leichen zusammen, ausgelöst durch die Verkürzung der Muskeln bei dieser starken Hitze. Die Haut war schwarz verkohlt, die Zähne schimmerten noch leicht.

Haare und Kleidung waren verbrannt, und Schilling konnte nicht erkennen, ob es sich um Männer oder Frauen handelte. Er schluckte und musste gegen eine plötzlich aufsteigende Übelkeit ankämpfen.

Mit einer Taschenlampe leuchtete er die Leichen und die nähere Umgebung ab, konnte aber nichts entdecken.

»Warten Sie, wir müssen extrem vorsichtig sein«, sagte Schlichting halblaut und schlang einen langen Hosengurt um den Haken, der die Gondel trug. Dann öffnete er eine kleine Tür am Rand und prüfte den Untergrund mit einem Fuß. Schilling sah, wie er vorsichtig einen Schritt nach vorne machte und seinen Kopf neigte, um rechtzeitig verdächtige Geräusche hören zu können, wippte ein wenig mit dem Körper, um den Boden zu testen, hörte wieder genau hin. Dann kehrte er in die Gondel zurück und nickte bejahend. »Sie können hier aussteigen, wenn Sie hier vorne auf diesem Balken bleiben.« Er wies auf eine imaginäre Linie im Raum, unter der er einen momentan noch tragfähigen Balken lokalisiert hatte. Mit einem zustimmenden Murmeln schob sich Schilling an ihm vorbei, legte ebenfalls den Hosengurt an und trat einen Schritt aus der Gondel heraus.

Trotz des teilweise offenen Daches, durch das graues Tageslicht herein sickerte, trotz der Lampen am Kran dominierte die Schwärze. Noch vorhandene Wände, Decken, Böden und seltsam verformte Gegenstände absorbierten alles Licht und ließen Formen und Konturen zu einer undurchdringlichen Finsternis verschwimmen.

Auch die beiden Leichen hoben sich kaum von der Wand und der Tür ab, vor der sie lagen. Offenbar war das ein Raum gewesen, der nur durch diese eine Tür zugänglich gewesen war, ohne Fenster oder sonstige Öffnungen.

Er beugte sich nach vorne, fasste eine Seite des Tuchs, zog es beiseite und machte eine Reihe von Bildern.

»Der Größe der Leichen nach zu urteilen, sind es vermutlich erwachsene Personen», begann Schlichting.

»Gewebeproben nehmen wir später, das soll der Pathologe machen, auch den Zahnabgleich.«

Schlichting nickte. »Es wird aber ein paar Stunden dauern, bis wir sie bergen können.«

Dann schließlich hatten sich seine Augen an die Lichtverhältnisse gewöhnt, und Schilling konnte einige Umrisse identifizieren. Die seltsamen Sternformen zu seiner Linken entpuppten sich als Bürostühle. Weiter weg lagen ineinander gefallene, krumm gebogene Metallschränke, ein zusammengeklapptes Tischgerüst und ein offener Tresor, der halbwegs unversehrt geblieben war. Eine Reihe seltsamer Eisenprofile durchtrennte den Raum, und Schilling nahm an, dass es sich um Stützen handelte, die beim Zusammenfall von Zwischenwänden stehen geblieben waren. Die Brandspuren auf dem Fußboden ließen zwar noch allerhand von dem bretterverschalten Fußboden übrig, aber er warf dennoch einen besorgten Blick nach vorne, wo ein ausgefranstes Loch im Fußboden gähnte.

Dann erblickte er zur Linken mehrere zu einem Klumpen zusammengeschmolzene Computer oder Drucker und eine unregelmäßige Form, die sich bei näherem Hinsehen als Reste von Büromöbeln entpuppte. Ein Büro also. Warum waren diese Menschen in ihrem Büro geblieben? Waren Sie vom Feuer überrascht worden? »Hier ungefähr ist der Brand wahrscheinlich entstanden«, hatte ihm der Brandermittler erklärt. »Wir haben Fotos vom Mittwoch, kurz nachdem das Feuer ausgebrochen ist. Sie geben Aufschluss, wo es begann. Man kann so das Suchgebiet eingrenzen.«

Schilling nickte. Er konnte keine Brandursache entdecken, aber das war ja ohnehin Sache der Spezialisten. Er setzte seinen rechten Fuß auf den nächsten Balken und hoffte, dass ihn der Gurt im Ernstfall halten würde. Langsam beugte er sich mit einer vorsichtigen Bewegung zu den beiden Leichen, die ein aufmerksamer Feuerwehrmann bei einer ersten Inspektion der Brandstelle entdeckt hatte.

»Was haben Sie gesehen?«, hatte Schilling gefragt.

»Ich konnte eigentlich nichts sehen. Vielleicht einen Meter weit, trotz der Lampe auf meinem Helm. Es war alles schwarz vom Rauch«, hatte dieser geantwortet und ihn aufmerksam angeschaut.

»Mir blieb nur eine Leine als Orientierung, und der Fußboden war unsicher. Ich blieb auf einem Balken stehen, sah die Arme und Beine, und dann flackerte unten wieder ein

Feuer auf, glaubte ich zumindest, und dann bin ich wieder in die Gondel hineingesprungen.«

Schilling leuchtete mit seiner Lampe noch einmal nach vorne, blieb aber in unmittelbarer Nähe der Gondel und hielt sich an ihrem Rand fest.

Auf Veranlassung des Brandermittlers hatte Schilling vor einigen Jahren an einer Übung der Feuerwehr teilgenommen. In einem Schutzanzug war er in ein brennendes Haus gegangen und war sofort durch die unglaubliche Hitze und den Rauch orientierungslos geworden. Seitdem bewunderte er diejenigen, die sich tagtäglich mit derart gefährlichen und verwirrenden Situationen auseinander setzen mussten.

Schilling drehte sich ein wenig um und hielt sich mit beiden Händen an der Gondel fest.

»Wo hat das Feuer angefangen?«, fragte er Schlichting. »Können Sie das erkennen?«

»Wie Sie sehen, ist ja fast alles bis zur Unkenntlichkeit verbrannt«. Schlichting zuckte mit den Achseln und nickte in Richtung der Tür. »Ich würde vermuten, dass es vor der Tür begann. Kommen Sie in die Gondel. Wir schauen uns das von oben an.«

Als Schilling sich mit ein wenig Schwung in das Gefährt befördern wollte, gab der Fußboden unter dem rechten Fuß nach. Panisch klammerte er sich am Rand fest, und weil der Gurt sich straffte, verdrehte sich sein Körper.

In Sekundenbruchteilen hatte ihn Schlichting zu sich gezerrt und die Gondel ein Stück hochgefahren. Schilling hatte Mühe, sich zu fassen.

Nach einem prüfenden Blick auf ihn nickte der Brandermittler ihm zu.

»Nichts passiert«.

Als Schilling nicht antwortete, fuhr Schlichting fort: »Ich fahre jetzt noch ein wenig höher, und wir schauen gemeinsam.«

»Zuerst müssen wir den Brandherd identifizieren. Kommen Sie.« Er zeigte auf den Fußboden vor der Tür. »Hier können Sie sehen, dass an dieser Stelle am meisten verbrannt ist. Also hier hat es vermutlich am längsten gebrannt. Und schauen Sie sich den Bereich vor der Tür genauer an« – er machte mit der Hand eine weite, halbkreisförmige Bewegung – »diese C-Form, können Sie die erkennen?«

Nachdem er so mit der Nase darauf gestoßen wurde, konnte Schilling tatsächlich einen Bogen sehen: einen Bereich, der eine Spur verbrannter war und der ihm zerstörter erschien.

»So ein Feuer brennt natürlich nahe dem Ursprung länger. Das kann man häufig gut erkennen. Aber das Besondere hieran ist diese merkwürdige Form.«

»Was soll das bedeuten? Was hat hier denn gestanden und gebrannt?«, fragte Schilling und war kurz davor, wieder aus der Gondel zu treten und sich den Boden genauer anzusehen. Schlichting hielt ihn mit einem kräftigen Griff zurück.

»Das ist nur meine Vermutung. Aber sollte das wirklich der Brandherd sein, hat hier jemand eine brennbare Flüssigkeit oder einen anderen Brandbeschleuniger ausgekippt und angezündet. So jedenfalls sieht es auf den ersten Blick aus.«

»Gibt es noch andere Möglichkeiten?«

Schlichting fing an, mit den Fingern abzuzählen. »Erstens: Der Brand startete hier oben. Zweitens: An dieser Stelle ist es am meisten verbrannt. Drittens: Hier sind keine Überreste von Möbeln, Papierstapeln, Akten oder sonst wie brennbaren Materialien. Viertens: Von der Form her sieht es so aus, als hätte jemand einen Kanister genommen und ihn mit einer raschen Bewegung ausgeschüttet.«

»Und wie können wir das genauer bestimmen? Haben Sie Hunde, die das erschnüffeln können?«

»Nein. Theoretisch ja, aber hier ist es für die Hunde zu gefährlich. Wir müssten sie in der Gondel behalten. Das wird so wahrscheinlich nicht klappen.«

»Würde der Hund hier einen Brandbeschleuniger finden können?«, fragte Schilling.

»Nicht unbedingt.« Der Brandermittler schloss die Gondel und legte seine Hand auf die Steuerung. »Er könnte vollständig verbrannt sein, etwa wenn es Aceton oder Benzin ist. Und hier hat es so heftig gebrannt, dass der Hund vermutlich nichts mehr finden wird. Merkwürdigerweise kann man die Spuren noch sehen. Vielleicht waren Decke oder Fußboden isoliert oder hier, sind die Sprinkler losgegangen. Da hinten«, er wies mit der Hand in die andere Raumecke, »da hinten hat hat es nämlich mehr gebrannt.«

Er drückte auf eine Taste und bewegte die Gondel ein wenig nach links. »Und nun sollten wir sehen, dass wir hier wegkommen.«

»Moment noch.« Schilling legte ihm die Hand auf den Arm. »Wer wird denn die Leichen bergen?«

»Das werden die Kollegen von der Feuerwehr wohl machen müssen. Für Sie haben wir eine Ausnahme gemacht. Aber wir werden wahrscheinlich keine Ausnahme für die Spurensicherung machen. Das ist sicher zu gefährlich.«

Die Gondel setzte sich in Bewegung.

»Halt, bitte!«

Schlichting warf ihm einen ungeduldigen Blick zu.

»Kann die Feuerwehr denn auch Dinge aus der Umgebung der Leichen mitnehmen und die Fundstellen auf einem Foto eintragen?«

»Natürlich«, knurrte der Brandermittler. »Ich werde das alles veranlassen.

Schilling fühlte starke Bedenken in sich aufsteigen. Er nahm sein Handy und machte mehrere Fotos der Umgebung.

»Bitte, wir müssen das noch einmal wiederholen. Wir brauchen die Fotos des Polizeifotografen und ein Video, denn wir müssen den Raum rekonstruieren.«

»Na, Chef, wie war's da oben?«

Schilling lächelte Inge Dunker an. Sie waren ein unzertrennliches Duo bei der Bremer Kripo und hatten zusammen schon so manchen Fall gelöst. Sie stand in respektvollem Abstand von der Gondel und vom Haus, von dem noch immer in unregelmäßigen Abständen Dachziegel herunterfielen und auf dem Glasdach, das den Flaneuren Schutz vor Regen bieten sollte, zerschellten.

»Hätte Ihnen gut gefallen«, gab er zurück, »Ich habe schon die nächste Fahrt für Sie reserviert. Geht gleich los«, und schmunzelte in sich hinein, weil er wusste, das sie unter Höhenangst litt, aber dies nie aussprach.

Vorsichtig wich sie einen Schritt zurück, und als sie sein Lächeln sah, zog sie ihr Notizheft aus der Tasche.

»Ich kann's ja von Ihrem Handy abzeichnen.«

Inge Dunker würde es auch hinbekommen, von einem Handyfoto eine ihrer Tatortskizzen anzufertigen, aber Schilling verwies auf die bald eintreffenden Fotos des Polizeifotografen, sicherlich eine bessere Grundlage für ihre Zeichnungen.

»Da oben sind zwei Tote, wahrscheinlich direkt neben dem Brandherd. Wir müssen schon sehr viel Glück haben, wenn wir sie identifizieren können, so wie die aussehen.«

»Nee! Da ist ja noch der Film. Dann haben wir vielleicht den einen oder beide auf dem Video. Könnte natürlich auch der Täter sein.«

Als er dann sehr viel später über den Osterdeich, entlang der Weser mit dem Fahrrad ins Räteviertel nach Hause fuhr, schweiften seine Gedanken zurück zu jenem merkwürdigen Mittwoch im Polizeihaus am Wall.

2

Alles stand ihm wieder vor Augen wie an jenem Maiabend vor drei Tagen, als er noch spät am Schreibtisch saß und plötzlich die beginnende Abendstimmung von infernalischem Lärm brutal unterbrochen wurde, der aus sämtlichen in Bremen verfügbaren Feuerwehrsirenen zu stammen schien. Und als er ans Fenster ging, drang der Geruch in sein Arbeitszimmer, der von verbrennendem Holz, Dachpappe und weiteren übel riechenden Materialien stammte, während bereits sein Telefon klingelte und er an den Wall beordert wurde. Schilling nahm in weiser Voraussicht sein Fahrrad, denn der Wall war verstopft von Feuerwehrfahrzeugen. Nachdem er es am Brückengeländer bei der Bischofsnadel angeschlossen hatte, erblickte er gigantische Rauchschwaden, die sich auch über die Straße legten, und aus den Fenstern eines Kaufhauses flackerte ihm das rötlich-orangefarbene Licht entgegen. Beißender Rauch drang in seine Nase, als er sich näherte. Er wich zurück und suchte das Auto der Einsatzleitung. Aus den Augenwinkeln sah er die Schaulustigen, die aber auch alle vor dem Rauch zurückwichen.

Dann fand er die Einsatzleitung und näherte sich ihrem Fahrzeug. Aus sicherer Distanz, zwischen rennenden Feuerwehrmännern mit ihren Funksprüchen »Die Rückseite ..., da kommen wir nicht ... auf die Straße zurück ... daneben, was ist damit? ...« konnte er beobachten, wie die Männer auf den Drehleiterfahrzeugen bereits Schläuche ausgelegt hatten, Atemschutzgeräte anlegten, ihre Visiere herunterklappten und sich auf ihre Aufgaben konzentrierten.

Von einigen Leitern schossen bereits dicke Wasserstrahlen in das Feuer und auf benachbarte Häuser, fast völlig verdeckt von schwarzem Rauch. Sengende Hitze drang sogar bis zu ihm vor, und er konnte das unheilverkündende Knacken eines voll entwickelten Feuers hören. Scheibenreste schossen durch die Luft und knallten auf die Glasdächer, Dachziegel flogen durch die Gegend – Geräusche wie zu Silvester. Die Feuerwehrleute müssen sich ja fast auf ihren Tastsinn verlassen dachte Schilling. In dem Gebäude und auf den benachbarten Dächern würde man nur wenig vor sich sehen können, und er hoffte sehr, dass die Männer vorsichtig genug waren.

Immer wieder prasselten Steine, Ziegel und Glas aus großer Höhe auf die Straße sowie auf die vor dem Gebäude parkenden Autos und verwandelte sie in Wracks, während die gläserne Überdachung, die als Schutz vor Bremer Schmuddelwetter gedacht war und den Wall in eine Flaniermeile verwandeln sollte, sich schon beängstigend durchbog.

»Da werden Sie noch warten müssen, bis Sie etwas unternehmen können«, sagte der plötzlich neben ihm auftauchende Brandermittler. »Das Gebäude muss erst auskühlen und ist sicher auch in Teilen einsturzgefährdet. Aber wenigstens gut, dass das ein altes Gebäude ist. Nicht auszudenken, was passieren würde, wenn ein mit Kunststoffen ausgestopftes und gegen Wärme isoliertes Gebäude an dieser Stelle in Brand geraten würde. Dann müsste man die halbe Innenstadt evakuieren.«

Er wandte sich wieder seiner Videokamera zu, die von einem hohen Stativ aus den Brand filmte. Die Feuerwehr würde den Film zusammen mit Fotos von Passanten später für die Bestimmung der Brandursachen nutzen. Schon jetzt war deutlich erkennbar, dass das Feuer in einem der oberen Geschosse ausgebrochen war, denn Erdgeschoss und erster Stock erschienen Schilling noch weniger betroffen.

Jetzt vermisste er Inge Dunker an seiner Seite, die wahrscheinlich schon eine Skizze des Gebäudes und den Verlauf des Brandes, soweit für sie ersichtlich, angelegt hätte. Sie befand sich sicherlich, wie üblich, abseits vom Getümmel, um besser beobachten und sich konzentrieren zu können.

»Hoffen wir, dass niemand mehr im Gebäude ist«, unterbrach der Brandermittler seine Gedanken. »Wir haben schon versucht, den Eigentümer des Gebäudes zu erreichen. Der ist im Urlaub, irgendwo in der Savanne. Der Geschäftsführer ist nicht zu erreichen, weder in seinem Haus noch auf dem Handy. Hoffentlich ist er nicht im Gebäude, denn es ist unmöglich, dort hineinzugehen. Das Geschäft schließt aber um acht, also sollte es eigentlich leer sein.«

Zwischen den vielen Polizeiautos am Rand der Szene entstand plötzlich eine Bewegung. Eine Person in der Mitte hielt ihr Handy in die Luft und wedelte damit herum, Scheinwerfer eines TV-Übertragungswagens leuchteten auf, und Schilling erkannte einige Kollegen, die sich um den Einsatzwagen drängten. Gleichzeitig knackte sein Sprechfunkgerät: »Der Geschäftsführer ist plötzlich aufgetaucht. Kommen Sie bitte!«

Das wiederum wollte Schilling nicht ohne Inge Dunkers Unterstützung erleben, denn Inge war Spezialistin für die Deutung von Körpersprache, er wählte ihre Nummer und bat um ihre Unterstützung.

Als er sich der Gruppe von Polizisten näherte, war der Geschäftsführer schon in einem der Polizeifahrzeuge verschwunden.

Der Geschäftsführer Klemm machte einen verwirrten Eindruck, er sah auf den ersten Blick fast aus wie Doc Brown, aus »Zurück in die Zukunft«, die weißen Haare standen wirr vom Kopf ab. Schilling versuchte zunächst, ihn zu beruhigen, aber der Mann war so aus der Fassung, dass seine Kommentare zu dieser ungewöhnlichen Situation kaum verständlich waren. »Zwei Männer mit Pistolen«, verstand Schilling. Ständig wackelte Klemm unruhig hin und her, sackte auf seinem Sitz in dem Einsatzwagen zusammen, richtete sich wieder auf, ließ den Blick nervös nach draußen schweifen, wischte sich ständig über die Mundwinkel und zappelte mit Armen und Beinen.

In diesem Zustand konnte Schilling wenig mit ihm anfangen, und er bat den Fahrer, Klemm zum Polizeihaus zu bringen, einen Arzt zu rufen, und er beorderte dann auch Inge dorthin.

Noch während er zum Polizeihaus fuhr, meldete sie sich. »Der Typ hat das Videoband von 'ner Überwachungskamera, sagen jedenfalls die Cops hier. Ich werf' mal eben 'nen Blick darauf, dann komm ich ins Besprechungszimmer.«

Als Schilling im Polizeihaus ankam, wartete Klemm zusammen mit zwei Polizisten in einem kleinen Nebenzimmer. Erst jetzt schien ihm klar zu werden, in welcher Gefahr er sich befunden hatte. Jemand hatte eine Decke um seine Schultern gelegt, aber er schien trotzdem zu zittern, und ein Polizist saß mit Stift und Notizblock vor ihm.

»Halt! Halt!«, befahl Schilling. »Jemand soll ihn bitte hier rausbringen! Am besten in das Besprechungszimmer.«

»Nein!« Klemm schüttelte den Kopf.

»Nun kommen Sie schon«, sagte Schilling. »Ich habe Ihren Arm. Kommen Sie, ich helfe Ihnen!«

»Nein«, murmelte er.

Schilling setzte sich vor ihn, die Tür öffnete sich in diesem Moment und Dr. Sonntag, eine der Polizeiärztinnen, kam herein.

»Haben Sie sich verletzt? Alles in Ordnung mit Ihnen?«, fragte sie. Klemm war hysterisch, und er hatte einen tiefen Kratzer im Gesicht, doch das schien ihn nicht weiter zu kümmern.

»Zeigen Sie mal her«, sagte Sonntag, drehte behutsam Klemms Kopf zu sich und betrachtete die Wunde. Er zitterte nun am ganzen Leib.

»Wann haben Sie die letzte Tetanusspritze bekommen?«, fragte sie, aber Klemm antwortete nicht.

Sie nahm seinen Arm. »Wir müssen hier raus«, sagte sie.

In der Atmosphäre des Besprechungszimmers schien sich Klemm zu beruhigen. Schilling platzierte ihn auf einen komfortablen Stuhl und versorgte ihn mit einer Tasse gesüßten Tees. Die Ärztin saß daneben und beobachtete die Szene.

»Sie beruhigen sich ein wenig hier, ich bleibe dabei, und anschließend gehen wir in mein Zimmer«, sagte sie und lehnte sich zurück.

»Ich glaube, Herr Schilling möchte Ihnen einige Fragen stellen. Er will sicher wissen, wie es zu dem Brand kam und ob noch Personen im Gebäude sind.«

Schilling sprach klar und akzentuiert, legte seine Hände auf die Lehnen, setzte sich aufrecht und schlug die Beine übereinander, um möglichst entspannt zu wirken, wie er es von Inge Dunker gelernt hatte. Dann lehnte er sich vor und versuchte, dem Verhör einen möglichst privaten Anstrich zu geben, um den Geschäftsführer zu beruhigen. Er schaltete seinen Rekorder ein und bat um Erlaubnis, das Gespräch aufnehmen zu dürfen. Später würde das Interview transkribiert und mit den späteren Berichten Klemms verglichen werden. Inzwischen war auch Inge erschienen und hatte sich so auf einen Bürostuhl gesetzt, dass sie Klemm gut beobachten konnte. Dann summte ihr Handy, sie stand auf und verließ den Raum.

Nach einigem Zögern berichtete Klemm dann stockend über die Einzelheiten dieses dramatischen Abends.

»Von zwei maskierten Männern bin ich im Büro überfallen worden.«

»Waren Sie alleine im Haus?«

»Ja, alle Angestellten waren schon gegangen.«

»Sind Sie sicher? Die Feuerwehr könnte vielleicht noch ins Parterre und ins Untergeschoss.«

»Ja, ganz sicher. Da ist keiner mehr.«

Inge Dunker stand auf und verließ den Raum, um mit der Einsatzleitung zu telefonieren, und kam dann nach einer Minute zurück.

Schilling lehnte sich erneut vor: »Haben Sie eine Idee, wie die Täter in das Haus gekommen sind?«

»Keine Ahnung. Aber an der Rückseite des Gebäudes ist der Personaleingang. Da ist die Videokamera. Die Kassette habe ich mir noch geschnappt. Da könnte man sehen, ob sie dort hineingekommen sind. Sonst haben sie sich vielleicht irgendwo versteckt. Die Kassette habe ich schon der Polizei gegeben. Vielleicht ist da was drauf.«

Seine Stimme wurde allmählich fester, und er sprach verständlicher.

»Und was wollten die Männer?«

»Die wollten Geld, wollten, dass ich den Tresor öffne. Einer hat mich mit einer Pistole bedroht. Was blieb mir anderes übrig? Ich bin in den Raum im dritten Stock gegangen und habe den Tresor geöffnet. Aber da war nur wenig Geld. Die meisten Kunden bezahlen mit Kreditkarte, wissen Sie.«

»Was genau haben die Männer gesagt?«

»Einer hat nur ›Tresor‹ gesagt und mit der Waffe rumgefuchtelt.«

Klemm bedeckte sein Gesicht mit den Händen. »Ich habe fürchterliche Angst gehabt. Ich dachte, jetzt erschießen sie dich. Dann haben sie mich mit der Waffe gezwungen, in die

Gästetoilette zu gehen. Einer hat den Finger auf den Mund gelegt und ›Pssst‹ gemacht und dann auf die Waffe gezeigt.«

»Gibt es da kein Fenster?«

»Nein, die Toilette liegt innen. Ich habe mein Ohr an die Tür gelegt und gelauscht. Sie rumorten im Gebäude herum und haben wahrscheinlich nach Geld gesucht, oder was weiß ich.«

»Wie lange waren Sie eingesperrt?«

»Ich habe die Orientierung verloren, ich war in Panik. Vielleicht eine Stunde?«

In diesem Moment öffnete sich die Tür, Inge Dunker steckte ihren Kopf herein und winkte ihn mit einer Kopfbewegung zu sich. Schilling war genervt. Was konnte so wichtig sein, dass sie ihn in einem Verhör unterbrach? Er bat Klemm um einen Moment Geduld, und ging auf den Flur, und die Ärztin nutzte die Zeit, um ihm ein Pflaster auf die Schläfe zu kleben.

»Chef, wir haben da ein Video von den Überwachungskameras. Da ist ein Typ drauf, kräftig, mit Jeans, Bomberjacke und Sturmhaube. Sieht man für drei Sekunden. Watschelt wie eine Ente. Können Sie sich später in Ruhe anschauen.«

»War's das?«

Inge blickte ihn verunsichert an. »Fragen Sie ihn, dann wissen Sie, ob er lügt.«

Schilling akzeptierte ihre Absichten, drehte sich um und ging zu Klemm zurück, der unaufgefordert weiter erzählte.

»Ich habe die ganze Zeit angestrengt auf Geräusche im Geschäft gelauscht. Verstehen Sie, ich hatte Angst.«

Schilling nickte.

»Irgendwann hörte ich keine Schritte mehr. Es knallte und klirrte weit entfernt. Dann roch ich den Rauch. Ich habe die Toilettentür eingetreten. Dann habe ich den Notruf gewählt – besetzt. Und dann bin ich nur noch zur Treppe gerannt. Am Ende der Treppe fiel mir das Band von der Überwachungskamera ein. Ich bin wieder hochgerannt, habe es mir gegriffen.«

Schilling stutzte. Der Notruf sollte besetzt gewesen sein? Davon hatte er bisher noch nichts gehört, und er würde das überprüfen lassen, natürlich auch das Handy.

Er breitete seine Hände aus. »Und den Rest wissen Sie. Es brennt wie verrückt, und ich laufe auf die Feuerwehrleute und Polizisten zu.«

»Sie hatten ein Telefon bei sich?«, fragte Schilling ungläubig.

»Ja, das haben mir die Typen nicht weggenommen. Ich habe mich nicht getraut, von der Toilette aus die Polizei anzurufen. Ich dachte, die erschießen mich dann. Ja, und dann, dann haben sie das Feuer gelegt, bevor sie abgehauen sind.«

»Und warum, glauben Sie, haben die das Feuer gelegt?«

»Die wollten vielleicht ihre Spuren verwischen.«

»Wie sahen die Männer aus?«

»Beide waren schlank, Jeans, dunkle Jacken. Das mit den Sturmhauben habe ich schon gesagt.«

Klemm überlegte. »Komisch war noch, dass sie fast nichts gesagt haben. Eigentlich haben die nur mit der Pistole rumgewedelt und mit den Händen auf etwas gezeigt.«

»Könnte das Feuer nicht auch aus einem anderen Grund ausgebrochen sein?«

»Schon möglich, aber das glaube ich nicht. Die waren wütend, und da haben sie das Feuer gelegt. Vielleicht wollten die auch ihre Spuren verwischen, was weiß ich.«

Schillings Handy summte, und er verdrehte ein wenig den Kopf, um eine Nachricht auf dem Display zu lesen.

Habe Akteneinträge und Personelles zu Klemm.

Er übergab Inge Dunker die Leitung der Vernehmung und machte sich auf den Weg zu Dora Harms. Inge würde so viele Details wie möglich erfragen und notieren, die Basis für die weitere Arbeit.

Aber für Schilling war es jetzt wichtiger, über Klemm möglichst viel in Erfahrung zu bringen. Wenn Dora neben den Personendaten auch Akteneinträge gefunden hatte, könnte der Fall plötzlich in einem ganz anderen Licht erscheinen. Und so war es auch.

»Guten Abend, Niklas! Kein unbeschriebenes Blatt, dieser Klemm«, begrüßte sie ihn, als er seinen Kopf durch die Tür steckte, und lächelte ihn freundlich an. Doras Stärke waren Recherche und gute Laune. Sie konnte fast alle Mitarbeiter zum Lächeln bringen, was ihr nur bei Steinbrück, ihrem vor einigen Jahren aus Niedersachsen eingeworbenen Chef, nicht gelang. Auch in den ersten komischen Situationen hatte er ihr nie den Gefallen getan, sich von ihrem Lächeln anstecken zu lassen. Aber nun sollte Steinbrück, kaum dass er plötzlich befördert worden war, auf eine Fortbildung zum Thema ›Social Media unter einsatztaktischen Gesichtspunkten‹ und war dort nach seinen eigenen Aussagen unerreichbar, weil unverzichtbar, so dass es sich erübrigte, ihn über die laufenden Ermittlungen zu informieren.

Sie reichte ihm ein kleines Bündel Papiere. »Ich habe die wichtigen Seiten kopiert«, sagte sie, und nachdem sie ihn aufmerksam gemustert hatte: »Gehen Sie doch nach Hause, und nehmen Sie sie mit. Hier«, und sie zeigte auf ein weiteres Bündel, »hier ist auch noch eine Kopie für Dunker. Kraft ist gerade erschienen, der kann die Vernehmung übernehmen.« Dabei lächelte sie ihn unwiderstehlich an, und er nickte dankbar.

Schilling blätterte in den Unterlagen. Überwiegend alte Einträge in Gerichtsakten, Gutachten und ein paar Kontenaufstellungen. Er sortierte sie: Gerichtsakten auf einen Stapel, Gutachten auf einen zweiten, Kontenaufstellungen auf einen dritten. Diese drei Stapel sortierte er dann nach Datum und Thema, das er jeweils auf Notizzettel notierte, die aus dem Stapel herausragten. Die sich so ergebenden Untergruppen legte er auf einen großen Tisch und sah sie nacheinander aufmerksam durch. Die Methode hatte er von Inge gelernt. So konnte er sich schnell einen strukturierten Überblick über die Unterlagen verschaffen und die Dokumente immer wieder in neue Zusammenhänge einbetten, um Muster zu erkennen. Schließlich legte er noch eine kleine Übersicht dazu an. Am nächsten Morgen würde Inge seine Ergebnisse in ihr Cluster am Whiteboard eintragen. Dann machte er sich auf den Weg und nahm die Fallakte mit.

Eine halbe Stunde später stand er nur etwa zwei Meter von der dichten Ligusterhecke entfernt, die sein Haus gegen die Straße abschirmte. Neben dem Eingang führte ein Weg hinter das Haus, von wo aus man einen schönen Blick auf die spärlich beleuchteten Bäume des Gartens und den Himmel hatte.

Das Haus sah belebt aus. Die Fensterläden der oberen Etage waren geöffnet, die Fenster unten besaßen keine Vorhänge. Der Rasen, der den Vorgarten ausfüllte, hatte einen Schnitt nötig. Aus den unteren Zimmern klang leises Gelächter. Ayşe, seine Frau, hatte einige Freundinnen eingeladen, fiel ihm jetzt ein. Schilling schnupperte an seinem Anzug. Auch seine Schuhe und Haare würden bestialisch nach Rauch stinken. Und er hatte im Polizeihaus vergessen, in den Spiegel zu schauen. Sicherlich hatte er noch Rußflecken im Gesicht. Wie konnte er dieser Falle entkommen? Lautlos schlich er durch den Garten zum Hintereingang, schloss die Tür auf und betrat den Flur. Gut. Alle Türen waren geschlossen. Er trat einen Schritt zurück, zog den Anzug aus und hängte ihn über einen Gartenstuhl. Dann nahm er eine Decke aus dem Regal, wickelte sie um sich und schlich so leise wie möglich die Treppe hoch zum Bad im ersten Stock.

Ayşe bemerkte seine frisch gewaschenen Haare sofort und zog eine Augenbraue hoch, während sie ihn ihren Freundinnen vorstellte.

»Wir waren wohl zu laut, ich habe dich gar nicht kommen gehören.«

Mit der Bemerkung, er habe noch zu arbeiten, zog Schilling sich zurück, hängte draußen seinen Anzug auf einen Bügel und glättete ihn. Er ging wieder nach oben, verteilte den Inhalt des Aktenordners auf seinem Schreibtisch, nahm sein vorgefertigtes Register, so eine Art Merkzettel, untersuchte den Fall auf die dort notierten Schwerpunkte und trug ein, was seiner Ansicht nach für eine fundierte Tatrekonstruktion fehlte, der erste Schritt, ein Verbrechen aufzuklären und ging anschließend ins Badezimmer.

Er drehte das Wasser auf, wartete, bis es warm wurde, und wusch sich noch einmal das Gesicht, versuchte an seinen Haaren zu riechen, ohne Ergebnis. Mit den nassen Händen fuhr er sich durch die schon etwas grau melierten Haare und kratzte seinen Dreitagebart, dessen Farbe auch allmählich ins Graue wechselte. Prüfend fuhr er mit den Fingern über sein Gesicht und kam zu dem Schluss, dass er sauber genug aussah. Er betrachtete seinen schlanken, ja fast mageren Oberkörper und befand sich noch als ganz gut in Form.

Schließlich fuhr er fast nur Fahrrad. Dann entschloss er sich, doch noch einmal seine Haare zu waschen, föhnte sie, und dann wartete das Bett auf ihn und zog ihn in einen erholsamen Schlaf.

3

Inge hatte mit unbegreiflicher Geschwindigkeit bereits die Geschosspläne des abgebrannten Gebäudes besorgt und am Whiteboard befestigt, als er am nächsten Vormittag im Polizeihaus eintraf. Daneben hing eine dreidimensionale Skizze des Hauses. Inge hatte alle Türen und Treppen rot gemarkert. Für sie war jedes Detail bedeutsam. Für den Obduktionsbericht, die Todeszeit, den toxikologischen Befund hatte sie bereits Spalten angelegt. Alle verfügbaren Bilder und Filme waren aufgelistet, und auch eine virtuelle Rekonstruktion des Tatorts war geplant, und alles wartete auf eine Auswertung.

»Nee, übers Dach sind die nich' gekrabbelt«, sagte sie, während sie sich zu Schilling umdrehte. »Die sind durch Türen und über Treppen reingekommen. Wir müssen die Bänder nochmal checken und die Tanten befragen, die unten in dem Laden bedienen.«

Und als Schilling darauf mit erhobenen Augenbrauen reagierte, zeigte sie auf ihren Plan.

»Gucken Sie mal. Hier oben war's heiß, da ging's los. Kann man gut auf den Fotos sehen. Hier, links.« Sie deutete mit dem Finger auf eine offene Stelle im Dach.

»Ganz unten hat's gar nicht gebrannt. Nur Qualm. Oben sind alle Scheiben raus, unten nur'n paar. Also, da oben müssen wir suchen. Mal sehen, was die Feuerwehrtypen sagen. Angeblich können wir morgen da rein.«

»Wenn es Brandstiftung war, dann müssten die Täter bis nach oben gelaufen sein, richtig?«

Sie nickte.

»Also, das könnten dann tatsächlich die beiden Männer gewesen sein?«

»Möglich.« Inge nickte.

»Na, mal sehen. Aber ich habe zu Klemm einige interessante Dinge gefunden.«

Langsam und konzentriert breitete er die Akten aus und legte sein Register daneben. Heute Morgen hatte er noch alle Unterlagen durchgearbeitet.

Nachdenklich betrachtete Inge das Register, runzelte dann die Stirn und schlug in einer der Akten nach. Für sie beide war der Erfolg der gesamten Ermittlung eine Frage, wie gut Inge die Akten und die weiteren Unterlagen kannte. Sie ergänzte Schillings Notiz auf dem Register und schüttelte dann den Kopf.

»Also, das müssen wir genauer wissen.« Oben auf dem Register markerte sie eine Stelle an, und eine weitere unten.

»Konkurs. Das ist OK. Aber wir müssen checken, wie nah das an einem betrügerischen Konkurs war. Und hier.«, sie tippte auf eine andere Stelle, »was ist das? Bedeutet das etwa vorgetäuschte Rabatte? Aber warum dann diese Story mit den beiden Männern und dem Typen auf dem Video?«

»Wir müssen Kraft für eine genauere Analyse fragen. Der ist in einer Stunde wieder da. Lassen Sie uns jetzt erst einmal eine Angestellte befragen.«

Er ging zum Kleiderständer, strich über sein Jackett, rückte Krawatte und Hose gerade und wischte mit einem Papiertaschentuch einige imaginäre Fussel von seinen frisch geputzten Schuhen. Inge griff achtlos zu ihrem graubeigen Anorak und folgte ihm.

Obwohl Elena Hannover wusste, dass sie seit gestern arbeitslos war, behielt sie scheinbar die Fassung, als sie Schilling und Dunker die Tür zu ihrer Wohnung öffnete. Er stellte sich vor und sie ließ sie herein.

Das Haus war vollgestopft mit Dekomaterial, was Schilling sofort gegen Elena Hannover einnahm. Im Flur standen beklebte Kugeln auf dem Boden, gebleichte Hölzer lehnten an beiden Wänden, aus mit Glitzer versehenen Bilderrahmen schauten ihn Hasen und Pferde an, in Regalen waren aufwendig gestaltete Verpackungen zu sehen. Der Flur wurde nur von den Türen unterbrochen, und auch an den Türen hingen kleine Kränze mit getrockneten Blumen an roten Seidenschleifen.

Schilling schätzte Elena Hannover auf Mitte bis Ende 30 und mit ihrem pfirsichfarbenen Rock, mit der weißen Bluse und ihrer etwas zu großen Perlenkette erschien sie ihm fast wie ein lebendes Stück Dekomaterial. Einige Möbel waren allerdings wesentlich älter als die übrigen; eine scheinbar eben erst gekaufte Einrichtung, die dem glücklichen Käufer vermittelt, sie sei nur für ihn da, obwohl sie tausend anderen gleicht. Die alten Möbel stammten wohl aus der Glanzperiode des »Gelsenkirchener Barock«.

Waren das Erbstücke aus dem Haus ihrer Eltern? Das Wohnzimmer, in das sie die beiden führte, war ähnlich wie der Flur gehalten, und Dekorationen, alte und neue Möbel fochten hier geradezu einen Kampf um die ästhetische Vorherrschaft aus. Elena Hannover ließ sich in einem Cocktailsessel nieder und bot den beiden einen Platz auf dem hellgrünen Plüschsofa an.

Sie setzten sich wortlos hin.

»Sie arbeiten unten an der Kasse?«

Sie nickte und biss sich auf die Unterlippe.

»Es tut mir leid«, fuhr Schilling fort. »Das ist sicher schwierig für Sie. Wie lange haben Sie dort gearbeitet?«

Inge spürte, dass der Frau die Tränen kamen, und versuchte, sie zu besänftigen, um ihr diese Demütigung vor ihnen beiden zu ersparen, stand auf und ging zu ihr.

Aber als sie sie erreichte, brach die Hannover in Tränen aus und kramte in ihrer Tasche nach einem Tuch. Inge setzte sich wortlos neben sie und ergriff ihre Hand.

»Ich mach uns einen Tee.«

Als Inge nach einigen Minuten mit einer Kanne und drei Tassen zurückkehrte, hatte sich die Kassiererin schon etwas beruhigt. Resigniert lehnte sie sich zurück und presste beide Hände auf ihr Gesicht.

»Das war ein ganz normaler Tag gewesen.«

Sie strich über ihr glattes Haar und zupfte an ihrem kurzen Pferdeschwanz, der immer mitwippte, wenn sie sprach.

»Normale Kunden«, sagte sie. »Wenn sie wissen, was ich meine. Fast alle nett, viele kenne ich, ein paar nervige Typen sind ...«, sie wischte die Erinnerung mit einer lässigen Handbewegung beiseite.

Allmählich siegte ihre Jovialität. Ihr rundes Gesicht färbte sich rosa, und ihr Doppelkinn zitterte.

»Also angesteckt! Wer macht sowas?« Theatralisch hob sie ihren Zeigefinger in die Luft.

»Woher wissen Sie das mit der Brandstiftung? Können Sie da sicher sein?« Schilling schaute sie fragend an.

»Was soll es denn sonst sein?«, fragte sie zurück.

»Lassen Sie uns erst einmal über den ganzen Tag reden.« Schilling beugte sich vor.

»Ist Ihnen da etwas aufgefallen? Besondere Kunden? Personen, die im Geschäft nichts zu suchen haben?«

Sie lehnte sich zurück, schloss die Augen und nach einigem Nachdenken verkündete sie kopfschüttelnd: »Nein, da war nichts.«

Und als Schilling sie zweifelnd ansah, fuhr sie fort: »Wissen Sie, den Haupteingang haben wir eigentlich die ganze Zeit im Blick, wegen der Ladendiebe.«

Und wie um himmlischen Beistand herbeizurufen, blickte sie zur Decke.

»Da kann natürlich jemand aus dem Untergeschoss mit dem Fahrstuhl hochgefahren sein. Da müssen Sie dann Gabi fragen, die arbeitet am unteren Eingang.« Sie schwieg und schüttelte immer wieder den Kopf.

»Sehen Sie sich bitte mal den kleinen Film an!«

Auf Inges Handy startete der kurze Film mit der Szene aus der Überwachungskamera.

Ungläubig starrte Elena Hannover auf das Handy.

»Aber das ist ja der Personaleingang! Noch mal bitte!«

Mit zusammengekniffenen Augen verfolgte sie, wie der Mann durch den Eingang lief.

»Kenn ich nicht. Habe ich noch nie gesehen. Ist das der Brandstifter?«

Ihre Reaktion kam für Schilling nicht überraschend. Eine ganze Reihe von Fahndungsexperten hatten sich inzwischen mit dem Video beschäftigt – ohne Ergebnis. Aber vielleicht lag die Lösung des Rätsels beim Personal, denn noch immer war unklar, wer die beiden Männer tagsüber oder abends in das Kaufhaus hineingelassen hatte. Gab es da vielleicht einen Komplizen?

Als sie wieder im Auto saßen, sagte Inge Dunker: »Wir brauchen 'ne Liste der Angestellten. Und alle checken. Hat vielleicht einer von denen jemanden in der Bude versteckt!« Schilling nickte nachdenklich. »Haben Sie auch die Toiletten und Nebenräume auf Ihrem Plan? Und gibt es einen Wachdienst oder so etwas ähnliches? Wir müssen feststellen, wer wann diese Räume überprüft hat.«

»Ich knöpf mir diese Gabi vor und spreche mit der Personalchefin. Wie treffen uns dann zum Kaffee. Mit zwei leckeren Brötchen«, sagte Inge, als sie wieder draußen waren.

Schilling lachte. Das war wieder einer von Inges wenig subtilen Versuchen, ihn zum Essen zu bewegen, denn sie fand ihn nicht nur zu dünn, sondern geradezu dürr, und war immer besorgt. Schilling, der die seltsam einseitigen Essgewohnheiten seiner Kinder immerzu präsent hatte, verstand zwar ihre Sorge um seine Person, fand die Angelegenheit aber insgesamt belanglos. Und so nickte er nur und machte sich auf den Weg in die Innenstadt.

Noch immer war die Brandstelle weiträumig abgesperrt und schon aus weiter Entfernung konnte er diesen unverkennbaren Brandgeruch wahrnehmen. Und wie die Dinge in Bremen so laufen, wird das alles noch lange abgesperrt bleiben, dachte er. Vielleicht sieht der eine oder andere Grüne darin so eine Art göttlicher Fügung, die es ihm erlaubt, den Wall für den Autoverkehr zu sperren, gingen seine Gedanken weiter, die er sich dann aber gleich verbot. Nein, so verrückt waren nicht einmal die ihm bekannten, notorischen Radfahrer in seinem Viertel.

Der Himmel war fast wolkenlos, und im Tageslicht sah die Brandruine noch verheerender aus als am Vorabend. Von der Schönheit des ursprünglichen Hauses waren nur noch schwarze Fensteröffnungen, dahinter fast vollkommen ausgebrannte Räume, eine geschwärzte Fassade und ein fast vollständig zerstörtes Dach übrig geblieben.

Einen Helm auf dem Kopf, ging er zuerst unter das Glasdach des Nachbarhauses, in dessen Erdgeschoss auf dunklen Regalen helle Porzellan- und Glasobjekte leuchteten. Er näherte sich vorsichtig der nächsten Scheibe, hinter der seltsam unattraktive und mit Rußflecken übersäte Schaufensterpuppen posierten. Schilling starrte durch die Scheibe, legte die Hände links und rechts neben seinen Kopf, um die Reflexion des Tageslichts abzuhalten, aber die verschmierten Scheiben im Erdgeschoss waren einfach fast undurchdringlich.

Immerhin sah es so aus, als gäbe es keine Brandherde mehr, und der Leiter der Brandsicherung gab sein OK für eine Besichtigung des Gebäudes am nächsten Vormittag.

Im Polizeihaus wartete dann eine Überraschung auf ihn. Ohne einen weiteren Kommentar legte Inge Dunker ihm die Ergebnisse von Klemms letzter Vernehmung auf seinen Schreibtisch. Die Seite vier war rot gemarkert. Schilling setzte seine Lesebrille auf und las: »Bevor Sie das von jemand anderem hören: Das Haus sollte saniert werden, denn es war von Schimmel befallen. Ich habe mich mit dem Eigentümer des Hauses gestritten, denn ich sollte die Reparaturkosten übernehmen. Unbezahlbar für mich. Na, da liegt eine ›heiße Sanierung‹ nahe. Aber: Warum sollte ich das tun? Noch ist nicht entschieden, wer die Sanierung bezahlt – die Sache liegt noch beim Gericht. Wer weiß, wie das entscheidet?«

»Und diese Telefongeschichte«, sagte sie. »Banane! Da ist kein Anruf eingegangen. Wir checken gerade sein Handy ab, hat er angeblich in der Hektik verloren.«

Schilling kritzelte nachdenklich irgendwelche skurrilen Gesichter mit Glubschaugen auf seinen Notizblock. »Welcher Staatsanwalt ist inzwischen mit der Sache betraut? Das hier und die Ungereimtheiten aus den anderen Akten müssen unbedingt geklärt werden. Ich würde sagen, hier liegt ein dringender Tatverdacht vor, und Verdunkelungsgefahr besteht auch. Setzen Sie doch bitte Kraft und Dora Harms darauf an. Wir brauchen die Rückmeldungen der anderen Ermittler. Was hat er sonst noch gesagt?«

»Ich hab ihm noch nix gezeigt. Kein Video. Ich wollte erst einmal lauschen, was er zu den Tätern sagt. Danach«, sie blätterte einige Seiten weiter und zeigte auf eine blau gemarkerte Stelle, »danach sind sie's nicht. Die Typen sind klein, nicht solche Brocken wie der auf dem Video. Er sagt, die hatten nichts auf den Rippen, die waren nur stark wegen der Wumme. Und dieser Typ hier«, sie zeigte auf ein Standbild aus dem Video, »hat mindestens 90 Kilo drauf und ist groß. Das mit dem Watscheln kann ein Trick sein. Hat vielleicht die Kamera gesehen. Wir müssen mal alle Kameras rundrum angucken. Mal sehen, vielleicht ist er drauf.«

»Wie sieht das auf der Zeichnung aus«? Schilling ging zum Whiteboard. »Also, 20 Uhr waren die zwei Männer in seinem Büro.« Er klebte eine Folie über die Zeichnung des Gebäudes und schrieb »20 Uhr« über Klemms Zimmer.

»Was sagt der Zeitstempel auf dem Video?«

»19.49 Uhr«

»Also haben die beiden Kerle ungefähr anderthalb Stunden in dem Gebäude rumgelungert, wenn das stimmt, was Klemm sagt. Kann ich nich glauben.«

»Gut. Wir müssen das gesamte Personal befragen«, antwortete Schilling. »Haben die Mitarbeiter die Männer gesehen? Und wir müssen auch nach einem Auto fahnden. Ich denke, die beiden oder der Mann auf dem Video haben hinter dem Haus oder in unmittelbarer Nähe geparkt.«

Noch bevor Schilling wieder an seinem Schreibtisch saß, standen diese Aufgaben schon am Whiteboard, und Inge Dunker komplettierte den Zeitplan.

»Was wir auch nicht wissen: Wann sind die abgehauen? Da wird die Zeit eng. 21.15 Uhr brannte das Haus schon. Feuer legen, Klamotten einpacken, Treppe runter. Ich würde sagen, ganz schön enger Zeitplan. Da muss man genau wissen, was man tun will.«

Abwartend blieb sie vor dem Whiteboard stehen, als hoffte sie auf eine Inspiration, die sich aber nicht einstellte. Ein wenig ratlos blieb sie stehen, blickte Schilling an, der auf den inzwischen kalt gewordenen Kaffee zeigte.

»Neuer Versuch?«

Sie nickte und schob ein Brötchen zu ihm hinüber, das er gleich wieder zurückschob.

Schilling nutzte dann die Gunst der Stunde und machte sich auf den Weg zu seiner Familie, um seine Frau zu einem Festakt der Hochschule für öffentliche Verwaltung mitzunehmen.

»Gehen Sie heute Abend nicht zu diesem Festakt?«, hatte Inge Dunker am Ende des Tages gefragt, um ihn zu einem Kommentar zu bewegen. Als dieser ausblieb, hatte sie nur gegrinst und gesagt: »Na, denn viel Vergnügen!«

Schilling missfiel der Festakt eigentlich nicht, denn er kommentierte diesen später nicht ohne etwas Naivität: »Naja, das ist ganz amüsant, trotz dieser antiquierten, feierlichen Zeremonie. Außerdem ist ein Abschlussakt auch wichtig.«

Kaum waren sie in den Saal getreten, als sich auch schon in präziser Geometrie, so wie man dies von der Polizei erwartet, die Bühne zügig mit den frischen Absolventen füllte. Ein Moderator, der sich gebärdete, als habe er das gesamte Event selbst organisiert, begrüßte die Gäste, klatschte in die Hände und verkündete: »Nun ist es soweit!«, in einem Ton, als meldete er: »Bremen hat endlich seine Schuldenkrise bezwungen!«. Die Versammlung reagierte darauf, wie bei einer Gartenparty, und begann, die Reihe der Kandidaten nach bekannten Gesichtern abzusuchen oder schon einen Blick auf das kalte Buffet zu werfen. Die Frauen und Männer auf der Bühne hatten sich herausgeputzt und wurden unruhig, als der Polizeipräsident mit seiner Zeugnisse tragenden Assistentin auf der Bühne erschien.

»Was Sie hier neu erworben haben, bringen Sie bitte in ihre Dienststelle mit«, beendete eben der Polizeipräsident seine Rede, die zur Erleichterung aller Anwesenden nur 20 Minuten gedauert hatte.

Nach dem Buffet standen sie noch in kleineren Gruppe in der Halle herum, und er hoffte vergeblich, den Kollegen zu entkommen, bei deren Gerede er immer fast einschlief.

»Dann hat mein Sebastian also einen Abschluss, den man wirklich sehr gut nennen kann!«, rief Roger Durben in ihrer kleinen Runde begeistert aus.

Schilling brachte nichts weiter heraus, als dass die erst vor kurzem entwickelten Ausbildungsinhalte bei Kollegen aus anderen Bundesländern angeblich großen Eindruck gemacht hätten, in der Bevölkerung aber völlig unbekannt seien.

»Ich kenne allerdings jemanden, der auch in dem Jahrgang den Abschluss machen will«, sagte Ayşe im Gedanken an den Sohn ihres äußerst gewitzten Kollegen.

»Ist er vielleicht dabei?«, rief Roger Durben.

»Oh nein«, gab Ayşe lachend zurück. »Hätten Sie ihn einen Moment gesehen, würden Sie sich diese Frage nicht stellen.«

»Heißt denn hier studieren nicht auch automatisch bestehen?«, bemerkte Suchard, ein älterer Kollege, in ätzendem Tonfall.

»Aber er schafft es vielleicht nicht«, fuhr Ayşe in ihrer Betrachtung fort. »Das wäre allerdings traurig genug, aber schließlich kann auch ein schlauer Vater ein Kind haben, das ein Dummkopf ist. Wenn das stimmte, würde ich als Eltern versuchen, ihn so lange an der Hochschule zu lassen, bis er doch einen Abschluss macht.«

»Was?«, rief Suchard, »es gibt also auch hier, an dieser Hochschule, diese ewigen Studenten? Dann gibt's auch sicher gefälschte Examensarbeiten. Falls überhaupt!« Er lachte wiehernd. »Dann wird's wirklich einfach.«

»Lieber Herr Suchard«, gab Schilling in ruhigem Ton zurück, »Sie vergessen, dass Sie von einem Studiengang Polizeivollzug sprechen, von Personen, die wissen, was Gesetzesübertretungen bedeuten, wenn ich so sagen darf.«

Natürlich hatten alle Anwesenden von Plagiaten in Examensarbeiten und Dissertationen gehört, von Verfassern, die behaupteten, ihre Gegner seien von geistiger Umnachtung bedroht, und erklärten, ihre Arbeiten seien durch saubere intellektuelle Leistungen entstanden. Schilling fand Suchards Unterstellung zwar nicht unbedingt abwegig, doch sie störte ihn, denn sie brachte Abschlüsse an Hochschulen pauschal unter Verdacht.

»Kommen Sie mir nicht mit der Gesetzestreue von Polizisten. Wir wissen doch, was alles passieren kann«, antwortete Suchard mit dem Tonfall desjenigen, der sarkastisch allen denen entgegentritt, die anderer Meinung sind als er selbst. »Na ja, die können aber Gott sei Dank mit einem Studienabschluss erst einmal keinen Schaden anrichten!«

»Aber Herr Suchard, das sind sicher kompetente Lehrer hier, genauso wie die, die Sie früher selbst hatten«, entgegnete Schilling in ironischem Ton. »Wenn man das Studium verlängern kann … Es ist doch viel besser, wenn man sagen kann: ›Ich habe etwas länger gebraucht, aber dann bestanden.‹«

»Ach nein, etwas länger gebraucht?«, fragte Suchard. »Dann ist Qualität jetzt nur noch eine Frage der Zeit? Ist ja komisch!«, rief er plötzlich aus. »Und ich arglose Person habe immer gedacht, hier geht's um Qualifikationen.«

Schilling, der es zu anstrengend fand, sich mit Suchard über diesen Punkt zu streiten, begnügte sich damit, nichts zu sagen und sich nach interessanteren Gesprächspartnern umzuschauen.

»Das müssten Sie eigentlich wissen«, sagte Ayşe zu Suchard in dem Augenblick, als sie sich verabschiedeten. »Natürlich wird bei Abschlüssen geschummelt. Das haben wir ja in den letzten Jahren oft in den Zeitungen lesen können. Wo gibt es keinen Betrug? Aber steht deswegen jeder Promovierte unter Generalverdacht?«

Sie hörten noch, wie Roger Durben seinem Gesprächspartner zu bedenken gab, dass er wenig Wertschätzung für die Leistungen der Absolventen gezeigt hatte, und steuerten eine andere Ecke des großen Raumes an.

»Natürlich kann man bei fast allen Abschlüssen betrügen«, meinte Niklas zu Ayşe, »aber du kannst ja nicht verlangen, dass jemand wie Suchard allen Neuerungen aufgeschlossen gegenüber steht. Für bärbeißige wie den zählt nur ihr alter Abschluss, den sie verklärt in Erinnerung haben. Und natürlich habe ich auch schon Angebote für ghostwriting von Examensarbeiten gesehen. Und das gab es sicherlich damals auch schon.«

»Das gibt es wirklich?«

»Na ja! Da sind Profis am Werk. Denn wenn man gut und clever betrügt, fliegt das nicht so schnell auf.«

Dennoch hatte ihn das Gespräch nachdenklich gemacht. Waren schwarze Schafe wirklich so schlecht zu erkennen wie Jago in Shakespeares »Othello«?

4

Der Tag begann mit einer Überraschung.

»Schlichting hier, guten Tag Herr Schilling. Ich habe noch einmal mit den Leuten gesprochen, die die Brandstelle absichern. Also, es sieht ganz so aus, als könnten Sie schon jetzt mit Ihren Spurensicherungs-Teams einige der Spuren bergen, vorsichtig natürlich. Schließlich müssen die Leichen ja auch abtransportiert werden.«

Das Vergnügen, Bremen von oben zu betrachten, wurde für Schilling am nächsten Tag aber doch getrübt, als er wieder in der schwankenden Gondel mit einem der Spurenermittler stand. Hatte jemand Elena Skorik von der Spurensicherung ausgesucht, weil sie so ausgesprochen zierlich war und den Dachboden vermutlich nur wenig belasten würde? Schilling grinste bei dem Gedanken und schaute nach unten. Zwar war der Boden durch die Feuerwehr an einigen Stellen mit Bohlen belegt worden, aber Dachbalken und Wände sahen nicht sonderlich vertrauenerweckend aus. Schlichting stand bereits auf dem Boden und war mit einem Seil an einem weiteren Kranausleger gesichert.

Der Wind zog durch den Dachstuhl, und der Rauchgeruch wurde stärker. Schilling beugte sich vor und sah die Plane, mit der der Fundort abgedeckt war. Sein Magen zog sich zusammen, denn er war nahe genug am Geschehen, um erneut den süßlichen Geruch im Rauchgestank wahrzunehmen.

Schilling schluckte und konzentrierte sich auf die Bergungsarbeiten. Inzwischen hatte der Brandermittler die Plane entfernt, so dass sie den Tatort genau untersuchen konnten. Elena Skorik fotografierte die Szene, bückte sich und untersuchte aus der Gondel heraus die unkenntlichen Formen zu ihren Füßen, legte jeweils ein Schild mit einer Nummer darauf, fotografierte erneut. Sie richtete sich wieder auf, und in ihrer linken Hand blitzte geschmolzenes Plastik auf. Der Brandermittler hatte inzwischen angefangen, Mauerreste zu einem Haufen zu stapeln.

»Hoppla!«

Schilling bückte sich weit nach vorne, wobei er sich an der Gondel festhielt und sich mit der anderen Hand auf dem Boden abstützte, um nicht das Gleichgewicht zu verlieren. Besorgt schielte er kurz zu seinem Halteseil hoch. Dann zog er sein Knie nach. Noch ein Knie nach vorne. Zwei Meter entfernt stützte er sich auf ein Brett, das eben unter ihm wegrutschte. So glitt er abrupt nach vorne und krachte hart auf die Schulter. Panisch grapschte er nach einem Halt, schürfte sich dabei die Handflächen auf und brach sich einen Fingernagel ab, bevor sich das Halteseil straffte und er sein Körpergewicht und die Wucht der plötzlichen Verzögerung spürte.

Einen Augenblick lang hing er regungslos da, drehte sich vorsichtig zur Seite und zog sich am Seil in eine sitzende Position hoch. Sein Herz klopfte. Mit verkrampften Schultern, Armen und Händen blickte er Elena an, die besorgt zu ihm herüberblickte.

Er kniete nieder und prüfte die Festigkeit des Untergrunds. Dann wischte er sich die blutigen Hände an einem Taschentuch ab und kroch weiter vorwärts.

»Halt, vorsichtig. Nicht weiter.«

Er stoppte und drehte sich langsam um, um sein labiles Gleichgewicht nicht zu gefährden. Der Brandermittler zog eine imaginäre Grenze mit seiner Hand.

Schilling nickte und zog seine Taschenlampe aus der Jacke. Er folgte dem hellen Lichtstrahl, und sein Blick fiel auf etwas Verkohltes, das mit geschwärzten Holzteilen und nicht identifizierbarem Material vermischt war, etwas, das sich auf den Resten des Fußbodens befand.

Dann erkannte er die Form einer Schulter und einen herausstehenden Knochen, der wie ein dunkelbrauner Stock aussah, und weitere bizarr geformte Teile. Nach und nach formierten sich diese undefinierbaren Elemente zu den verbrannten Überresten eines Körpers. Ein geschwärzter Kopf ohne Gesicht war in die Mitte dieser Form gesunken.

Nun konnte er die zweite, direkt neben dem ersten Körper liegende Form einfacher identifizieren – das zweite Brandopfer.

Kleine Relikte verbrannter Dinge umgaben die Leichen. Schilling konnte auf den ersten Blick nur eine Gürtelschnalle und Reste eines Handys erkennen. Vorsichtig dokumentierte und sicherte er die Elemente in Asservatentaschen, fotografierte die Szene aus den Blickwinkeln, die ihm zugänglich waren, kroch zurück und bat Elena, die weiteren Überreste einzusammeln.

Von der Gondel aus starrte er in der Hoffnung in den Raum, dieser möge ihm seine Geheimnisse preisgeben. Weshalb waren die beiden Opfer in dem Raum geblieben? Wer oder was hatte sie an einer Flucht gehindert? Waren sie von Feuer und Rauch so überrascht worden, dass ein Entkommen unmöglich gewesen war? Das alles musste genau untersucht werden und Schilling beschloss, soviel wie möglich, inklusive der Tür aus dem Raum, mitzunehmen.

Als er dann unten wieder auf dem Gehweg stand, warteten schon zwei Männer mit einer Bahre, um die Leichen zu bergen und in die Gerichtsmedizin zu bringen.

Der Geruch von Desinfektionsmitteln erinnerte Schilling immer wieder an das Altersheim, in dem seine Großmutter die letzten Jahre ihres Lebens versorgt wurde. Hier allerdings, im Reich des Gerichtsmediziners, wurde niemand mehr versorgt, und die Desinfektionsmittel überlagerten alle anderen Gerüche.

Ein Anruf am Nachmittag hatte die beiden Kommissare in die Friedrich-Karl-Straße geführt, wo die beiden Leichen auf die Obduktion warteten. Nachdenklich betrat er das Gebäude und fuhr in das »Reich der Toten«, die in langen Reihen von Schubladen aus rostfreiem Stahl warteten, worauf auch immer.

»Ach, Sie suchen sicher den Chef?«, fragte der junge, übermüdet aussehende Assistent im ersten Büro auf dem Flur in einer heiter unbekümmerten Art.

»Ja, er ist sicher gerade bei der Obduktion der beiden verbrannten Personen, die heute Morgen eingeliefert wurden«, antwortete Schilling mit einem raschen Blick zu Inge Dunker.

Der junge Mann ging an einer Reihe von Türen vorbei und widmete zwischendurch seine volle Aufmerksamkeit dem Display seines Handys, klopfte dann an eine Tür und öffnete sie. »Hier ist er schon. Nummer vier.« Er ließ die beiden ein und schloss die Tür.

Dr. Bornemann hatte sie schon erwartet und drehte sich zu ihnen um, wie immer korrekt gekleidet und von klinischer Sauberkeit in seinem taillierten weißen Kittel, Modell Eppendorf. Mit einer fast hilflosen Geste wies er auf die Relikte einst lebender Personen.

»Guten Tag, ihr beiden. Eine unsaubere Sache. Alles ist ziemlich verbrannt. Das macht es nicht einfacher, findet ihr nicht auch?«

Er schaute die beiden ein wenig traurig an, ging dann ans Telefon, drückte einen Knopf, lauschte und sagte dann:

»Erdal, wir brauchen Ihre Hilfe bei den beiden Brandtoten. Ich bin leider sehr beschäftigt«, fügte er mit einem Blick auf Inge und Niklas hinzu.

»Wir müssen sie umdrehen«, erklärte er.

Erdal, der müde aussehende, junge Mann, der sie begrüßt hatte, erschien wenige Minuten später, stellte sich neben die Leichen und zog dünne Latexhandschuhe aus seiner weißen Hose.

»Wir nehmen uns soviel Zeit, wie wir brauchen«, bemerkte Bornemann zu ihnen. »Schaut erst einmal genau hin. Dann drehen wir sie um – bitte ruft mich, wenn Ihr Fragen habt.« Er drückte den Kittel mit der Hand an seinen Körper, nahm eine Lupe und untersuchte ein Detail an der erste Leiche.

Die beiden Kommissare traten zu der Trage und blieben schweigend vor ihr stehen. In der Stille hörten sie Bornemanns leisen Atem, der sich dann umdrehte und geräuschlos den Raum verließ.

Die Gesichter der Verbrannten waren durch das Feuer kaum als solche erkennbar. Ihre Körper zeigten keine sichtbaren Verletzungen. Die Arme und die Schulter waren wie zur Abwehr verdreht, und als Schilling näher hinsah, entdeckte er Reste von Kleidung auf der Haut.

»Ich kann nix erkennen«, sagte Inge zweifelnd, »keine Schusswunden oder Verletzungen durch Messer oder so.«

Schilling beugte sich tiefer über einen der Toten und zeigte auf eine eingesunkene Stelle. »Keine Brüche. Schauen Sie, Inge, ist das vielleicht doch eine Schusswunde?«

Sie musterte die Stelle. »Ich glaub nich. Aber wenn, dann kann uns der Pathologe das sagen.«

Die beiden Leichen sind eher groß als klein, dachte Schilling, anders als er zuerst vermutet hatte; die eine wirkte sogar muskulös.

»Von der Körpergröße könnten beides Männer sein, glauben Sie nicht auch?«

»Möglicherweise. Ich denk mal, wir müssen das Personal fragen. Irgendwer muss die gesehen haben.«

Mit fragender Miene wandte sich Schilling Erdal zu. »Könnten wir uns die andere Seite mal ansehen?«

Der Assistent zog das Laken ganz herunter und bewegte eine der Leichen auf ihre Seite.

»Nich viel anders. Ich seh wieder nix. Keine sichtbaren Verletzungen«, bemerkte Inge, als sie die Oberschenkel und den Bauch aus einer anderen Sicht sahen.

Schilling nickte und machte mit einer Hand eine Drehbewegung. Erdal schob daraufhin seine beiden behandschuhten Hände unter den anderen, muskulöseren Körper und drehte ihn mit einem leisen Ächzen um.

Sie sahen etwas breitere Schultern, eine seltsam verbogene Wirbelsäule, aber auch hier waren keine Besonderheiten zu erkennen. Unauffällig, dachte Schilling, Beweise für Gewalt waren nicht zu finden. Also, vielleicht waren die beiden doch irgendwie von Feuer und Rauch überrascht worden.

»Genug?«, fragte Inge, etwas leiser als sonst. »So finden wir nix.«

Schilling nickte traurig. »Das ist genug«, bestätigte er. »Das hier hilft uns leider nicht viel. Jetzt bleiben uns nur noch die Autopsie und greifbare Resultate der Spurensicherung. Vielen Dank, Erdal«, sagte er zu dem jungen Assistenten, der sich inzwischen auf einen Stuhl gesetzt hatte und dachte dabei an die Personen, in denen der Tod der beiden Männer andere, nicht greifbare Spuren hinterlassen würde, nämlich die des Kummers.

An der Tür verließ ihn dieser Gedanke, und er drehte sich noch einmal herum. Erdal rollte bereits die Bahre zur Leichenkühlanlage, und er schaute hinterher, bis sich die Tür schloss.

Sie fanden Bornemann in seinem Büro am Ende des Flures, wo er auf einen Bildschirm starrte.

»Für wann ist die Obduktion angesetzt?«, fragte Schilling.

Bornemann studierte seinen Plan auf dem Monitor. »Ich werde sie mir wahrscheinlich mit Ninotschka morgen am Vormittag vornehmen können«, sagte er gedankenverloren.

»Ninotschka?«, fragte Schilling, der sich plötzlich ins Kino versetzt sah.

»Nina Liebig.« Bornemann lächelte, und er wurde lebhafter »Wir nennen sie alle so. Na ja, sie ähnelt sehr weit entfernt der Garbo.«

Schilling, der betrübt an all die Obduktionen dachte, denen er bereits beiwohnen musste, war froh, bald dieses Gebäude verlassen zu können.

»Rufst du mich bitte an, sobald der Zeitpunkt feststeht?«

»OK«, Bornemann hatte sich wieder seinem Rechner gewidmet, besann sich aber dann, stand auf und verabschiedete ihn freundlich. Immerhin kannten sie sich seit Jahren. Für Schilling machte seine Anwesenheit die deprimierende Untersuchung der Opfer von Gewaltverbrechen erträglicher.

»Also wirklich, so'n Job«, sagte Inge, als sie wieder im Auto saßen. »Unerträglich. Mensch, die ganze Zeit nur ...« Sie beendete den Satz nicht mehr, als er mit einem Ruck anfuhr.

Die zweite Überraschung erwartete ihn dann später im Arbeitsbereich der Spurensicherung. Auf einer abgegrenzten Fläche hatte jemand die Umrisse der beiden Brandopfer eingezeichnet, und um sie herum konnte er einzelne, numerierte Fundstücke sehen. Dazu gab es eine mit einer Spheron Kamera aufgenommene Projektion. An einer Tafel hing eine natürlich noch unvollständige Liste der Relikte, ein älterer Kollege mit schütteren Haaren stand davor und trug gerade »Brille, leicht kurzsichtig« darauf ein. »Kleingeld, ca. vier Euro« machte den Anfang der Liste. Bisher waren ungefähr ein Dutzend Elemente aufgeführt, darunter zwei Handyschalen, Gürtelschnallen und etwa 20 bisher noch nicht genau identifizierte Dinge. Dora Harms beugte sich gerade über ein

Fundstück und bewegte es vorsichtig mit Hilfe eines Holzstöckchens.

»Nach den Fundstücken zu urteilen, waren es sicher Männer«, sagte der Kollege zu Dora, und Schilling erkannte einen Ermittler, dessen Namen er schon wieder vergessen hatte.

»Hallo, Marbod«, begrüßte Inge ihn. »Wie kommst du denn darauf?«

»Guten Tag, Inge, guten Tag, Herr Schilling.« Der Ermittler mit dem seltsamen Vornamen kam näher und begrüßte sie mit Handschlag.

»Sieht man klar am Brillengestell und am fehlenden Schmuck«, erläuterte er. »Außerdem würden Frauen nicht so fette Gürtelschnallen tragen. Also, ich würde sagen, zu 99 Prozent waren das Männer.«

Das deckte sich mit ihren Vermutungen. Alle sahen sich an und nickten, traten näher, und jeder von ihnen versuchte, die vor ihnen liegenden Relikte zu bestimmen und Vermutungen an eine Tafel zu schreiben. Noch während Schilling näher trat, um die schon vorhandenen Einträge zu lesen, hörte er einen unterdrückten Aufschrei, der sich wie »orril« anhörte. Als er sich erschrocken umdrehte, sahen sie eine sehr blasse Dora Harms, die einen Gegenstand in einer Asservatentüte anstarrte, dann langsam den Kopf hob und sagte: »Du meine Güte. Es sind Rumänen!« Und dann fing sie an zu schluchzen und ließ ihr Fundstück fallen, das mit einem leisen Klirren auf den Boden traf.

5

Während die beiden Männer eher steif und erschrocken im Raum herumstanden, eilte Inge auf Dora Harms zu, legte ihren Arm um sie und zog sie aus dem Raum, sicherlich in Richtung Cafeteria, wie Schilling vermutete. Langsam gingen die beiden Männer auf das Fundstück auf dem Fußboden zu. Der Ermittler hob es in der Tüte hoch und legte es auf seine flache Hand, ein verbeultes Stück Metall, rund.

»Sieht aus wie ein Teil von einer Uhr, irgendwie die Rückseite oder so«, sagte er. »Eine Herrenarmbanduhr. Aber was ist so besonders daran?«

Bedächtig drehte Schilling das Objekt um. Das sah tatsächlich aus wie der Boden einer Uhr. Und da war eine Schrift zu erkennen. Er nahm es aus der Asservatentüte und wischte ein wenig darüber. Ja, definitiv Schrift. Schilling beugte sich über das Objekt, setzte seine Lesebrille auf und las. »Te iubim. Andrei & Dora« stand da. Plötzlich fröstelte ihn. War damit Dora Harms gemeint? Er verwarf den Gedanken als unwahrscheinlich. Aber wieso ...

Er drehte sich auf dem Absatz um und lief aus dem Zimmer, die Treppe herunter zur Cafeteria. Da saßen sie, Dora und Inge. Dunker sprach leise auf Dora ein, diese schüttelte den Kopf, wischte sich über die Augen, als sei das alles nur ein böser Traum, blickte auf und sah Schillings besorgte Miene. Dann lächelte sie ihn an.

Als sein Puls sich wieder beruhigt hatte, holte er drei Kaffee aus der Maschine, ging zu ihrem Tisch und setzte sich. Eine Woge der Zuneigung ergriff ihn. Still saß er da, atmete durch die Nase und wartete.

Nach einiger Zeit griffen sie fast gleichzeitig zu ihren Kaffeebechern. Dann schüttelte Dora nachdenklich ihren Kopf, wie um böse Gedanken zu vertreiben und blickte ihn an.

»Keine Sorge, das sind nur böse Erinnerungen.«

Schilling wartete. Und dann sagte sie zu seinem Erstaunen:

»Ich wurde in Rumänien geboren. Mein richtiger Name ist Tudora Harmbus, und ich bin aus Otopeni als ganz junge Frau geflohen.« Wieder senkte sie ihren Kopf, als die Erinnerungen sie durchströmten. Der Anblick der Uhrenrückseite hatte sie mit einem Schlag in ihr Heimatland zurückversetzt. Es war ganz offensichtlich, dass dieser Gegenstand Teile ihrer Vergangenheit blitzlichtartig erhellt und sie in diese Stimmung versetzt hatte.

»Wir haben ganz einfach gelebt, fast auf dem Land. Wir hatten gar nichts. Wir standen für alles an. Mein Vater und meine Mutter gingen den ganzen Tag arbeiten, und ich blieb den ganzen Tag bei meiner Großmutter«, fuhr sie fort.

»Hinter dem Haus habe ich immer mit Andrei gespielt. Andrei wurde meine große Liebe. Da waren wir noch ganz jung.«

Wieder unterbrach sie sich und schluckte, als ihre Gefühle sie erneut übermannten, und Schilling wartete geduldig.

»Und dann, ... und dann haben sie ihn und seinen Vater in ein psychiatrisches Gefängnis gebracht. Ich wusste nicht, warum. Ich wusste nicht, was das bedeutete, und ich wollte es auch nicht wissen. Aber meine Großmutter hat es mir doch später gesagt. Man hat sie gefoltert und ermordet. Da war das nicht mehr mein Land, und ich bin abgehauen.«

Sie verbarg ihr Gesicht in ihren Händen, und Schilling wartete voller Mitgefühl. Schließlich trank sie einen Schluck Kaffee und lächelte ihn traurig an.

»Sie verstehen, die Erinnerung. Na ja, und die Uhr und schon wieder Tote.« Dann, nach einer Pause: »Aber natürlich kenne ich ihn nicht, diesen Andrei von der Uhr. Er ist schon lange tot.«

»Und die Inschrift?«

»Te iubim? Das heißt ›Ich liebe dich‹. Wir werden vielleicht eine andere Dora finden, die ihn geliebt hat.«

Dann stand sie auf und schien wieder gefasst. »Lassen Sie uns weitermachen. Lassen Sie uns herausfinden, wie die beiden in diese Falle geraten konnten.«

Nach zwei Stunden hatten sie alle Relikte identifiziert. Alle Fundstücke sahen eher bedeutungslos aus. Zu den bisher gefundenen Dingen gesellten sich noch mehrere

Reißverschlüsse, Ösen und Metallknöpfe und die Überreste zweier zerschmolzener Kartenlesegeräte, die wohl in dem Raum gestanden hatten. Ratlos schauten sie sich gegenseitig an. Die würden sie in die Vahr zur Untersuchung ins Labor bringen müssen.

»Wir müssen noch einmal zur Brandstelle und weitersuchen. Der Bereich ist ja noch weiträumig abgesperrt.«

Als er eine halbe Stunde später mit zwei Tassen Kaffee in seinem Büro erschien, konnte er bereits eine vergrößerte Liste der Fundstücke an Inges Tafel neben einem neuen Ausschnitt aus dem Stadtplan sehen. Sie hatte sich inzwischen mit Brötchen oder Gebäck gestärkt, wie er den Bäckertütchen auf dem Tisch entnehmen konnte. Wortlos wies sie mit der Hand auf eine der Tüten, aber er schüttelte den Kopf.

Zusätzlich hatte sie die Bearbeitung von zentralen Fragen vorbereitet. Einige hatte sie bereits auf Kärtchen notiert, auf einen großen Tisch gelegt und dort nach Gruppen geordnet. Sie hatte auch schon für Schilling zwei der Karten auf seinen Schreibtisch gelegt, die er bearbeiten sollte. »War die Tat geplant?« und »Wie sind die beiden reingekommen?« stand da für ihn.

Sie murmelte leise vor sich hin, um ihre Gedanken zu entziffern, die ihr oft entglitten, anstatt dass sie sie einfing. Das war eine ihrer Methoden: Selbstgespräche zu führen, auf eine herumtastende Art zu denken, die Zuschauern als ein sinnloses Rede- und Gebärdenspiel erscheinen konnte, für sie aber ein Weg war, kniffligen Problemen auf die Spur zu kommen.

»Is Quatsch, irgendwelche Handys zu orten. Kommen wir nich weiter. Da laufen zu viele Typen rum. Wenn die zwei überhaupt telefoniert haben. Und keine Nummer nirgendwo«, sagte sie, ohne sich umzudrehen.

»Wir knöpfen uns mal das Personal vor. Irgendwie müssen die ja reingekommen sein. Beamen gibt's noch nicht. Haben wir da irgendwas?« Sie drehte sich um.

Schilling nickte: »Wir werden nochmal in die Akten schauen, aber ich glaube, das dürften so zwischen 40 und 50 Personen sein. Aber eigentlich interessieren uns nur die, die an dem Tag im Gebäude waren. Das sind vielleicht die

Hälfte, also eine überschaubare Menge.« Inge hielt die Hand zu einem OK-Zeichen hoch, und Schilling näherte sich ihren Zeichnungen.

»Inge, lassen sie uns den Ablauf rekonstruieren, so wie Klemm das geschildert hat. Also irgendwoher erscheinen die beiden Männer, Rumänen vielleicht, wenn das mit der Uhr wirklich passt. Um 22 Uhr wird der Brand entdeckt.«

»Wir geben dem mal drei bis fünf Minuten. Den sieht man ja nicht gleich.« Inge griff zum Stift. »Sagen wir mal zwischen 21.50 und 21.55 Uhr.«

»Was gibt's noch?«

Er kratzte seinen Dreitagebart und blätterte in seinen Unterlagen.

»Eigentlich haben wir nur noch 20 Uhr. Da sind nach Aussage von Klemm die beiden Männer in sein Büro gekommen und dort eine Zeit geblieben. Also rückwirkend müssen die von irgendwoher gekommen sein, das fängt also spätestens um 19.55 Uhr an.«

»Sagen wir mal fünf Minuten erstes Geplänkel. Klemm will nicht mit, sagt, er hat nix, die Kerle wedeln mit der Knarre rum.« Inge hob ihre rechte Hand und zählte an den Fingern die Minuten ab. »Dann marschieren sie zum Tresor und gucken rein. Nochmal fünf Minuten. Sagen wir mal 20.10 bis 20.15 Uhr«

Sie komplettierte die Liste.

»Böse Überraschung. Im Tresor ist nix. Die Typen glauben das nicht. Nochmal Geplänkel. Sie bringen ihn zur Toilette und sperren ihn ein. Er sagt, ungefähr eine Stunde. Das wär dann 21 Uhr. OK. Vielleicht riecht er Rauch.« Schilling nickte zustimmend.

»Dann tritt er die Tür ein, sagen wir mal, nochmal fünf Minuten, 21.15. Er nimmt den Feuerlöscher und geht nach unten.«

Sie zeigte auf den Plan. »Von da nach da, und es brennt, er riecht Rauch. Ich würd dann rennen. Eine Minute. Und, wenn's schon so brennt, dann sind wir vielleicht bei 21.20 Uhr. Er rennt nochmal rein, holt die Kassetten. Also, da muss es schon heiß gewesen sein. Ich wär da in zwei Minuten wieder raus.«

»Gut. Dann haben wir noch das Video von der Überwachungskamera. Die Aufnahme ist von 19.49 Uhr«, sagte Schilling und trug diese Uhrzeit selber ein.

»Also was ist erst einmal plausibel?« Er drehte sich zu Inge Dunker um.

»Teil eins, in dem Video«, kommentierte diese. »Wenn das einer von den beiden war. Die Treppe leise hoch, den Klemm suchen. Fünf bis zehn Minuten, das passt schon irgendwie.«

»Aber dann, dann stimmt bei unseren Berechnungen irgendwas nicht. Da gibt es eine Lücke von 21.20 Uhr – errechneter Ausbruch des Feuers – bis 21.55 Uhr, dem tatsächlichen Beginn. Also etwa 35 Minuten. Wo sind die hin? Es könnte natürlich sein, dass diese erste Phase länger gedauert hat. Wir müssen die Aufzeichnungen nochmal durchgehen und ihn noch einmal befragen.«

Er machte sich eine entsprechende Notiz und begann das Protokoll nochmals zu lesen.

»Aber wo ist der zweite Typ?«, unterbrach Inge seine Gedankengänge. »Und was ist mit dieser Handy-Geschichte? Das ist doch easy nachzuprüfen. Ich find, wir knüpfen uns den Klemm nochmal vor. Ist der schon in U-Haft? Was sagt der Staatsanwalt?«

»Ich glaube, der ist dabei, denn es besteht ja dringender Tatverdacht und außerdem Verdunkelungsgefahr.«

»Ich find auch, das ist nicht unverhältnismäßig«, komplettierte Inge seinen Satz.

»Aber was ist mit den Toten? Wenn die wirklich Rumänen sind, sind sie vielleicht aus Bremen und jemand vermisst sie hier. Ich werde zu Dora gehen, vielleicht kann die uns helfen. Inge, können Sie bitte herausfinden, ob Anzeigen wegen nicht bezahlter Hotelrechnungen vorliegen? Ich werde mich darum kümmern, wie sie ins Land gekommen sind. Vielleicht haben wir ja Glück. Landen hier Maschinen aus Rumänien? Ich glaube nicht. Ich werde in Bremen und dann in Hamburg und Hannover suchen.«

Dora Harms war jedoch nicht aufzufinden, und so hatten sie sich darauf geeinigt, erst einmal die Akten über den Geschäftsführer durchzuarbeiten. Kurze Zeit später betraten sie das winzige Büro von Werner Hess. Der in Profiling ausgebildete Ermittler gab ihnen einen Stapel Akten mit einer Übersicht und Namen und Adressen der Angestellten des Kaufhauses in der Hoffnung, nach dem Fall würde sich herausstellen, dass sich deren aufwendiges Studium gelohnt hätte. Schilling war froh, jetzt in Ruhe Akten lesen zu können. So fand ein wesentlicher Teil seiner Arbeit statt, hier wurden Kontakte ermittelt, und hier konnten unbedachte Äußerungen eines Verdächtigen einen Fall in die eine oder andere Richtung lenken.

»Soll ich wirklich diesen ganzen Schmonz durcharbeiten?« Inge Dunker betrachtete Schilling eine Sekunde lang mit funkelnden Augen.

»Ach kommen sie, Inge. Wollen Sie ihr Whiteboard voll haben? Bei diesem Fall ist das Aktenstudium genauso wichtig und so notwendig wie alles andere. Das wollen wir doch mal nicht vergessen. Also ernsthaft, es ist ...« Als er aufblickte und sie ansah, bemerkte er ihr Grinsen.

»Reingefallen«, sagte sie.

»Na ja, eigentlich haben Sie recht. Das ist ein wenig so, als arbeite man direkt in einem staubigen Aktenschrank«, sagte Schilling und sah sich in dem engen Raum um. »Aber das sind komprimierte Erfahrungen, Abbilder von Ereignissen, ...«

»Meine Güte, haben Sie auch Philosophie studiert?« Sie grinste spöttisch. »Reden Sie sich nur gut zu, vielleicht nutzt es was.«

»Sie haben recht. Bringen wir es hinter uns. Leider haben wir nichts über die Opfer.«

Sie arbeiteten wieder einmal nach ihren Regeln: eine Liste mit üblichen Verdächtigen wie Familienangehörige, Bekannte, Personen mit Vorstrafen, die in den Akten auftauchten. Später würden sie die dann genauer unter die Lupe nehmen. Die Akte mit den Anrufen, die nach dem Brand bei der Polizei eingegangen waren, öffnete er zuerst. Schilling sah auf den ersten Blick, dass wieder reichlich Anrufe von Spinnern hereingekommen waren, denn die gab es immer bei solchen Fällen. Einige wollten die Brandstiftung gestehen; andere verfügten über übersinnliche Kräfte und boten ihre

Hilfe an. Wiederum andere wollten sie zu ihrem eigenen Vergnügen auf eine falsche Fährte lenken. Sie alle wurden von vergangener Schuld und gegenwärtigen Fantasien getrieben. Aber vielleicht traf das ja auf jeden zu. Seufzend schloss er die Akte und legte sie beiseite.

»Ach, schau an«, hörte er plötzlich von Inges Seite. »Das ist ja nich der erste Brand. Vor ein paar Jahren gab's schon eine kleine Zündelei, angeblich ein Kabelbrand. Konnte aber rechtzeitig gelöscht werden. Keine Ermittlungsergebnisse. Das riecht ja nach was.«

Schilling sah, wie sie mit ihrer charakteristischen Handschrift einen Notizzettel nach dem anderen ausfüllte und sie an die Tafel klebte. »Wie kommen wir in diesem Fall am besten voran, und was bietet uns momentan die meisten Anhaltspunkte?«, dachte er, näherte sich der Tafel und beschloss, das Verbrechen am besten zeitlich aufzurollen.

Es fiel ihm schwer, jetzt still am Schreibtisch zu sitzen. Wie könnte er die Ermittlungen mit einer Fahrt oder einem Gang verbinden? Schilling hasste es, wie alle Menschen mit starkem Bewegungsdrang, stundenlang am Schreibtisch zu sitzen. Inzwischen war der Aktenberg durch die ausführlichen Ermittlungsergebnisse stark angewachsen. Missmutig blieb er sitzen, zog ihn zu sich heran und öffnete die erste Mappe. Ganz vorne waren die Fotos vom Fundort eingeheftet, dann folgten die Protokolle und dann die ausführlichen Berichte der Kriminaltechnik. Der Kaufhausbrand würde ein wichtiges Gesprächsthema in den nächsten Wochen sein, schon alleine wegen der davon verursachten Verkehrsstörungen. Durch das Medieninteresse würden die Ermittlungsbehörden unter besonderem Druck stehen. Immerhin war das ein sehr bekanntes Kaufhaus gewesen. Schilling betrachtete die Fotos und konnte nur schwer das glänzende Bild mit den darauf abgebildeten Überresten der beiden jungen Männer und seine Gefühle in Zusammenhang bringen. Er erkannte die verkrümmt daliegenden Opfer. »Wie seid ihr dort hingekommen?«, fragte er stumm die beiden, ging zu der dreidimensionalen Zeichnung am Whiteboard und legte eine Folie darüber. Mit verschiedenen Farben markierte er die drei Eingänge: einen zum Wall, zwei zur Herdentorswallstraße. Dann legte er mögliche Wege zum Obergeschoss fest, von denen einer über das Treppenhaus und ein anderer über den Fahrstuhl, beide also durch das Kaufhaus liefen, und nur einer, nämlich der vom Personaleingang über eine separate Treppe nach oben führte und den er rot markierte.

»Das wäre für die zwei Typen sehr riskant«, kommentierte Inge plötzlich den Eintrag. »Das Personal, die kennen sich doch alle untereinander. Und wenn denen jemand geholfen hätte, auch riskant. Das wär zu auffällig.«

»Bleiben also nur die Haupteingänge, oder jemand hat die nach Geschäftsschluss eingelassen.«

»Oder die beiden haben die Tür geknackt, bevor die Kamera lief.«

Schilling schüttelte den Kopf. »Dann müssten die ganz genau Bescheid wissen. Da gibt es nur ein Zeitfenster von zehn Minuten, bevor die Kamera anfängt zu laufen. Na ja, vielleicht doch.«

Nachdenklich kratzte er seinen Dreitagebart. »Wir brauchen den Personalchef oder die Personalchefin. Wer ist wann wo im Gebäude? Das müssen wir wissen.«

Er suchte in den Akten, und das entsprechende Protokoll stammte vom gestrigen Tag. Ein Ermittler der Dienststelle hatte die Liste aller Angestellten durchtelefoniert und mit einer Birgit Brüggemann gesprochen.

Schilling stand auf. So konnte er nicht nachdenken, er musste sie sprechen, sie sehen. Er verließ sein Büro und ging den Gang hinunter. Dann machte er kehrt, er hatte nämlich das dringende Bedürfnis, mit Inge im Auto über den Fall zu reden, denn eine Autofahrt regte ihre Gesprächslust irgendwie an, genauso wie sie Kinder zum Schlafen anregt. Sie passten gut zusammen, fand er, sie waren ein Team, wie Watson und Holmes in ständigem Rollentausch. Schilling dachte manchmal, sie passten so gut zusammen, weil er so beweglich war, manchmal zu schnell, aber immer an der Spur dran, auch nach Dienstschluss. Inge dagegen war der Ruhepol, die Gelassene von ihnen beiden. Und sie stand mit beiden Beinen fest auf dem Boden, was man schon an ihrem Hang zu Currywürsten und geschmierten Brötchen erkennen konnte, was sie bei Ermittlungen oft zu kleineren Pausen nötigte.

Und Schilling wusste, dass sie auch ständig über die Fälle nachgrübelte und ihn oft mit unkonventionellen Methoden überraschte. Und sie war immer gut vorbereitet.

Die Adresse, die Schilling im Bericht des Ermittlers gelesen hatte, lag in Findorff, in einer Nebenstraße des Weidedamms. Sein Anruf war nicht entgegengenommen worden, also fuhren sie dorthin. Sie brauchten das Haus am Ende der Straßenzeile nicht lange zu suchen, weil sich eine Gruppe von Personen vor der Tür versammelt hatte. Eine Frau stand in der Tür und diskutierte mit ihnen.

»Bestimmt die arbeitslosen Angestellten«, prognostizierte Inge. »Die wollen wissen, wo es langgeht.«

Die beiden parkten schräg gegenüber, suchten schon einmal ihre Ausweise heraus und versuchten einen Bogen um die Gruppe zu schlagen. Aber tatsächlich führte nur ein kleiner Weg durch den gepflegten Vorgarten zum Hauseingang, mitten durch diese Gruppe hindurch. Deshalb wurden sie auch gleich mit Fragen bestürmt: »Sind Sie von der Kripo? Warum kommen Sie zu Frau Brüggemann? Haben Sie den Brandstifter?« Unbeirrt gingen sie weiter, ignorierten den Ansturm, zeigten an der Tür ihre Ausweise vor und wurden hineingebeten. Neben der Haustür sahen sie das polierte Messingschild: Brüggemann.

Der Flur leitete sie in ein größeres Bremer Haus mit der charakteristischen Treppe, einem geschmackvoll gefliesten Flur, der in drei Zimmer führte. Eine der Türen öffnete sich, und eine junge Frau mit angespanntem Gesicht kam heraus. Sie sah so aus, als müsse sie eigentlich noch zur Schule gehen. Schilling zeigte ihr seinen Kripoausweis und fragte, ob sie mit Frau Brüggemann sprechen könnten. Die junge Frau bat sie, einen Augenblick zu warten, führte sie in das erste Zimmer und zeigte auf ein modernes Ledersofa. Inge dankte ihr.

Die junge Frau, die kurz danach durch eine Schiebetür hereinkam, sah ausgesprochen gut, aber sehr, sehr müde aus. Sie hatte dunkle Ringe unter den Augen, und die mittelblonden, schulterlangen Haare sahen ein wenig zerzaust aus. Sie war groß und schlank, wirkte fast wie eine Art Model und trug teuer aussehende Kleidung und viel Schmuck. Ihre Augen waren lebhaft und aufmerksam. Es fiel ihm schwer zu glauben, dass dies eine Angestellte sei. Die Fülle ihrer Kettchen und Ringe mit hochpreisig aussehenden Steinen setzte sich in einer Reihe wie kleine Schmuckstücke aussehender Knöpfe auf ihrem Kleid fort.

»Guten Tag, ich bin Birgit Brüggemann«, stellte sie sich vor und streckte Schilling ihre beringte Hand hin.

Der musste sich anstrengen, um sein Erstaunen über ihre Erscheinung zu verbergen. Da hatte er eine andere Frau erwartet, etwas älter, herb und eher – na eben, wie er Personalchefinnen bisher erlebt hatte. Schilling schüttelte ihr die Hand, stellte Inge vor und sagte: »Tut mir leid, dass wir sie zu Hause stören müssen. Ich leite die Sonderkommission bei dieser Brandstiftung. Ich habe versucht, Sie anzurufen ...«.

»Meine Nichte hilft mir ein wenig aus, aber hier rufen tausend Leute an.« Dabei wedelte sie mit ihrer rechten Hand, und ihre Armreifen klirrten leise. »Und da draußen, die Mitarbeiter, die wollen natürlich wissen, wie es weiter geht.« Und auf seinen fragenden Gesichtsausdruck hin fügte sie hinzu: »Herr Klemm ist verschwunden, der Arme. Er kann nicht mehr, und so bin ich der nächste Ansprechpartner. Ich kann ihn jedenfalls nicht erreichen« Sie seufzte.

»Ich verstehe, Frau Brüggemann. Können wir uns irgendwo ungestört unterhalten?«

Birgit Brüggemann warf einen Blick aus dem Fenster und seufzte. »Bitte kommen Sie mit ins nächste Zimmer.«

Schilling schüttelte kurz seinen Kopf, als er hinter ihr herging. Wie war eine Frau mit dieser Ausstrahlung bei einer Firma gelandet, die für ihn so altmodische Dinge verkaufte, dass sie seiner Mutter gefielen?

Die Einrichtung im Nebenzimmer bestand aus Designermöbeln und einigen wertvoll aussehenden Antiquitäten, auf dem Tisch stand eine Karaffe mit Limettenstückchen. Sie bat die beiden, sich zu setzen, und goss ihnen ungefragt ein Glas ein.

»Ich weiß, dass Sie unter Stress stehen, Frau Brüggemann«, begann Inge, »aber wir brauchen dringend einige Auskünfte von Ihnen.«

Sie holte eine flache Mappe aus ihrem Rucksack und klappte sie auf. »Lassen Sie uns ganz von vorn anfangen. Wie Sie wissen, gibt es da diese Geschichte mit den beiden Männern, die Herrn Klemm bedroht haben. Die Spurensicherung wird die Räume untersuchen, soweit das möglich ist, und wir werden mit sämtlichen Mitarbeitern reden müssen. Wie viele Angestellte haben Sie?«

Sie musste einen Augenblick nachdenken. »Insgesamt sind es 42.«

Inge klappte die Mappe auf und zeigte ihr die Grundrisse.

»Die beiden Männer müssen ja irgendwie in das Gebäude gekommen sein.« Sie zeigte auf die Eingänge. »Wer würde sie sehen können, wenn sie durch diese Eingänge kommen?«

Birgit Brüggemann lehnte sich vor und betrachtete aufmerksam die Zeichnungen, nahm sie in die Hand und führte sie dicht vor ihr Gesicht.

Dann blickte sie auf die daneben liegende Personalliste, suchte aus ihrer Handtasche eine exklusiv aussehende Brille heraus, lächelte entschuldigend, nahm einen silberfarbenen Kuli und notierte einige Namen, die sie dann mit einem »+« oder einem »v« markierte. Nach einer Weile schien sie fertig, denn sie legte ihren Kopf ein wenig zur Seite, schaute Schilling an und lächelte nochmals.

»Das Pluszeichen bedeutet ›sicher‹, also ziemlich wahrscheinlich, und das ›v‹ bedeutet vielleicht.«

Sie richtete sich auf, strahlte ihn an und Schilling spürte Inges missbilligende Blicke von der Seite, ohne sie zu sehen. »Gut, dann wollen wir die mal alle befragen. Wenn Sie möglichst unbemerkt in das Haus kommen wollten, wie würden sie das anstellen?«

Birgit Brüggemann brauchte nicht lange zu überlegen.

»Mit einem Schlüssel zum Personaleingang ab 18 Uhr. Ab dann haben wir weniger Personal. Oder man passt gut auf und huscht in einem unbeobachteten Moment vom hinteren Eingang in den Fahrstuhl. Das könnte vielleicht klappen.«

»Und was können Sie uns zu den Personen auf der Liste sagen? Wie lange arbeiten die schon in Ihrem Haus?«

Wieder lehnte sie sich zurück, legte den Kopf zur Seite, lächelte ihn an und vermied es, Inge anzuschauen.

Anschließend machte sie sich an die Arbeit und kommentierte ihre Liste.

So hatten die beiden nach einiger Zeit eine Liste von Personen zusammengestellt, mit denen sie reden wollten. Ein paar Namen waren bereits unterstrichen, weil Schilling sie gebeten hatte, die Personen zu kennzeichnen, die nicht zum alten Stammpersonal gehörten.

»Und Sie selbst, Frau Brüggemann? Wo arbeiten Sie, und wo haben Sie am Tag der Brandstiftung gearbeitet?«

Sie versuchte, mit gerunzelter Stirn den Plan zu entziffern, drehte ihn um und fuhr mit ihrem Zeigefinger einen Flur entlang.

»Hier, das ist mein Büro. Das Personalbüro. Und ich bin gleichzeitig stellvertretende Geschäftsführerin. Und am Mittwoch, da war ich kurz unten an der Kasse.« Sie setzte ihre Brille ab. Mit einer Hand strich sie ihre Haare zurück und drückte ihre Nasenwurzel mit Daumen und Zeigefinger.

»So genau weiß ich es nicht mehr, aber ich würde mal sagen, so zwischen 11 und 14 Uhr war ich da unten, vielleicht drei Mal.«

»Was tut eine Personalchefin da unten? Neue Mitarbeiter?«

»Nein, aber es gab schon wieder eine Störung bei den Kreditkarten-Terminals, und die Frauen an der Kasse haben das nicht hinbekommen.«

Plötzlich erinnerte sie sich. »Genau. Das hat bis 13 Uhr gedauert.«

Und als sie verstand, worum es bei der Frage ging, sagte sie kopfschüttelnd: »Also, gesehen habe ich keine zwei Männer, auf die die Beschreibung irgendwie passen würde. Oder die sind nacheinander gekommen und haben sich irgendwo umgezogen. Und von meinem Büro aus sehe ich gar nichts.«

Schilling und Inge verließen das Haus. Er hatte sich vorgenommen, erst einmal zum Thema »Rumänen in Bremen« zu recherchieren und fuhr Richtung Gröpelingen, während Inge die Markierungen auswerten und Recherchen zu den markierten Personen anstellen wollte.

6

Bei der Suche nach rumänischen Communities in Bremen war Schilling an seine Grenzen gestoßen, denn es gab – gemessen an der Bevölkerung Bremens – nur eine verschwindend geringe Anzahl von Rumänen in der Hansestadt. Eine Besonderheit allerdings war, dass es unter ihnen viele Tagelöhner gab, die sich für Baustellen oder vergleichbare Arbeiten anboten und den entsprechenden Unternehmern ein gutes Geschäft versprachen. Entsprechend scheu waren die Arbeitsuchenden, die alle Auffälligkeiten vermieden und sich mit dem begnügen mussten, was ihnen zugeteilt wurde.

»Die Auftraggeber kommen an und sagen: ›Ich brauche fünf Arbeiter.‹ Die Rumänen können sich hier zwar frei bewegen, aber nicht legal arbeiten, wenn sie arbeitslos sind.«

Sein Kollege Henrik Borcherding aus Walle hatte ihn zum Rumänen-Strich mitgenommen.

»Jeden Tag drängen sich hier vielleicht 20 Männer am Bürgersteig. Die bekommen vielleicht vier bis sechs Euro. Wenn wir auftauchen, sind die sofort weg. Die Unternehmer natürlich auch.«

»Und wo wohnen die?«

»Kann man so genau nicht sagen. Wir fahren mal durch die Gegend, dann siehst du, wo sie wohnen könnten.«

Das wiederum stellte sich als überflüssig heraus. Zum Bewohnen war das Viertel teilweise gut geeignet, fand Schilling. Sie fuhren durch Straßen mit aus dunklem Backstein gebauten oder verputzten, häufig lang nicht mehr gestrichenen Häusern, zu deren Eingang oft kleine Treppen führten, durchquerten geradezu idyllische, begrünte Abschnitte, passierten aber auch verwahrloste Ecken. In einigen Straßen standen die Häuser einander eng gegenüber, ihre Giebel verbreiteten zwar viel Schatten, aber in die kleinen Vorgärten und Räume schien genug Licht zu dringen. Es waren Straßen mit Namen schlesischer, heute polnischer Städte, wie Liegnitzstraße, oder sie waren nach ihm unbekannten Personen benannt. Das erinnerte ihn nur wenig an die Straßen seiner

Kindheit, die Namen wie Breite Straße oder Weserstraße trugen. Und so fuhren sie durch die Straßen und warfen neugierige Blicke auf die vielen kleinen Häuser. Natürlich konnten sie auch heruntergekommene Gebäude finden, wie man sie nach der Wende in vielen Orten der damaligen DDR finden konnte, oder versiffte, die Fenster mit blauen Müllsäcken verklebt, Türen mit Pappen zugenagelt. Ob das Anhaltspunkte lieferte, Wohnungen rumänischer Bewohner zu erkennen, konnte er nicht glauben. Da hatte er auch genügend Deutsche kennen gelernt, die so wohnten. Und so kam er ohne ein handgreifliches Ergebnis zurück.

Später saßen sie in Steinbrücks großem, neu und modern eingerichteten Büro, in dem vorher der in der Behördenhierarchie hoch aufgestiegene Winfried Müller gearbeitet hatte. Mit ihnen am Tisch saßen Dora Harms, ihr Kollege Werner Kraft und Elena Skorik von der Spurensicherung.

Schilling gab sich Mühe, nicht zu lächeln. Das war wirklich ein seltsamer Kontrast. Steinbrück bemühte sich nach Kräften, seinen eigenen Führungsstil als fortschrittlich und effizient darzustellen. Er würde ab dem Abend ein Mitarbeiterführungs-Seminar besuchen und noch besser, effizienter und sonst was noch werden. Sein Führungsstil würde sich aber wahrscheinlich nicht ändern, das wusste Schilling. Er würde wieder alle zum Stillhalten verdonnern, bis er wieder da wäre. Und so war es auch.

Mit dürren Worten eröffnete ihr Abteilungsleiter ihnen, dass sie alle zum Schweigen im laufenden Fall verdonnert seien, weil nur er selbst Vorgesetzte und Öffentlichkeit richtig informieren könne. »Ich muss das leider auf mich nehmen, weil sie möglicherweise diesem extremen Druck nicht gewachsen sind«, lautete sein Credo. »Dazu handelt es sich auch noch um äußerst sensible Themen.«

»Ich habe heute Morgen schon Anrufe vom Innensenator und vom Weser-Kurier erhalten. Ein enormer Druck lastet auf uns allen. Und natürlich, Klemm sitzt jetzt in U-Haft und wird weiter von Spezialisten vernommen. Da erwarten wir Ergebnisse, aber die sollen natürlich nicht direkt an die Presse.«

Er lächelte fast unmerklich in sich hinein.

»Wie auch immer, das muss ich eben auf mich nehmen. Natürlich, die brauchen etwas zum Schreiben oder etwas für ihre Gespräche mit den anderen Senatoren. Wenn ich Ihnen fundierte Informationen geben kann, ist das natürlich von Nutzen für uns alle.«

Zufrieden faltete er seine Hände und betrachtete seine sorgfältig manikürten Fingernägel. »Richtige Koordination ist alles!«

»Und die Auftritte auf der Pressekonferenz muss ich ja leider auch auf mich nehmen. Also bitte kein Wort zum Thema Leichenfunde oder Rumänien und so weiter. Wie ich schon sagte, äußerst sensible Themen. Denken sie nur an diese unsägliche Affäre mit diesem Querulanten, dem Bürgerschaftsabgeordneten, der im Internet so ein Pamphlet gegen Roma veröffentlich hat.«

Er warf einen strengen Blick in die Runde und blinzelte alle durch seine enormen Brillengläser an, die seine Augen so sehr vergrößerten, als ob sie mit besonderer Aufmerksamkeit oder ungewöhnlicher Intensität blickten.

»Kein Wort, bis ich wieder zurück bin. Ihre anderen Kollegen von der Kriminaltechnik und vom Labor sind schon informiert und halten sich sicherlich auch daran. Herr Schilling«, sagte er an Niklas gewandt, »wenn Sie in den nächsten zwei Wochen eine Wende in dem Fall haben sollten, warten Sie einfach ab und informieren mich später. Und wenn irgendwer fragt, können Sie sich immer auf ermittlungstaktische Gründe für Ihre Verschwiegenheit berufen.«

Schilling fragte sich, was das jetzt im Ernstfall zu bedeuten hatte. Warum machte Steinbrück solch einen Wirbel? Sicherlich war er erleichtert, dass die beiden Opfer keine Prominenten waren. So saßen ihm weder Presse noch Politik in dieser Beziehung im Nacken. Aber natürlich, das Kaufhaus lag an solch einer zentralen Stelle. Das interessierte einfach viele Bremer. Und zwei Tote aus Rumänien auch, jedenfalls vermutlich. Das würde auf jeden Fall diejenigen auf den Plan rufen, die es sich aus leicht nachvollziehbaren Gründen zur Aufgabe gemacht hatten, sich für eine faire Behandlung von Migranten stark zu machen.

»Also, unsere Ergebnisse bisher sind …«, begann Schilling, wurde dann aber von seinem Abteilungsleiter unterbrochen, der Inge Dunker bat, ihm einen Überblick über die derzeitigen Ergebnisse zu verschaffen.

Sie berichtete, der Brand sei überall in den Schlagzeilen, in Internet-Nachrichtendiensten, aber es gäbe bisher nur Spekulationen zur Ursache des Brandes.

»Und über die beiden Toten hat bisher noch niemand ...«

Steinbrück unterbrach sie und zog seinen Spickzettel hervor, nach dem er immer alle Fälle in seiner Abteilung abklopfte, was jeder wusste und worauf auch jeder im Team vorbereitet war. Er seufzte, um ihnen wie stets den Eindruck zu vermitteln, er müsse alles selber machen.

»Die Medien ... äh, das ist dann später natürlich meine Sache. Aber erst einmal zu den Essentials. Telefone?«

»In diesem Fall haben wir eine Funkzellenabfrage gestartet. Aber wir haben natürlich nicht die Handynummer der beiden Opfer. Und – falls sie telefoniert haben – haben wir die Daten von ca. zwei Stunden. Das können leicht über 100.000 Datensätze sein, an dieser Stelle. Bisher haben wir noch kein klares Bild. Mit viel Glück finden wir sie schnell.« Kraft schüttelte betrübt seinen Kopf und kam dann Steinbrücks nächsten Fragen zuvor. »Fingerabdrücke gibt es nicht, alle flüchtigen Spuren sind verbrannt, und wir haben auch noch niemanden gefunden, der die beiden gesehen hat, weder im noch vor dem Gebäude. Weder die Überwachungskameras in der Umgebung des Finanzamtes noch die am Wall oder an der Bürgerschaft zeigen uns da irgendetwas.«

Mürrisch blickte Steinbrück auf seinen Zettel und fuhr mit seinem Finger die Liste hinunter.

»Weitere Spuren?«

»Außer der Uhr und den verkohlten Handys haben wir nur noch die Gürtelschnallen, die Knöpfe und Kleidungsreste als unmittelbare Spuren. Und die Handys sind nicht mehr zu retten. Das sind irgendwelche Billiggeräte. Mit viel Glück können wir die IMEI-Nummer restaurieren. Wir sind gerade dabei.«

»Keine Schlüssel, Autoschlüssel, Geld? Haben Sie daran auch gedacht?«

Werner Kraft blieb ganz ruhig. »Wir haben bisher alles im Umkreis von zwei Metern von den Leichen entfernt genau untersucht. Da ist nichts. Wir haben gerade den Raum wieder aufgebaut. Vielleicht findet die Spurensicherung noch etwas.«

»Hm. Was ist mit den Angehörigen der ...«, Steinbrück unterbrach sich bei dieser unpassenden Frage und ging dann über zu: »Seien Sie bei den Ermittlungen also bitte äußerst umsichtig, und leiten Sie sämtliche Informationen nur an mich weiter. Äh, und was ist mit diesem Klemm?«

Schilling begann mit seinem Bericht zum Geschäftsführer. Er sagte, Brandstiftung könne nicht ausgeschlossen werden, denn da gäbe es diese Sache mit dem Schimmel und der notwendigen Renovierung.

»Frau Dunker und ich sind beide der Meinung, dass da irgendetwas nicht stimmt, was den Brand angeht. Aber die Obduktion der Leichen muss schnell durchgeführt werden, und wir brauchen die Ergebnisse. Möglicherweise benötigen wir noch eine toxikologische Untersuchung. Bisher ist noch nicht geklärt, warum die Männer nicht vor dem Feuer geflüchtet sind, vielleicht waren sie ja betäubt.«

Das kommentierte Steinbrück mit einem Kopfschütteln, denn derartige Untersuchungen waren teuer, er setzte zu einem Kommentar an, aber Schilling fuhr einfach fort.

»Und wir müssen das Video vom Personaleingang veröffentlichen, am besten auch den Uhrendeckel mit der Gravur. Und die Obduktionsergebnisse brauchen wir sofort.«

»Die Informationen über die zwei Leichen dürfen auf keinen Fall jetzt schon an die Öffentlichkeit gelangen, und das Video und der Uhrendeckel, na gut, das war sowieso mein Plan«, mahnte Steinbrück und ergriff weiter die Initiative. »Kein Wort zu irgendwelchen Personen außerhalb dieser Gruppe. Ich verlange absolute Funkstille, bis ich wieder da bin. Sie kümmern sich um die Autopsieergebnisse.« Er drehte sich zu Schilling um.

»Sie recherchieren zu den Telefonen«, sagte er zu Werner Kraft, »und Sie zu den weiteren Spuren« zu Dora Harms.

»Sehen Sie, so kommt man zu Ergebnissen!« Er nickte sich selbst zu, vergewisserte sich, dass er seinen Spickzettel wieder eingesteckt hatte, zog sein schmales Ledermäppchen zu sich heran und verließ den Raum.

»Irgendwelche besonderen Spuren an den Leichen?«, fragte Kraft, nachdem sie sich einen Kaffee geholt hatten.

»Äußerlich nicht, man konnte mit bloßem Auge nichts durch die Brandschicht auf ihrer Haut erkennen. Merkwürdig ist aber, dass sie aus irgendeinem Grund nicht geflohen sind.«

»Ich werde noch einmal mit der Spurensicherung reden«, versprach Inge Dunker.

»Und wir erhalten den Obduktionsbericht gleich.« Sie hatte kurz vor der kleinen Konferenz mit Dr. Bornemann gesprochen.

»Vielen Dank«, sagte Schilling. »Wir müssen die Arbeit verteilen, dann lasst uns loslegen. Ich habe alle Unterlagen über Klemm kopiert, die verfügbar waren. Bitte lest sie euch durch.«

»Werner«, sagte er zu Kraft. »Würden Sie bitte die Befragung des Personals übernehmen? Sie haben ja die Liste von Frau Brüggemann.« Und Dora Harms bat er um die Auswertung aller erreichbaren Handydaten, insbesondere um die von Klemm.

Dora hatte gute Verbindungen zur IT-Forensik und würde später mithilfe eines Programms die Verbindungen die Klemm gewählt hatte oder von denen er angerufen wurde, in Form einer Grafik darstellen,.

»Das ist soweit OK«, sagte Dora Harms.

»Wir haben ja auch die Reste der zwei Handys gefunden. Es ist vielleicht doch möglich, deren IMEI zu ermitteln, dann wissen wir, wo sie herkommen – die beiden Männer haben sie ja vielleicht auch noch ein- oder ausgeschaltet. Das müsste man ja vielleicht herausfinden können.«

»Eine Frage haben wir immer noch nicht geklärt«, mischte sich Inge Dunker ein und legte ihre Grundrisse auf den Tisch. »Das sind alle möglichen Wege in Klemms Büro. Gehen wir erst einmal davon aus, dass die beiden Männer es geschafft haben, unerkannt in den oberen Stock zu gelangen.«

Mit ihrem Finger fuhr sie erst eine rote, dann eine blaue und danach eine grüne Linie nach.

»Aber was passiert dann? Die beiden lümmeln in seinem Büro rum und latschen dann mit Klemm in den Tresorraum.« Sie zeigte auf eine zusätzliche gelbe Linie, die mit einem Pfeil versehen war.

»Dann sperren sie Klemm hier ein, in die Kundentoilette. Und ab geht die Post – sie wühlen das Haus durch und finden nix. Und obwohl sie vorher schon nix gefunden haben, gehen sie nochmal in den Raum mit dem Tresor. Komisch. Dann fängt es irgendwie an zu brennen. Wer hat da was gemacht?«

»Also, wer Feuer vor diese Tür legt und noch im Raum ist, der muss komplett verrückt oder total besoffen sein«, warf Werner Kraft ein.

»Genau. Wir brauchen eine bessere Erklärung. Wir müssen nochmal ins Gebäude und suchen, oder ...« Inge Dunker schaute Schilling an, und der verwies mit einem Kopfnicken auf Werner Kraft.

»Ich glaube, die Lösung ist ganz einfach.«

Kraft hielt Inges Plan hoch und zeigte auf den Fundort der Leichen.

»Es gibt nur zwei Möglichkeiten. Entweder die beiden wurden gefesselt oder betäubt, oder jemand hat ihnen den Weg versperrt. Die ersten zwei Möglichkeiten sollte eine Autopsie klären können. Für die letzte Möglichkeit müssen wir den Raum nochmal untersuchen.«

Nur wenige Minuten später trafen die vorläufigen Ergebnisse der Autopsie ein. Schilling fand es erleichternd, dass er nicht – wie häufig – einer Obduktion hatte beiwohnen müssen mit stummen Menschen, deren Freude und deren Leid man nicht anhören oder sonst wie wahrnehmen kann. Daher zählte die Pathologie mit der sterilen Atmosphäre, den Gerüchen und den Toten zu Orten, an denen er sich nur ungern aufhielt, obwohl er mit Dr. Bornemann, dessen Leiter, schon seit Jahren befreundet war. Zudem waren ihm Brandopfer ein besonderes Gräuel.

Er griff sofort zum Telefon, bat Dr. Bornemann um eine Kurzfassung und schaltete das Telefon laut, so dass Inge mithören konnte.

»Morgen, Niklas. Also zusammengefasst steht im Bericht: Die beiden Personen wurden weder erstochen noch erschossen. Auch nicht stranguliert.«

»Kannst du uns bitte sagen, ob man sie irgendwie gefesselt oder sonst wie an einer Flucht gehindert hat?«

»Das sieht nicht so aus. Wir haben keine Reste irgendwelcher Fesseln gefunden. Aber die Leichen sind so verbrannt, dass man das nicht ganz ausschließen kann. In einem Tag hast du die genauen Ergebnisse der Obduktion.«

Niklas Schilling rieb seine Stirn, und Inge Dunker beschrieb Notizzettel für ihre Tafel.

»Könnten sie irgendwie betäubt worden sein?«

»Das ist bei dem Zustand der Leichen nur schwer nachzuweisen. Viele Betäubungsmittel haben sehr kurze Halbwertszeiten im Körper. Ich müsste schon genauer wissen, wonach ich suchen muss. Also: Ich kann das nicht ausschließen.«

»Und wer waren die Personen? Kannst du uns das genauer sagen?«

»Definitv Männer. Und zwar beide zwischen 25 und 30, etwa gleich alt. Ca. 175 cm groß. Gesund und fit, würde ich sagen. Keine Knochenbrüche oder sonstigen Merkmale, anhand derer sie einfach zu identifizieren wären. Sieht alles sehr durchschnittlich aus.«

»Kann noch eine Untersuchung des Gebisses durchgeführt werden?«

»Ja. Wir haben schon die Röntgenaufnahmen hergestellt. Nach meiner Einschätzung sind die Zähne nicht in Deutschland behandelt worden. Damit wird es ziemlich schwierig.«

»Hast du eine Einschätzung, in welchem Land diese Zahnbehandlungen durchgeführt wurden?«

»Ich sagte schon, nicht in Deutschland. Auf den ersten Blick sieht das aus wie minderwertige Füllungen – jedenfalls nach unseren Maßstäben.«

Ratlos blickte Schilling in seine Runde und legte nach einem kurzen Dankeschön wieder auf.

»Nun sind wir so schlau wie zuvor. Zur rumänischen Community gibt es auch nicht viel zu berichten. Außer, dass es sie in Bremen gibt.« Inge Dunker wedelte mit ihren

Zetteln. »Ich mach 'nen Test. Werner, komm doch mal mit.« Sie grinste und fügte hinzu: »Ich erzähl's Euch morgen.«

Als sie sich alle Richtung Ausgang bewegten, sagte Dora Harms: »Einen Moment noch, Herr Schilling.«

Er sah sie neugierig an. »Was gibt es?«

»Steinbrück ist doch zehn Tage weg, oder?«

Schilling nickte. Was sollte das bedeuten?

»Eine Verwandte meines Bruders wohnt schon seit drei Monaten in Gröpelingen. Ich glaube, sie arbeitet momentan als Pflegerin oder als Putzfrau, privat. Sie wissen schon, diese Drei-Monats-Jobs. Dann geht sie wieder nach Rumänien zurück. Später kommt sie dann wieder hierher, wieder für drei Monate. Ich glaube, die war schon einmal in Bremen und kennt vielleicht die Szene hier. Ich werde sie mal besuchen und fragen. Es kann aber natürlich sein, dass die beiden Männer nicht in Gröpelingen gewohnt haben oder dort bekannt waren. Sie könnten ja auch in Blumenthal oder in Osterholz-Tenever wohnen.«

Sie dachte nach. »Möglicherweise kommen sie ja auch aus Hamburg oder Berlin oder was weiß ich. Und außerdem wissen wir nur, dass einer von den beiden eine Uhr mit dieser Gravur getragen hat. Vielleicht war das ja gar kein Rumäne.«

Mit einem leichten Stirnrunzeln fragte Schilling: »Und was hat das alles mit Steinbrück zu tun?«

»Na ja, ich dachte, ich bleibe vielleicht einige Tage bei ihr, ich kann sie doch nicht so direkt befragen, da würde sie vermutlich nichts sagen. Vielleicht kann ich mal kurzfristig Raumpflegerin spielen oder so.«

Sie schwieg einen Moment, damit er über ihren Vorschlag nachdenken konnte. Dann fuhr sie fort: »Das wäre eine Möglichkeit, wenn ich in diesen zehn Tagen herausfinden würde, wer die beiden Toten sind. Vielleicht hat es sich ja ganz anders abgespielt, als es uns dieser Klemm erzählt hat. Und ich würde nur ungern in der Presse etwas über kriminelle Rumänen lesen, was nicht stimmt und dann später revidiert wird. Presseberichte in der Art bleiben immer hängen, und aus einer Wiederholung ergeben sich ja bekanntlich Wahrheiten.«

Als Schilling weiter schwieg, fuhr sie fort: »Notfalls nehme ich einfach Urlaub. Wir müssen auf jeden Fall rauskriegen, wer die Toten waren. Das sind wir ihnen und ihren Eltern schuldig. Und ich will's auch wissen.«

»Gut, nehmen Sie erst einmal Urlaub, und berichten Sie mir dann. Danach entscheiden wir erneut. Ich lasse jedenfalls erst einmal ein Foto des Uhrendeckels in der Presse veröffentlichen. Hinterher schauen wir mal, wie wir das mit den Urlaubstagen geregelt bekommen.«

7

»Alle blind, haha!« Mit diesen Worten begrüßte ihn Inge am nächsten Morgen, als sie um halb elf in ihr gemeinsames Büro kam.

»Werner hat sich unauffällig angezogen. Wir haben in größere Klamottenläden in der Stadt geguckt. Immer aufgepasst, dass die nich zu voll waren. Werner ist quer und dann wieder zurück durch den Schuppen gelaufen. Dann ab in den nächsten Schuppen. Alles nochmal. Dann in den dritten Schuppen. Da hat er sogar mit einem Verkäufer gequatscht.«

Sie grinste mit diebischer Freude.

»Na, und heute Morgen hab ich mal nachgefragt. Keiner hat ihn gesehen. Nix. Keine Erinnerungen an Werner. Nicht mal der Typ, der mit ihm gesprochen hat.«

»Na gut. So ist es vielleicht. Aber woher wissen die beiden Männer denn so genau, wohin sie gehen müssen? Ich wüsste nicht, wo der Geschäftsführer sitzt und ob er einen Safe hat oder was auch immer. Wir müssen noch einmal mit der Personalchefin reden. Da gibt es irgendwo eine undichte Stelle.«

Inge hatte Birgit Brüggemann vorgeladen, und sie kam in einem neuen Outfit in ihr Büro. Mit ihren Perlen hatte sie auch diesmal nicht gespart. »Ich weiß eigentlich nicht so recht, was ich hier soll. Ich habe doch schon alles erzählt.« Mit diesen Worten, die sie zwei Mal wiederholte, richtete sie sich straff auf, schritt zu dem ihr angebotenen Stuhl und nahm in einer Form Platz, die sie vermutlich als grazil einschätzte, und strich ihr Kleid glatt. Sie richtete sich auf, berührte nur mit den Fingerspitzen die Lehne und zog den Bauch ein. Sie war nämlich durch viel gutes Essen eher rundlich geraten, hielt ihren Körper aber durch korsettähnliche Dinge und die richtige Kleiderwahl stets gut modelliert.

Klemm habe sich um alles mögliche gekümmert, berichtete sie, zunächst in einem etwas affektierten Tonfall, und habe immer auch Besucher in seinem Büro empfangen. Und weil sie von Schilling keinerlei Resonanz als nur seine sachlichen Fragen erhielt, wurde auch sie sachlicher.

»Er hatte die Bilanz ständig im Blick, sagte aber oft, diese Art von Geschäften sei langweilig und eher deprimierend. Die alten Kunden stürben langsam aus. Er wolle nicht im Konkurs enden.«

Langsam schüttelte sie den Kopf, und ihr Ohrschmuck klingelte leise: »Und nun ist es passiert.«

»Und über diese Schimmelgeschichte hat er sich sehr aufgeregt. Da wusste er nicht, was er machen sollte. Er hatte da verschiedene Ideen, aber die kosteten alle zu viel Geld. Manchmal ging er in sein Büro, setzte sich ans Telefon und rief Lieferanten an, von denen ich noch nie etwas gehört hatte – das habe ich mal zufällig mitbekommen, weil seine Tür offen stand. Er sagte dann zu den Lieferanten, dass er persönlich am Apparat sei, und er werde schon einen Weg finden. In letzter Zeit saß er auch häufig nur herum, hörte zu, wie der Buchhalter ihm Zahlenreihen vorlas, und bat ihn anschließend um Ratschläge. Manchmal kam er am späten Abend oder auch nachts, brachte neue Modeware mit und legte sie in die entsprechenden Abteilungen mit einem Vermerk zum Verkaufspreis. Das ist seine Leidenschaft, der Einkauf. Die meiste Zeit verbringt er damit. Er erklärt uns nie seine Tricks, die er sich hat einfallen lassen. Das war auch mit den finanziellen Rücklagen so.«

»Welche Aufgaben haben die Mitarbeiter im Wareneingang?«, fragte Schilling geduldig weiter.

»Die zwei Leute im Wareneingang verbringen ihre Zeit damit, die Waren einzutragen, zu kontrollieren und zu etikettieren. Sie gleichen das dann mit den Bestellungen ab.«

»Und die arbeiten direkt mit Klemm zusammen?«

»Anfangs schon, aber ungefähr seit zwei Jahren bekommen sie nicht mehr alle Lieferscheine zu sehen. Das organisiert Klemm selbst. Als ich ihn danach befragt habe, sagte er, das sei sicherer, so habe er immer den Überblick.«

Sie wedelte unbestimmt mit der rechten Hand herum.

»Wer könnte wohl am besten wissen, wie das mit den Bestellungen aussah? Woher die Waren kamen und wie das bezahlt wurde?«

Sie dachte eine Weile nach. »Er vermutlich. Aber Sie können natürlich auch den Buchhalter fragen. Der weiß, wie das Geschäft läuft. Gerade neulich ...« Sie brach ab.

Schilling wartete und nickte dann. »Gerade neulich?«

»Ach was, ich sehe Gespenster. Da hat er eine Bemerkung zu den Rücklagen der Firma gemacht und gesagt ›Als ob der das von einem Konto auf den Kaiman-Inseln hätte‹. Und dann hat er gelacht. Also, der kennt sich aus.«

»Danke, Frau Brüggemann, das habe ich verstanden, der Buchhalter steht schon auf meiner Liste, und ich werde ihn danach befragen. Ich habe noch einige Fragen zu den beiden Männern, die Herrn Klemm überfallen haben.«

»Fragen Sie.«

Inzwischen gab sich Birgit Brüggemann von ihrer besten Seite, wohl, weil sie glaubte, dadurch unerlässlich werden zu können, und genoss ihre Rolle als wichtige Zeugin. Sicherlich würde ihre Kooperation mit der Polizei ihr genug Anregung bieten, bei ihren Freundinnen mit neuen, interessanten Verbindungen zu punkten.

»Gab es Besucher, die, sagen wir mal, nicht so wie die üblichen Lieferanten oder Kunden aussahen?«, fuhr Schilling fort.

»Sie meinen, so wie Gangster, die ihn überfallen haben. Ihn berauben würden?«

»Ja, so ungefähr.«

»Also, ich habe da nichts bemerkt. Das sollten Sie besser den Buchhalter fragen. Der ging ständig in Klemms Büro. Wenn überhaupt, hat der die von oben gesehen. Und was das übrige Personal anbelangt: In der ersten Etage arbeitet eine Frau Menzel. Die hat die Treppe nach oben im Blick. Und ist neugierig. Sehr sogar. Also, wenn jemand die Männer gesehen hat, dann die.«

Schilling kreuzte den Namen auf der Liste an.

»Welches Verhältnis hat Herr Klemm zu dem Eigentümer des Gebäudes?«

»Keine Ahnung. Klemm war die treibende Kraft in der Firma. Den Eigentümer habe ich nie gesehen.«

»Sagen Sie, Frau Brüggemann, führt Herr Klemm die Geschäfte alleine?«

»Na ja, ich bin stellvertretende Geschäftsführerin. Ob da noch jemand anderes mitmischt, das kann ich Ihnen nicht sagen, da müssen sie ihn fragen.«

»Aber Sie wüssten das, wenn es da jemanden gäbe.«

»Ich kann Ihnen unmöglich alle unsere Interna preisgeben.«

»Bedenken Sie, dass wir eine Ermittlung zur Brandstiftung durchführen.«

Sie zögerte noch immer. »Nein, das geht nicht. Ich muss ihn erst anrufen.«

Sie überlegte einen Moment, dann griff sie zum Telefon, konnte Klemm aber nicht erreichen und hinterließ nur die Bitte um Rückruf. Dann fiel ihr ein, dass ihr Chef ja in U-Haft war. Sie schüttelte den Kopf, preßte die Lippen zusammen, zuckte die Achseln bei dem Gedanken, dass sie vergessen hatte, dass ihr Chef in U-Haft saß.

Dann besann sie sich auf ihren Auftritt zu Beginn des Gesprächs, setzte sich wieder gerade hin und fragte: »Ist das dann bitte alles?«

Schilling erhob sich und begleitete sie zur Tür. Zurück blieb nur der süßliche Vanilleduft ihres Parfüms.

8

Norbert Munderloh kauerte auf seinem Rasen, bemerkte Schillings Schatten und sah zu ihm auf. Dieser fand es passend, sich mit seinem Ausweis zu legitimieren, und zog ihn aus seiner Tasche.

Der Buchhalter stand auf, zog sein altes Polo-Shirt herunter und wischte sich die Hände an seiner abgeschnittenen Jeans ab, bevor er Schilling die Hand gab, um sie gleich danach wieder abzuwischen.

Mit seinen glatt rasierten Wangen sah Munderloh kaum älter aus als 40 Jahre, wie er sich in seinem kleinen Vorgarten am Ende einer Häuserreihe in Lilienthal auf die Gartenpforte zubewegte. Ein Nachbar, offensichtlich gerade vom Einkauf zurückkommend, ignorierte Schilling und zeigte dem Buchhalter seinen Einkaufskorb mit frisch erworbenem Spargel. Nach einer Minute kam er zurück.

»Sie arbeiten am Samstag?«, fragte Munderloh verwundert und fuhr sich durch sein in Strähnen nach hinten gekämmtes Haar. So kannte er Beamte gar nicht.

»Wir wollen den Fall so schnell wie möglich lösen.«

»Haben Sie denn schon etwas gefunden?« Munderloh beobachtete den Kommissar aufmerksam mit leicht geröteten Augen.

»Uns sind noch einige Zusammenhänge unklar«, antwortete Schilling und wartete, bis der Nachbar sich außer Hörweite befand. »Ich brauche Informationen über Herrn Klemm und seine Firma.«

Anstatt zu antworten, kniete sich Munderloh erneut nieder, zupfte ein Blatt Unkraut aus seinem tadellos gepflegten Rasen und schien mit dieser Geste sein Desinteresse zu offenbaren, genauso, wie sich Politessen gegenüber den Anliegen eines Falschparkers verhalten, indem sie sich mit ihrem Datenspeichergerät beschäftigen. Dann richtete er sich langsam auf und sagte: »Da kann ich Ihnen nicht helfen. Ich bin natürlich zur Verschwiegenheit verpflichtet.«

»Und was ist mit dem Brand?«, fragte Schilling, ohne seinen freundlichen Ton zu verlieren. »Wollen Sie ein solches Verbrechen nicht auch aufgeklärt wissen?«

Es entstand eine Pause, in der Munderloh langsam weitere kleine Blätter auszupfte und über diese Frage nachzudenken schien.

»Warum brauchen Sie da meine Hilfe? Ich bin nur Buchhalter«, fragte er.

»Buchhalter wissen gut über den Zustand einer Firma Bescheid«, antwortete Schilling. »Erzählen Sie mir von der Firma«, denn – so wusste er – Buchhalter wissen Bescheid über den realen und den fiktiven Wert einer Firma, den man trotz einer umfangreichen Bilanz nicht richtig ermitteln kann, während Geschäftsinhaber oft den Wert ihres Besitzes mit dem Preis verwechseln, den sie für einen fiktiven Verkauf angesetzt haben.

Munderloh schüttelte den Kopf.

»Ich will mich nicht in die Nesseln setzen. Jetzt macht die Firma erst einmal Konkurs, soviel ist sicher. Ich wüsste nicht, dass jemand daran Interesse gehabt hätte.«

»Wissen Sie über die finanziellen Hintergründe der Firma Bescheid?«

»Nur über die, die mir zugänglich waren«, sagte Munderloh. »Klemm weiß alles. Warum fragen Sie nicht den?«

»Ich möchte gerne *Ihre* Version hören.«

»Gut, gut«, stimmte der Buchhalter zu und schüttelte bedenklich seinen Kopf, als helfe das beim Nachdenken. Dann suchte er weiter Unkraut in seinem kurzgeschnittenen Rasen. Eine Weile arbeitete er schweigend vor sich hin. Schilling wartete.

»Ich arbeite schon lange für die Firma«, begann Munderloh schließlich. Er legte den Kopf in den Nacken und dachte angestrengt nach. »Vier Jahre schon. Eine gute Stelle, obwohl Klemm, sagen wir mal, kein Planungstyp ist und die Geschäfte manchmal nicht optimal liefen.«

Jetzt lächelte er zu Schilling hinüber. »Aber wo ist das nicht so? Sicher auch bei der Polizei.«

Dann fand er keine ausreißenswerte Pflanze mehr in seinem Rasen.

»Aber er kann immer wieder Geld auftreiben. Ich habe oft überlegt, ob ich mich da auch einmische, aber sowas hätte ich nie hinbekommen.«

Schilling nickte. Er konnte sich schon vorstellen, worauf die Geschichte hinauslief.

»Er hat immer wieder neue Leute gefunden, die ihm Geld gegeben haben. Und dann lief alles wieder wie geschmiert.« Munderloh zog eine Plastiktüte aus der Jacke und steckte das ausgezupfte Unkraut hinein. »Ich kriegte genug Geld für meinen Job, und das interessiert mich dann letztendlich auch nicht.«

»Haben Sie mal diese Kreditgeber kennengelernt?«

»Darauf kann ich nichts antworten, weil ich da nichts weiß. Manchmal kam jemand in die Firma, den ich noch nie gesehen habe«, fuhr Munderloh fort. »Ob das jetzt ein Geldgeber war, keine Ahnung. Ich habe auch nie so etwas wie Rückzahlungen oder Zinsen an solche Kreditgeber gesehen. Und danach lief es manchmal wieder. Oder auch nicht. Manchmal hatten wir danach ein neues Sortiment oder irgendwelche Ergänzungen.«

»Irgendwas Besonderes bei den Kreditgebern?«, fragte Schilling und dachte an illegale Gelder am Kapitalmarkt.

»Das kann ich nicht beurteilen«, antwortete Munderloh. »Wissen Sie. Manche sehen aus wie Banker, sind aber Hehler, manche wie Vertreter, sind aber Schwindler, manche haben einen Anzug, der ist aber geliehen, andere haben eine Lederjacke, die haben sie vielleicht geklaut, und manche sehen aus wie die, für die sie sich ausgeben. Na ja, man kann aus einem kurzen Blick auf eine Person nichts schließen. Ich weiß nicht, ob ich wirklich diese Kreditgeber gesehen habe. Manchmal kam er an und hatte wieder eine größere Summe. Und manchmal hatte er bereits die Waren gekauft. Woher und womit, weiß ich nicht.«

»Irgendwelche Hinweise auf seltsame Geschäfte?«, fragte Schilling.

»Ich weiß nicht.« Der Buchhalter rang sich ein Lächeln ab. »Ob ich mir Geld von einer Bank leihe oder privat, wo ist da genau der Unterschied?«

»Hatte sonst noch jemand damit zu tun?«

»Nicht dass ich das wüsste«, erklärte Munderloh. »Wie Klemm das Geld besorgt, ist ja auch schließlich seine Sache. Er macht das ganz unauffällig.«

Für jemanden, der etwas unauffällig macht, was aber für einen Buchhalter auffällig ist, ist er nicht sehr geschickt, fand Schilling.

»Haben Sie ihn mal gefragt?«

»Ich hatte die Befürchtung, dass das meine Position, na sagen wir mal, *beschädigt*«, gab der Buchhalter zu. »Ich dachte, das kann er ja auch alles alleine regeln. Ist eigentlich nicht mein Bier, wissen Sie?«

»Und wie hat er das gemacht?«

»Das war ganz einfach. Er kam vorbei, legte einen Zettel mit einem Betrag auf meinen Tisch und erklärte mir dann, dass der Betrag in den nächsten Tagen eintreffen würde, von seinem persönlichen Konto eingezahlt. Manchmal kam das auch bar, und ich habe es dann einzahlen müssen.«

Schilling lehnte sich an einen Baum. »Und das war so OK für Sie?«

Der Buchhalter wurde rot und begann erneut, nach Unkraut zu suchen. Schilling wartete geduldig. Dann drehte sich Munderloh wieder um.

»Wenn man in einer solch alten Bremer Firma arbeitet, will man es sich doch nicht mit der Geschäftsleitung verderben. Ich habe genickt.«

»Und wie wurden die Summen zurückgezahlt?«

»Keine Ahnung.«

»Das lief also nicht über Ihre Bücher?«

»Keine Ahnung, vielleicht hat er noch eine zweite Buchhaltung, und ich mache nur die Abrechnung für das Geschäft am Wall.«

»Wer könnte das sein?«, fragte Schilling.

»War nur so eine Vermutung. Vielleicht hat er das privat beglichen, wer weiß. Er konnte ja auch Geld den Tageseinnahmen entnehmen. Damit hat er das vielleicht zurückgezahlt. Ich habe allerdings nie Quittungen dafür gesehen.«

Munderloh knotete den Beutel zusammen, warf ihn in eine Tonne und schloss sorgfältig den Deckel. »Ich weiß da wirklich nichts. Das sind alles nur Vermutungen.«

Munderloh hatte auch keine irgendwie auffällig wirkenden jungen Männer gesehen.

Nachdenklich fuhr Schilling in die Stadtmitte zurück. Auf den ersten Blick war das alles nachvollziehbar. Er wusste von Ayşe, dass es viele Geschäftsleute gab, die sich privat Geld liehen, um damit ihre Firma aufzupolstern. Aber was hatte es denn mit der Bemerkung des Buchhalters auf sich, als er von den Kaiman-Inseln gesprochen hatte? Er würde Munderloh noch einmal besuchen müssen.

Kurz vor dem Polizeihaus klingelte sein Handy, und nach dem dritten Klingeln klickte es in der Leitung. »Dora Harms.«

»Einen Moment bitte.«

Er parkte am Wall und rannte die Treppe hinauf in sein Büro. »Jetzt geht's.«

Die vertraute, ruhige Stimme erinnerte ihn daran, dass er Dora mit so einer Art ungenehmigtem Sondereinsatz beauftragt hatte. Zu seiner Beruhigung war sie aber eine besonnene Frau, keine Wichtigtuerin. Wider Willen musste er lächeln. »Hallo, Frau Harms, fühlen Sie sich an Ihre Vergangenheit erinnert?«

Sie blieb erst still. Dann hörte er ein kleines, fröhliches Lachen. »Nicht sehr fern, die Vergangenheit, wenn man quasi wieder vor Ort ist.«

Sein Lächeln verstärkte sich. »Schön, von Ihnen zu hören. Was gibt's? Wann sehen wir Sie wieder?«

Sie antwortete nicht, ließ das Handy ein wenig rauschen.

Er seufzte. »Ich weiß, was Sie denken.«

»Ist das so leicht zu erraten?«

»Ja, natürlich. Sie wollen Klarheit wie ich auch.«

»Es geht nicht darum, dass ich jemanden reinwaschen will. Ich meine, jeder weiß, was in den Zeitungen über Rumänen steht. Ich habe dazu nie etwas gesagt, das wissen Sie. Es geht mir eigentlich darum, was da geschehen ist – es geht um diese armen Kerle, um deren Eltern, um deren Geschwister, um die Freunde. Ich möchte hier bleiben und das klären. Verstehen Sie das?«

»Egal, was dabei herauskommt, Frau Harms?«

»Ja. Ich sag's ja nicht gern, aber ja, egal.«

»Und wie wollen Sie das anstellen, Dora? Wäre das nicht ein ziemlicher Zufall, wenn die gerade aus Bremen kämen?«

Er sah ihr Gesicht am anderen Ende der Leitung vor sich. Ein bisschen aufgeregt, aber auch geduldig, als wäre er ihr Schüler. »Die rumänische Gemeinde in Bremen ist nicht so groß, und viele kennen sich hier. Manchmal sogar zu gut.« Sie prustete kurz, als hätte sie lachen wollen. »Also im Ernst. Wenn die hier längere Zeit in Bremen waren, ist die Wahrscheinlichkeit ziemlich hoch, dass jemand die beiden kennt.«

In seinem Büro mit dem großen Whiteboard an der Wand und dem wunderbaren Blick auf die Kunsthalle auf der anderen Straßenseite legte Schilling das Handy von einem Ohr ans andere. Inzwischen hatte er den Computer aufgeweckt. Auf dem Bildschirm waren viele Suchergebnisse erschienen. Er hatte zwischendurch »Rumänen in Bremen« eingegeben, und er seufzte. Das brachte nichts. Außerdem spiegelte sich auch sein zu schmales Gesicht, und er drehte den Stuhl zur Wand.

»Okay, Dora. Können Sie mich schon aufklären?«

»Die beste Aufklärung haben Sie, wenn Sie morgen früh zwischen fünf und sechs die Gröpelinger Heerstraße langfahren, zwischen dem Park und der Wendeschleife.«

»Und was sehe ich da?«

»Rumänen, Bulgaren, Kurden, Albaner, was weiß ich. Parken Sie mal in Höhe Ritterhuder Straße, und beobachten Sie.«

Er seufzte. »Na gut, mach ich.« Er kritzelte einen Wecker auf die Kalenderunterlage auf seinem Schreibtisch. »Hören Sie bitte genau zu. Sie sind erst kurze Zeit da und kennen die Leute nicht mehr. Sie sind für die keine Rumänin, sondern eine Deutsche. Geraten Sie bitte nicht in etwas hinein, womit sie nicht fertig werden. Wohin ich mich auch drehe und wende bei so einer Untersuchung, es kann immer wieder gefährlich werden. Seien Sie vorsichtig, und kommen sie lieber früher als notwendig zurück.«

»Ich passe auf.«

»OK. Gibt es da so was wie eine rumänische Gemeinde, ich meine, mit einer Art Gemeindehaus oder vielleicht einen Kulturverein? Die mich etwas aufklären könnten, oder sprechen die nicht mit mir?« In Gemeinden, wusste Schilling, wird so etwas wie Stammesbewußtsein gepflegt, und so gab es immer eine deutliche Trennlinie zwischen Personen, die dazugehören, und denen die nicht dazugehören.

»Ich schau' mich um, Herr Schilling. Vielleicht ein Lokal, wo sie sich gerne treffen. Vielleicht gibt es hier sogar eine orthodoxe Gemeinde. Keine Ahnung. Ich glaube aber, die Gruppe ist zu klein für so etwas. Ich habe nur von einer Art informellen Gemeinde gehört. Ab und zu kommt jemand aus der Gemeinde Hamburg und, na ja, ›pflegt seine Schäfchen‹ hier.«

»Und wo und wann?«

»Ich habe gehört, gleich morgen kommt jemand. Ich schicke Ihnen die Adresse, Herr Schilling.«

»Wir haben morgen auch ein Foto von dem Uhrendeckel in der Zeitung. Vielleicht hören Sie etwas über diesen Weg.« Dann legte sie auf.

Inge Dunker hatte aufmerksam mit zugehört und bereits eine Markierung auf der Straßenkarte angebracht. Sie wirkte aufgekratzt.

»Geld ist mächtiger als alles andere. Das ist nur durch irgendwelche EU-Dinger möglich. Ich wette, Mindestlohn ist da ein Fremdwort. Und die hocken bestimmt in irgendwelchen finsteren Gruften zu Wucherpreisen.«

»Sie meinen Sklaverei?«

»Nein. Ja. Das heißt ›Scheinselbstständigkeit‹ oder Saisonkräfte oder sowas. So eine Art Au-Pair auf der Baustelle. Jeder nimmt da'n anderes Wort. Aber unterm Strich ist es das gleiche.«

Sie lachte. »Herr Schilling, das wissen Sie schon. Tippen Sie mal Scheinselbstständigkeit in unser System. Und wissen Sie was?«

»Was?«

»Je länger ich drüber nachdenke, desto mehr finde ich, dass das normal ist. Das ist nicht anders als irgendwo in der Pampa. Da unterscheiden wir uns nicht von irgendwelchen Bananenrepubliken. Und genau wie da schreit niemand ›Verrat‹. Alle freuen sich, dass sie Knete sparen.«

Schilling winkte ab: »Es gibt da Unterschiede, aber natürlich ....«

Er drehte seinen Stuhl wieder um, rief die polizeiliche Datenbank auf und gab »Scheinselbstständigkeit« ein. Er wartete, bis der Computer sich durch die Einträge gewühlt hatte. Er beugte sich zum Bildschirm. »Haben Sie irgendwas in diesem Zusammenhang zu unserem Fall?«

»Noch nicht. Mal sehen. Aber vielleicht gibt's den.«

Sie schwieg kurz. »Wir müssen vorsichtig sein, ja? Immerhin wird das ja geduldet. Für manche hier verderben die Rumänen das Deutsche Volk. In Wahrheit hat es in den letzten Jahren vielleicht zwei Fälle für die Kripo gegeben. Ein neuer Fall wär für die ein gefundenes Fressen.«

Schilling nickte nachdenklich. Auf dem Computer vor sich sah er die Suchergebnisse. Er setzte die Brille auf und rückte noch näher an den Monitor heran. »Sinnlos«, sagte er, »ohne eine feste Spur haben wir nichts.«

»Genau«, erwiderte Inge trocken. »Gut, dass wir Dora da haben. Es war richtig, sie da hinzulassen.«

Er seufzte, und fast musste er lächeln. »Danke für die moralische Unterstützung.«

9

Unausgeschlafen stand Schilling vor der Tür des provisorischen Gemeindezentrums in Gröpelingen. Gern hätte er noch einen Kaffee getrunken oder sich wieder hingelegt.

Die frühe Fahrt nach Gröpelingen hatte wenig gebracht. Es war kalt an diesem Morgen gewesen. Gruppen von Männern in Arbeitskleidung, mit Rucksäcken und Wollmützen hatten rauchend vor einer hell erleuchteten Selbstbedienungsbäckerei gestanden. Sie hatten sich unterhalten. Zwischendurch kamen Kleintransporter und holten sie ab, so eine Art Drive-by-Arbeitsvermittlung. Besser gekleidete Männer gingen auf die Gruppe zu, pickten einen oder zwei von ihnen heraus und verschwanden mit ihnen. Die Situation hatte ihn an eine Szene in dem Film »Cinema Paradiso« erinnert, in der Grundbesitzer die ihnen genehmen Tagelöhner aussuchen. Sicher war es hier so ähnlich. Aber sollte es da wirklich eine Verbindung zu seinem Fall geben? Solche Männer wären seiner Meinung nach in einem Kaufhaus am Wall mit Sicherheit aufgefallen.

Nach einigen Kaffees war er zu der von Birgit Brüggemann genannten Katharina Menzel gefahren, die im ersten Stock des Kaufhauses gearbeitet hatte.

Ihre Wohnung und ihr Gehabe war das, was sie wohl für vornehm hielt, und Schilling belustigte sich mit dem Gedanken, er hätte eigentlich ein Empfehlungsschreiben mitbringen müssen. Der Scheinprunk einer solchen Umgebung vermochte ihn aber nicht sonderlich zu beeindrucken, denn er war in soliden Bremer Verhältnissen aufgewachsen. Darum hielt er sich nicht lange in dem in hellem Grau gehaltenen Flur auf, wo eine gerahmte Gemäldereproduktion darauf wartete, mit Anerkennung betrachtet zu werden, gefolgt von einem hohen Spiegel, der den Eindruck üppiger Weite vergeblich zu vermitteln versuchte. Er folgte ihr geradeaus weiter bis in das, was er für das Wohnzimmer hielt. Katharina Menzel positionierte sich vor mit einem Schal zusammengerafften

Chintz-Vorhängen und bat ihn, auf einem der nachgemachten Hepplewhite-Stühlen Platz zu nehmen.

Sie stellte zwei mit Blumen verzierte Tassen auf ein zierliches Tischchen und kündigte einen Kaffee und etwas Gebäck an, verschwand in der Küche und kam mit einem versilberten Kännchen zurück. Schilling war dankbar, einen Kaffee hatte er jetzt gebraucht. Katharina Menzel setzte sich, strich mit der Hand ihre Haare zurück und beobachtete ihn aufmerksam. Er sah, dass sie sich beherrschen musste, um nicht mit den Fingern auf dem Tisch zu trommeln.

Hatte eine solche Frau wirklich etwas zu verbergen? Wusste sie schon, wonach er suchte? Er wurde das Gefühl nicht los, dass sie bereits von jemandem angerufen worden war. Natürlich hatten auch zahlreiche Details in der Zeitung gestanden. Sie ließ sich seinen Ausweis noch einmal zeigen, drehte ihn auch noch um und lächelte dann.

»So was habe ich noch nie gesehen.«

Schilling überging diese Einladung zum Smalltalk. »Ich würde Sie gerne zu dem fraglichen Mittwoch befragen.«

Sie lächelte etwas gequält und strich eine imaginäre Falte auf ihrem Rock glatt.

»Das sind schlechte Erinnerungen«, sagte sie. »Furchtbar. Gott sei Dank ist niemand zu Schaden gekommen. Aber wir haben alle unseren Job verloren.« Betrübt schüttelte sie den Kopf, dann riss sie sich zusammen. »Was möchten Sie wissen?«

»Könnte jemand durch Ihre Etage an Ihnen vorbei, ohne von Ihnen bemerkt zu werden?«

»Sie meinen die beiden Männer, die Herrn Klemm überfallen haben.« Und als Schilling nickte fuhr sie fort. »Unwahrscheinlich. Es sein denn, in der Mittagspause. Und natürlich«, sagte sie nach einer Denkpause, »natürlich kann man einer Person nicht von außen ansehen, ob sie jemanden überfallen will. Wie alt sollen die denn gewesen sein, und woher kamen die?«

Schilling musste improvisieren, denn er konnte ja schlecht die Ergebnisse der Obduktion verraten. »Die waren zwischen 20 und 30, dunkle Jacketts, dunkle Hosen, dunkle Haare. Vielleicht hatten sie eine Aktentasche dabei.«

Sie schüttelte den Kopf. Ihr war nichts aufgefallen. Schilling ließ sich von ihr noch einmal auf einer kleinen Skizze erläutern, wie die beiden Männer möglicherweise ins Haus gekommen waren.

Zusammen schlossen sie den Fahrstuhl auf – die sich öffnenden Türen hätten in dieser Art von Kaufhaus mit einer sehr persönlichen Beratung zu viel Aufmerksamkeit erregt. War es möglich, dass die beiden Männer gewusst hatten, wann die Mittagspause war? Auch diese Möglichkeit tat sie als unwahrscheinlich ab. Unzufrieden trank er den Rest des Kaffees aus und machte sich auf den Weg zu dem improvisierten Gemeindezentrum, dessen Adresse er inzwischen von Dora Harms erhalten hatte.

In einiger Entfernung von seinem Ziel stieg er aus dem Auto, um sich ein genaueres Bild von seiner Umgebung zu machen.

Wie schon vorher auf der Gröpelinger Heerstraße zeigte sich ein Bild mit verschiedenartigsten Passanten. Unter ihnen junge, modern gekleidete Männer oder Frauen, zu zweit miteinander schnatternd über ihr Smartphone gebeugt, Afrikanerinnen in buntbedruckten Gewändern, die in Sandalen gemächlich durch die Straßen schlenderten, Männer in weißen Turbanen oder mit bunten Kopfbedeckungen, Hausfrauen mit ihren Einkäufen, Handwerker, Frauen mit und ohne Kopftuch, die hinter oder auch neben ihren Männern gingen, grauhaarige Männer mit gemusterten Pullis in Jackett und Pudelmütze. Teilweise schien ihm das authentisch, vor allem, was die Kleidung und die Farben der Gesichter betraf, gleichzeitig aber auch wie für Außenstehende inszeniert.

Als er ankam, geleitete ihn eine junge Frau in ein hässliches Gebäude mit einer Waschbetonfassade hinein. Im Untergeschoss hatte jemand eine Garage in einen Aufenthaltsort verwandelt. An einer Wand stand ein Regal, gefüllt mit Büchern und einer kleinen Stereoanlage, Fotos mit Menschengruppen an einer anderen. Das Garagentor war von innen notdürftig verkleidet, darauf klebte eine Mischung von Kalendern und Fotos verschiedener Kirchen. Eine weitere Wand war mit gerahmten Fotos von Heiligenbildern geschmückt. Als er eintrat, war es ein paar Augenblicke still, bis jemand die Tür öffnete. Der Betreuer der Gemeinde, ein Mann namens Kern, entsprach dem, was Schilling nach Doras Darstellung erwartet hatte. Er stellte sich vor und Schilling blickte in freundliche braune Augen. Anfang 40, schätzte er, mit schon ersten grauen Haaren im Vollbart. Als er seinen Ausweis zückte, blitzte einen Moment lang so etwas wie Unsicherheit in seinen Augen auf. Schilling fragte sich, welche Erfahrungen dieser Mann mit deutschen Behörden bereits gemacht hatte. Ob das wohl ein orthodoxer Priester war? Kern erriet seine Gedanken.

»Sie können mich einfach mit ›Herr Kern‹ anreden. Nur die Gemeindemitglieder sagen ›Parinte‹ zu mir«, sagte er und bat ihn an einen kleinen Tisch mit zwei Stühlen. Er nahm einen Stapel Blätter von einem Stuhl, legte sie auf einen Tisch und bot Schilling eine Tasse Tee an.

»Im Moment müssen wir mit dieser Improvisation leben. Vereinzelte Spenden hier und da, eher wenig, Sie wissen schon, vor allem von denen, die es sich eigentlich nicht leisten können. Das sind menschliche Unzulänglichkeiten, über die man nicht so streng urteilen sollte.« Er redete langsam und deutlich. »Ich bin meist alle 14 Tage hier, bis wir eine kleine Gemeinde aufgebaut haben. Dieser Ort hier«, – er hob seine rechte Hand und machte eine kreisförmige Geste, »ist natürlich nur ein Provisorium, das ich nutzen kann. Das ist alles, worüber ich verfüge.«

Schilling zog einen Hefter aus seiner Tasche. »Ich müsste mich kurz mit Ihnen unterhalten, oder haben Sie es eilig?«

Kern zögerte. Sein Blick ging kurz zur Tür. Warteten dort vielleicht Gemeindemitglieder? Aber Schilling täuschte sich, denn Kern sagte: »Aber gerne. Kommen wir mit einer Stunde hin?«

Schilling nickte und zog das Foto mit dem Uhrendeckel aus dem Hefter. »Wir müssen das bitte ganz vertraulich behandeln, wir stecken mitten in einer Ermittlung, und davon darf nichts nach außen dringen.«

Er deckte ein Foto auf und sagte: »Schauen Sie mal bitte? Das ist bei einem Brand übrig geblieben, und es ist jemand bei diesem Unglück zu Schaden gekommen. Wir möchten den Träger gerne identifizieren.«

Kern runzelte die Stirn, legte das Foto vor sich und reichte Schilling einen Becher Tee. »Zu Schaden gekommen?«

Schilling antwortete nicht sofort, sondern er betrachtete Kerns Augen. Er drehte das Foto um und hielt es Kern hin.

»Können Sie mir vielleicht etwas darüber sagen?«

Kern ließ sich Zeit. Er stellte langsam seinen Becher auf den Tisch. Dann nahm er das Foto in beide Hände, und Schilling glaubte ein kurzes Aufblitzen in seinen Augen zu erkennen.

»Nein.« Kern ließ das Foto sinken. »Nein, tut mir leid. Natürlich kann ich die Inschrift lesen. Das ist Rumänisch, und deshalb sind Sie ja hier.«

Er hielt Schilling das Foto hin, aber der nahm es nicht, sondern musterte weiter Kerns Gesicht. »Wer könnte mir etwas darüber sagen?«

Ein leises Lächeln überzog Kerns Gesicht. »Das kann ich nicht tun.« Er breitete die Hände zu einer entschuldigenden Geste aus. »Das werden sie sicher verstehen. Ich kann höchstens einige Mitglieder der Gemeinde darauf aufmerksam machen. Vielleicht gibt es ja eine Reaktion darauf.«

Schilling wartete noch einen Moment ab. War das jetzt ein Umherirren in gefühlter Vertraulichkeit, oder verschwieg Kern Dinge, die er hätte berichten sollen? Schilling fühlte sich jedenfalls ausgeschlossen und war an kleine Jungen in Gruppen erinnert, die natürlich alle schweigen, wenn jemand unter ihnen eine Scheibe eingeworfen hatte. Er versuchte, aus Kerns Augen zu lesen, vielleicht ein Flackern zu sehen, irgendetwas, das ihm verriet, was dieser Mann beabsichtigte. Aber er fand nichts.

Schließlich griff er nach dem Foto und schob es auf den Tisch. Er zeigte darauf und sagte: »Ihre Mitglieder. Glauben Sie, einer von denen würde sich melden? Vielleicht könnte ich jemanden schicken, der sich mit ihnen unterhält.«

Kern schnaubte ein wenig und sagte dann leise: »Ich bitte Sie. Meine Schweigepflicht ist das Rückgrat dieser Gemeinde. Das Vertrauen wäre zerstört, wenn ich mit der Polizei einen Deal machen würde.«

»Das ist mir natürlich klar. Aber...« Schilling sprach langsam und bedächtig und zeigte nochmals auf das Foto. »Aber wissen Sie, woran ich denke?«

»Woran denn?«

»Ich stelle mir die Eltern dieser beiden vor. Die Großeltern, die Freunde, die Partner. Soll ihre Zukunft damit belastet sein, dass sie nicht wissen, was mit Andrei oder Dora passiert ist? Ich stelle mir vor, dass die Beteiligten das vielleicht selbst entscheiden möchten.« Diese Worte ließ er im Raum stehen und ließ sie ein Weilchen sacken.

»Vielleicht geht es ja so: Wir haben dieses Foto in der Zeitung veröffentlicht.« Schilling schlug die Tageszeitung auf und zeigte auf eine Seite im Bremer Teil.

»Ich habe es ihnen gezeigt. Sie haben es gesehen. So können sie ohne weiteres fragen.«

Er bemerkte, dass Kern nachdenklich wurde.

»Hören Sie«, sagte der Geistliche, »ich bin für diese Mitglieder hier verantwortlich. Ich kann hier keine Polizisten offiziell reinlassen. Das geht nicht. Die würden mir nie wieder vertrauen. Aber ich kann den Zeitungsausschnitt auf den Tisch legen, so dass ihn jeder sieht, der mich besucht. Vielleicht kommt etwas dabei heraus.«

Schilling erhob sich, klappte die Akte zu und folgte Kern zur Tür. Bevor er sich verabschiedete, sah er ihm in die Augen. »Eins noch«, sagte er leise. »Würden Sie nicht wissen wollen, was mit Ihren eigenen Kindern passiert ist?«

Kern sah ihn stumm an, dann lächelte er und sagte: »Vielleicht nicht immer.«

Als Schilling zurückkehrte, hatte Inge Dunker im Polizeihaus inzwischen alle Protokolle gelesen und ausgewertet. Sie kam auf ihn zu und sagte: »Klemm ist wieder raus, nachdem er eine Haftprüfung beantragt hatte. Der Richter hat die Haftgründe nicht akzeptiert, vor allem wegen der Verhältnismäßigkeit. Jetzt sind wir wieder am Anfang.«

Nachdem Schilling von seinem Besuch in Gröpelingen berichtet hatte, nickte sie, zeigte auf die weiße Tafel, und Schilling erkannte ein Dreieck. Oben stand »Klemm«, in der linken Ecke »Rumänen« und in der rechten Ecke »Finanzierungen«. Sie zeigte auf ihr Gebilde.

»Das müssen wir überprüfen. Das Dreieck. Von dem Klemm haben wir nur die Aussage bei uns und die aus der U-Haft. Sein Finanzzeugs müssen wir noch überprüfen. Da hab ich jemanden drauf angesetzt, der überprüft ihn auf krumme Geschäfte. Und hier unten, bei den Rumänen, da haben wir fast nix. Sieht auch nicht so aus, als würden wir da bald was kriegen. Bleibt die Finanzierung. Wir müssen diesen Munderloh nochmal befragen. Das hörte sich alles komisch an. Wir nehmen jemanden mit, der was von Buchhaltung versteht.«

Inzwischen war es Nachmittag geworden, und das Wetter hatte sich geändert. Dunkle, schwere Wolken öffneten sich und entluden ihren Inhalt über der Stadt. Auf dem Weg nach Lilienthal wurden sie von zwei Einsatzwagen mit Blaulicht überholt, Schilling verspürte ein seltsames Kribbeln im Bauch und gab Gas.

Als sie nach der Klinik Lilienthal in die kleine Straße abbogen, in der Munderloh wohnte, war diese in der Mitte mit Flatterband abgesperrt. Er konnte in der Ferne erkennen, dass mehrere Einsatzwagen und auch eine Ambulanz vor dem Haus des Buchhalters standen.

Schilling hatte plötzlich ein Bild vor Augen: Munderloh im Garten, Unkraut, seine scheinbare Unbedarftheit.

Ein dunkler Kombi der Spurensicherung versperrte ihnen die Straße.

Inge Dunker stieg mit ungehaltener Miene aus, klappte ihre Kapuze hoch und trat in den Regen. Sie gingen an den Vorgärten vorbei auf die Gruppe uniformierter Beamten zu. Die Männer und Frauen wirkten ernst und nüchtern, schüttelten hin und wieder ihre Köpfe.

Zehn Meter vor ihnen stand ein Kleinwagen, ein Smart, die Tür geöffnet, nein abgerissen, die Heckklappe offen. Etwa zehn Meter weiter stand eine Gruppe Uniformierter. Schilling verlangsamte seinen Schritt und starrte dann auf ein weißes Laken, das eine Leiche bedeckte. Eine große, dunkle Blutpfütze hatte sich unter dem Laken gebildet, die sich kaum von dem Asphalt abhob und sich mit dem Regenwasser vermischte, um sich dann seinen Weg in den nächsten Rinnstein zu bahnen.

Er hob es an der oberen Ecke hoch und sah Munderloh, der mit verrenkten Gliedmaßen mit dem Rücken auf dem nassen Asphalt lag. Seine Augen waren weit geöffnet, und die blutigen Finger erweckten den Eindruck, er wolle etwas abwehren.

Langsam richtete er sich auf, blieb nachdenklich stehen und musste gegen das Verlangen ankämpfen, den Toten in eine normale Position zu bringen und seine Augen zu schließen. Im Laufe der Jahre hatte er viele Tatorte untersucht, aber hier ging es um eine Person, die er schon kennengelernt hatte.

Inge Dunker drehte sich um und ging zu der Gruppe Polizisten, die die Anwohner befragten.

Dennoch gelang es ihm, ruhig zu bleiben. Schließlich war dies ein Tatort, und er könnte Spuren zerstören.

»Genau so haben wir ihn gefunden«, sagte einer der Polizisten. »Nur haben die Rettungssanitäter eine Decke über ihn gelegt.« Er zeigte auf das Laken. »Er ist tot. Von dort«, er zeigte auf den Smart, »bis hierhin geflogen.«

»Ist das ein Unfall mit Fahrerflucht?«, fragte Inge Dunker. »Oder gibt es das zweite Auto?«

»Das sieht nicht so aus«, sagte ein neu hinzugekommener Polizist, der noch ein Maßband in der Hand hielt. »Ich finde keine Bremsspuren. Das müsste man trotz des schlechten Wetters sehen. Ich würde sagen, der muss total gepennt haben. Hier ist die Straße ja ziemlich schmal, da hinten ...«, er wedelte mit dem Arm in eine unbestimmte Richtung, »sind Schwellen, und erst hier, die letzten 50 Meter kann man schneller fahren. Da vorne hört Lilienthal auf, und es geht Richtung Worpswede oder in die Stadt über die Ortsumfahrung.«

»Hier weiß keiner was über das andere Auto.« Ratlos breitete Inge Dunker die Hände aus. Sie war von der Zeugenbefragung zurückgekommen.

»Natürlich haben die noch nicht alle vernommen, aber wer ist schon bei dem Wetter draußen? Zwei Zeugen berichten von einem lauten Knall – das war’s. Dann, später, hat jemand Munderloh auf dem Boden liegen gesehen und ist rausgelaufen. Keine Spur von irgendwelchen Karren. Uns bleibt nur die Spurensicherung.«

Auch die hatte nur vorläufige Berichte. Munderloh war anscheinend mit einem Einkaufskorb aus dem Haus gekommen und hatte die Autotür aufgemacht, um diesen in seinen Smart zu stellen. Dabei hatte ihn das Auto erwischt.

»Ein dunkelblaues Auto, soweit ich das beurteilen kann. Die Marke können wir erst im Labor bestimmen. Muss ziemlich zerkratzt aussehen. Rechts vorne bestimmt auch schwer eingebeult. Ein Scheinwerfer ist hinüber, hier liegen die Splitter. Wir rufen Sie an.«

Schilling drehte sich zu Inge Dunker um: »Wie ist es abgelaufen?«

»Folgendes: Munderloh will einkaufen gehen. Er macht seine Karre auf, schmeißt den Korb auf den Beifahrersitz. Irgendein Typ kommt zufällig vorbei oder wartet in seiner Karre auf Munderloh. Er gibt Gas, das Gummi raucht vielleicht, müssen wir noch finden die Stelle. Er donnert auf Munderloh zu, nietet ihn um, und seine Karre reißt die Tür mit raus. Er geht davon aus, dass kein Schwein draußen ist und verduftet. Und wirklich, keiner hat ihn gesehen. Dahin ist er wahrscheinlich abgedüst.« Sie zeigte Richtung Worpswede. »Er kennt irgendeinen Trampelpfad, fährt da rein und versteckt dort seine Karre. Ne Scheune oder was.«

»Wir haben den Lack, bald wissen wir, was das für ein Auto war«, sagte Schilling. »Vielleicht kriegen wir ihn so.«

»Nur, wenn er blöd ist.«

»Sie meinen, er hat ein Standardmodell?«

»Vielleicht hat der Täter irgendeine alte Karre aus dem Ausland. Je nach Typ können wir uns die spektroskopische Analyse in die Haare schmieren.« Sie schüttelte den Kopf.

»Wo auch immer er das Auto her hat, er muss es irgendwo verstecken.«

»Wollen Sie sich alle Scheunen oder ähnliches in der Gegend vornehmen, um herauszufinden, was darin steht? Er hat's auch vielleicht in 'nem Teich versenkt oder im Wald vergraben. Ich glaub nicht dran, Niklas.«

»Na gut, wir warten erst einmal das Ergebnis der Analyse ab. Gehen wir jetzt in sein Haus, und schauen wir uns noch mal ein bisschen um.«

Die Haustür war noch offen. Wollte Munderloh also noch etwas aus dem Haus holen – aber was? Die Küche lag zur Linken, ein in schäbigem Gelb gehaltener Raum mit einem Tisch aus altem Kiefernholz und einem alten, aber gut gepflegten Herd. Hier war alles sauber geordnet, und Inge warf einen neidischen Blick in diesen Raum. Es war alles perfekt, das hatte sie sich schon immer für ihre eigene Küche gewünscht, und sie seufzte. Was auch immer sie suchten, hier war es nicht. Es gab keine Wand zwischen Esszimmer und Wohnzimmer, und so blickten sie in einen langen Raum mit tiefen Fenstern und einer Glastür, durch die man, wie Schilling vermutete, auf eine Terrasse gelangte. Die Möbel waren schon ziemlich betagt, ein Sofa und zwei Sessel waren um einen kleinen runden Tisch gruppiert. Zwei Bücherregale richteten sich bis zur Decke auf, beide voller Krimis, alle alphabetisch sortiert.

»Hätte er hier etwas verstecken können?«, fragte Schilling.

Inge warf ihm einen Seitenblick zu. »Auf den ersten Blick nichts.«

Unbeeindruckt setzten sie den Rundgang fort. »Hier ist das Bad.« Blieb nur noch ein kleines Zimmer auf der rechten Seite, vielleicht sein Arbeitszimmer.

Inge zog die Tür auf und trat in den Raum. Dieses eine Mal hätten sie vielleicht Glück und würden eine brauchbare Spur finden.

»Ich weiß nicht, ob wir bei dem Buchhalter was finden. Wenn da was Unkoscheres läuft, schreibt man das doch nicht in die Bücher. Würde ich jedenfalls nicht machen«, sagte Schilling voller Skepsis. Er hob seine Augenbrauen zweifelnd hoch.

Er ging mit schnellen Schritten die Treppe hinauf, warf einen kurzen Blick in das Schlafzimmer und das Bad und kam dann zurück, um mit Inge das Arbeitszimmer zu durchsuchen.

Es war ziemlich klein, vielleicht um die acht Quadratmeter. In der einen Ecke stand ein Schreibtisch mit einem Bürostuhl, darunter lag eine Matte, um den Fußboden zu schonen. Daneben ein kleiner Tisch für Drucker, Modem und Computer. An der Wand über dem Schreibtisch hing Munderlohs Abgangszeugnis von irgendeiner Akademie. Damit war der Raum genau so, wie Inge Dunker es sich vorgestellt hatte: ein klaustrophobischer, kleiner Raum, Regale mit Büchern und Aktenschränken. Der Computer fehlte allerdings, lediglich die Anschlusskabel waren vorhanden. Es gab keine persönlichen Dinge, die etwas über den Buchhalter verraten hätten. Der Schreibtisch war leer bis auf einen Kalender als Schreibunterlage, das Büro so unpersönlich wie ein Ausstellungsstück in einem Möbelhaus.

Neben dem Schreibtisch stand eine Transportkiste mit einem Aktenordner darin. Im Aktenschrank lag nur noch eine Mappe, der Rest war entfernt worden. Er konnte an den feinen Staubspuren erkennen, wo die Akten gestanden hatten. Das konnte nur Munderloh selbst gemacht haben, nahm Schilling an, denn der Täter war ja sofort geflüchtet. Das war vielleicht seine letzte Fuhre gewesen, als es ihn erwischt hatte.

Hatte Munderloh noch für andere die Buchhaltung gemacht? Er suchte nochmals nach einem Computer, aber die Anschlusskabel waren alles, was Munderloh übrig gelassen hatte. Den Rechner hatte Munderloh wohl auch mitgenommen.

»Ich rufe mal die Lagerraum-Typen an. Vielleicht hat er irgendwo was gemietet und den fehlenden Kram da untergebracht.«

Inge hatte wie so oft die gleichen Schlüsse gezogen wie er selbst. »Und dann klapper ich mal die Verwandten ab. Sieht nicht so aus, als wär der Typ mit ’ner Frau zusammen gewesen.«

Sonst fanden die beiden nichts, was Munderloh zum Abtransport bereitgestellt hätte.

»Diese Akte. Alles nur irgendwelches Buchhalterzeugs.« Inge Dunker blätterte in einem Ordner »Da müssen wir uns wohl einen Dummen suchen, der das durchblättert.«

Sie drehte sich um und sah ihm direkt in die Augen.

»Wir müssen uns mit den Kollegen vor Ort einigen. Aber die Akten nehmen wir auf jeden Fall mit. Vielleicht liegt die Lösung direkt vor unserer Nase, in dieser Akte versteckt.« Schilling seufzte. Er wusste, das würde viel Arbeit bedeuten, und sie würden einen Spezialisten heranziehen müssen.

Als er das Haus verließ, trottete Inge mit der Schreibunterlage hinter ihm her und grinste zufrieden. Sie würde nach Kugelschreibereindrücken suchen, nach eingeklemmten Zetteln oder Notizen auf der Rückseite.

10

Schilling fuhr zurück an den Wall und ließ das Kaufhausgebäude in seinem jetzigen Zustand auf sich wirken.

Dieser Teil des Walls war vom Feuer schrecklich gezeichnet, und es roch immer noch infernalisch. Die Glut hatte aus den Fenstern dunkle Löcher gemacht; Decken waren nur noch verkohlte Reste, und von der schönen Fassade waren bloß verkohlte Terrakotta- und Sandsteinplatten übrig geblieben. Durch die milchigen Schaufenster im Erdgeschoss konnte Schilling auch die übrig gebliebenen Modepuppen mit ihren vom Qualm gezeichneten Kleidern erkennen, den dunklen, wie in eine Höhle führenden Eingang sowie die vom Dach herunter gefallenen Ziegel, die von einem Glasdach aufgefangen wurden, das sich unter der Last dieses Gewichts bedrohlich durchbog.

Die Häuser rechts und links waren auch fast hinüber, das Feuer hatte im Dachstuhl gewütet und sie zusammen mit dem Löschwasser in Ruinen verwandelt. Als hätte nicht schon die architektonische Modewut der 1960er-Jahre und der folgenden Jahre genug Schaden angerichtet und vieles von dem verstümmelt, was der Krieg übrig gelassen hatte. So standen seiner Ansicht nach denn auch die Chancen schlecht, das Gebäude oder zumindest die Fassade zu erhalten, denn in der Stadt war in den letzten Jahrzehnten eine Art Epidemie ausgebrochen, die neue Gebäude alle ähnlich steril aussehen ließ.

Er schwelgte noch ein wenig in seinen Erinnerungen an die Zeiten, in denen es noch Stoffe gab, die lange hielten, Verkäuferinnen, die nicht nur die Namen seiner Eltern kannten, sondern auch deren Konfektionsgrößen, Tage, an denen er seine Großmutter begleitet hatte, wenn sie in einer Abteilung voller gut dekorierter Dinge Bettwäsche einkaufte, und schüttelte schließlich den Kopf. Das war vorbei und, in diesem Fall, sogar vollständig vorbei.

Im angrenzenden Haus, in dem unten liegenden Geschäft, packten mehrere Personen vorsichtig ihre beschmutzten

Waren in Umzugskartons. Zwischendurch blieben sie immer wieder stehen, schüttelten den Kopf, seufzten und verschmierten ihr Gesicht mit rußigen Handschuhen. Fertig verpackte Waren, zugeklebte Behälter und hellblaue Müllsäcke lagen verstreut auf dem Boden herum. Zwei Männer schrieben eifrig Bemerkungen in ihre Checklisten auf Klemmbretter, und eine Frau saß zusammengesunken auf einem Stuhl, so, als habe sie sämtliche Energie verloren.

Als er sich näherte, sah sie auf, streifte Schilling mit einem resignierten Blick und wandte sich gleich wieder ab. In der Nähe stand ein stabil aussehender Karton, den er nahm und auf den er sich setzte. Sie blickte traurig vor sich hin; in einem Augenlid zuckte es. »Sind Sie von der Presse? Ich möchte nicht darüber reden. Ich sehe keinen Sinn, das alles noch einmal zu erzählen. Sehen Sie mich an. Sehen Sie sich um. Das habe ich nicht verdient.«

Mit mehreren aufmunternden Bemerkungen gelang es Schilling, sie zum Aufstehen zu bewegen, und bot ihr an, bei Stecker zusammen mit ihm eine Tasse Kaffee zu trinken. Früher hatte er das Café geliebt. Seine Mutter hatte ihn als kleinen Jungen immer mit zu Stecker genommen, damit er sähe, wie man sich dort benähme und was man dort bestellte. Manchmal tat sie die Kuchen mit »geht so« ab, manchmal lobte sie sie. »Dein Vater«, sagte seine Mutter zu ihm, »meint allerdings, dass man Linzer Torte nirgends so wie bei uns bekommt.« Niklas hatte mit bescheidener Miene genickt und das altmodische Interieur und die ehrfurchtgebietenden Ölgemälde längst verstorbener Vorbesitzer bestaunt, die von der Wand aus noch immer den Betrieb zu überwachen schienen, die alten, etwas abgeschabten Möbel, die Bedienung mit gestärkten Schürzen und weißen Häubchen. »Auch untergegangen«, dachte er, als er nun das Café betrat, das ein Berater nach originellen Vorstellungen vielleicht »bistromäßig« ausgestattet hatte. Nur mühsam stellten sich die Erinnerungen an die früheren Cafébesuche wieder ein, und er lächelte.

Nach einiger Zeit hatte er zwar einen guten Kaffee getrunken, aber das Gespräch war ineffektiv gewesen. Sie hatte lediglich berichtet, dass sie sehr besorgt gewesen sei wegen des Schimmels. Klemm hatte sie immer wieder vertröstet, gesagt, er werde das schon in Ordnung bringen, aber nach einigen Gesprächen habe sie dann aufgegeben. »Es ist natürlich um immens viel Geld gegangen«, hatte sie gesagt. »Wo sollte er das auch hernehmen? Mein Eindruck war, dass es mit dem Geschäft bergab ging und er so auch zu preiswerte Kleidung einkaufen musste. Wissen Sie«, und dabei schaute sie Schilling so an, als hoffte sie, in ihm einen Verbündeten zu finden, »wenn man billiges Zeugs kaufen will, ich meine, eher schlampig genäht, wenig haltbarer Stoff, schlechter Sitz, nicht so wie die Qualität von früher, dann geht man nicht in so ein Geschäft am Wall. Aber so läuft es wohl heute, die Geschäfte rennen solchen Dingen hinterher.« Aber immerhin lächelte sie und hatte ein wenig von ihrer Melancholie abgestreift.

Er sah auf die Uhr. Es war an der Zeit, zum Bahnhof zu gehen und seine Tochter zu überraschen, die gerade von einer Klassenfahrt zurückkam.

Er fasste noch einmal in seine Tasche, um sich zu vergewissern, dass er die von Ayşe hübsch eingepackte, kleine Pralinenschachtel dabei hatte; eine völlig überflüssige Geste, da er in seiner Jacke nichts mitgenommen hatte als diese Schachtel, die für die Klassenlehrerin gedacht war. Draußen war es hell, und so schaute er mit zusammengekniffenen Augen durch die Eingangstüren in die große Halle des Bahnhofs hinein.

Seit dem Umbau vor vielen Jahren hatte sich dieser Raum in eine Art Mall verwandelt: gefliester, leicht zu reinigender Boden, Reklametafeln, riesige, von der Decke herabhängende Displays mit den letzten Nachrichten über Promis, Fußball, Politik. Bücherläden, Drogerie-Supermärkte, Fastfood-Buden. Die Menge, die sich zum Ausgang drängte, traf auf die Menge, die sich zu den Gleisen bewegte und sich dann in der Mitte der Halle nach einem unvorhersehbaren Muster verteilte. Schlangen standen vor dem Infopoint, Zuspätkommende rannten, viele redeten in ihre Handys, begrüßten und verabschiedeten sich. Mehr amüsiert nahm Schilling den Lärm und das Durcheinander wahr, bis er plötzlich stocksteif stehen blieb. War das möglich? Mitten in einer Gruppe von Frauen in wattierten Jacken saß, ja, war sie das wirklich?

Da saß Dora Harms, mehr geschminkt, völlig anders gekleidet als sonst, und gestikulierte mit beiden Händen, ihre Erzählung untermalend. Neugierig trat er einige Schritte näher, fing ihren warnenden Blick auf und schlenderte weiter zu einem Imbissstand, um sich ein Mineralwasser zu kaufen. Was war das?

In Gedanken versunken, ging er langsam zum Gleis und schaute wiederholt auf seine Uhr, denn Eisenbahnen hatten ihn gelehrt, zwar mit Minuten zu rechnen, aber immer auch zu erwarten, dass der Zug Verspätung hatte. Er nutzte die Gelegenheit, um sich mental darauf vorzubereiten, wie er es anstellen könnte, nicht »peinlich daherzukommen«, wie Rosa es ihm eingebläut hatte.

Weil der Zug nur einen Augenblick hielt, hatte sich Schilling im voraus dort platziert, wo der Waggon halten sollte. Zu seiner Überraschung wartete sonst niemand auf dem Bahnsteig, er fand nur dichtgedrängte Reihen gewöhnlicher Reisender. Waren die Eltern alle von ihren Kindern mit dem Hinweis auf »peinlich« vergrault worden?

Wenige Minuten später redete Rosa pausenlos auf ihn ein, und als er sie schließlich bis zur Straßenbahn begleitet hatte, piepte sein Handy. »Bin bei einer Gruppe rumänischer Pflegerinnen – rufe später an. Dora.«

Was sollte das bedeuten? Schilling war gespannt, wartete, und wenig später erreichte ihn Doras Anruf. Im Hintergrund waren noch einige Ansagen zu hören, sie war also noch in der Bahnhofshalle.

»Das wäre ja beinahe schief gegangen. Das waren rumänische Frauen, die als Pflegerinnen in Bremer Familien arbeiten. Die treffen sich dann immer wieder im Bahnhof oder im Bürgerpark.«

»Pflegerinnen?«

»Ja. Hier in Bremen arbeiten eine ganze Menge von ihnen. Ich muss jetzt mit einer zurück nach Gröpelingen. Ich glaube, jemand vermisst die beiden jungen Männer.«

11

Als Dora Harms ihr Handy wieder einsteckte, saßen ihre neuen Bekannten aus Rumänien noch immer am Tisch. Niemand blickte neugierig zu ihr herüber, und sie griff erneut in die Tasche, um das Handy auf lautlos zu stellen. Eigentlich hatte sie nicht damit gerechnet, dass jemand sie erkennt, denn sie hatte ihre Haare zu einem Zopf zusammengebunden, ein helles, gepunktetes T-Shirt, eine hellblaue Strickjacke und eine sandfarbene Hose angezogen. Sie hatte sich geschminkt und trug einen leichten Mantel über dem Arm. So sah sie sonst nie aus, denn sie bevorzugte eine mehr damenhafte Mode. Sie beneidete Schilling für seinen scharfen Blick. Auch ihre blaue, große Handtasche, groß und tief, sollte Schilling unbekannt gewesen sein. Sie war anfangs nicht glücklich über ihre roten Sportschuhe gewesen, die ihr jetzt aber gute Dienste leisteten.

Die Ansage plärrte wieder, doch Sie konnte sie nicht verstehen, denn der Lärm in der Vorhalle war zu groß. Sie drehte sich um, ging ein paar Schritte zurück zu ihrem Tisch und setzte sich wieder zu den anderen Frauen. Wie alle von ihnen arbeitete auch sie als Pflegerin, zumindest für diesen Tag, denn sie begleitete Izabel. Sie war die Nichte ihres alten Familienfreundes, ihres Nenn-Onkels Ion, und sie wollte ihr bei der Arbeit helfen, denn Izabel hatte sich am Arm verletzt und konnte nicht richtig zupacken.

Izabel hatte vor drei Monaten die Arbeit ihrer Schwester übernommen, ein Notfall, denn diese war krank geworden. In der Regel fuhr Izabels Schwester für einige Monate nach Bremen, dann zurück nach Turda, wo ihre beiden kleinen Kinder bei ihren Eltern lebten. So wechselte sie sich mit einer anderen Pflegerin aus Rumänien regelmäßig ab.

Gemeinsam verließen die beiden den Bahnhof und fuhren zu ihrer Arbeitsstelle, einem großzügig gebauten Haus in Borgfeld. Häufig wohnte Izabel dort, manchmal kam sie in Gröpelingen am Liegnitzplatz bei Bekannten unter.

»Ich kann dir aber nur wenig dafür geben«, hatte Izabel erwidert, als Dora ihr Hilfe angeboten hatte. »Weißt du, wir arbeiten meist den ganzen Tag; wir müssen 24 Stunden da sein und bekommen dann im Monat weniger als 1.000 Euro. Was ich schicken kann, schicke ich dann an meine Eltern und meine Kinder. Und dann muss ich auch noch Geld an den Arbeitsvermittler zahlen, 100 Euro jeden Monat.«

Mit jedem Schritt hin zu ihrer neuen Arbeit merkte Dora, wie sehr sich diese Welt von der ihren unterschied.

Izabel hatte sich gefreut, dass sie bei ihr aufgetaucht war und hatte auch nur wenige Fragen gestellt. Sie wusste, dass Dora irgendwo in Bremen untergekommen war und eine Arbeit hatte. Dass sie kein Geld für einen Urlaub habe, hatte Izabel ohne weiteres akzeptiert, Dora dagegen konnte es für sich selbst nur schwer annehmen, dass sie hier die Unwahrheit sagte, und beschloss, ihre Position in dieser Angelegenheit möglichst bald zu klären. Weil sie auch wusste, dass die in Bremen lebenden Rumänen wahrscheinlich aus gutem Grund gegenüber Neuankömmlingen misstrauisch waren – und wer konnte ihnen das bei diesen Lebens- und Arbeitsbedingungen verdenken –, musste sie den Fall der beiden verbrannten jungen Männer möglichst unauffällig klären. Izabel freute sich über ihre Anwesenheit und hatte darauf bestanden, dass Dora ein paar Tage bei ihr blieb oder besser, sie begleitete, damit sie mit ihr reden konnte. Bei ihrer Pflegearbeit hatte sie wegen ihrer rudimentären Deutschkenntnisse nur wenig Gelegenheiten, mehr als einzelne Wörter wie etwa »gut« hervorzubringen. Deshalb redete ihre Freundin unter Bekannten immerzu mit einer irritierenden Unbekümmertheit, doch ihre Worte erreichten ihr Ziel oft nicht, weil sie in halblautem Ton mit sich selbst sprach, so wie sie es während der Pflege oder der Hausarbeit gelernt hatte. Deshalb musste Dora oft ein für beide Seiten unangenehmes Schweigen durch ein unverbindliches »Hm« oder »jaja« überwinden.

Obwohl Dora erst seit einem Tag mit ihr zusammen war, war die alte Bekanntschaft wieder aufgelebt. Und nicht nur die Bekanntschaft. Lebhaft hatte sie plötzlich wieder die Szenen vor Augen, wenn Onkel Ion zu Besuch kam und Izabel mitbrachte, sie zusammen vor einem Holzschuppen Ball spielten und abends gemeinsam in einem Bett schliefen. Und als Izabel mit ihrer Familie umzog, nach Otopeni, waren sie eine Zeit lang zusammen in die gleiche Schule gegangen. Ein ganzes Kaleidoskop an Erinnerungen überfiel sie, angefangen von dem gelben Einwickelpapier für die Schulhefte bis zum Plumpsklo hinter dem Gebäude, und sie fühlte einen Stich in ihrem Herzen.

Sie hatten die Straßenbahn verlassen und liefen miteinander leise plaudernd zu ihrer Arbeitsstelle, als plötzlich, angeregt durch einen jungen Mann, der ihnen entgegen joggte, ein Gespräch über Freunde aufkam.

»Die haben es vielleicht nicht viel besser als wir«, sagte Izabel, als sie die baumbestandene Straße entlang gingen. »Bei denen ist die Freizeit vollgestopft wie bei uns die Arbeitszeit, geradezu zwanghaft, für Muße gibt es da keinen Platz.«

»Und – gibt es einen jungen Mann in deinem Leben?«, fragte Dora, und Izabel lachte.

»Ja, natürlich. Er arbeitet in Österreich. Und er hat einen Job wie viele dort. Morgens wird er abgeholt, auf irgendeine Baustelle, und am nächsten Morgen wartet er wieder.«

Mehr gab es zu diesem Thema nicht zu sagen.

Inzwischen waren sie bei ihrer Arbeitsstelle angekommen, und sie bückte sich, um die Schuhe auszuziehen und auf die Matte vor dem Haus zu stellen. Aus ihrer voluminösen Tasche zog sie ein Paar dünne Hausschuhe, wartete darauf, dass ihr die Haustür geöffnet wurde und schlüpfte hinein, gefolgt von Dora.

Als sie dann am nächsten Nachmittag das Haus verließen – es war Izabels letzter Arbeitstag und ihre Schwester würde ihren Job weiterführen –, fühlte Dora sich wie gerädert. Sie hatten vier Mal in der Nacht aufstehen müssen, um die alte Dame im Haus zu betreuen.

Im Hinblick auf Neuigkeiten zu ihrem Fall war der Tag ohne Ergebnis geblieben. Schon bald saßen sie in der Bahn, und Dora hob gedankenlos die alte Zeitung hoch, die auf ihrem Sitzplatz lag. Rechts von ihr hatte Izabel Platz genommen, und nach einiger Zeit näherten sie sich dem Bahnhof.

Sie waren beide erschöpft und müde, und Dora zog die Zeitung zu sich herüber und blätterte, um sich ein wenig zu unterhalten. Auf Seite acht im Bremer Teil war neben einem Artikel über ein Land, das man nicht kennt, aber über das man eine Meinung haben sollte, der hintere Deckel der Uhr abgebildet, die einer der Opfer getragen hatte. Sie reichte die Zeitung weiter, zeigte auf das Bild und übersetzte, und Izabel erschrak.

»Ist das deine Uhr?«

»Nein, beruhige dich, Izabel. Das ist eine Uhr, die bei einem ungeklärten Kriminalfall gefunden wurde. Wem mag sie gehören? Kennst du die Namen vielleicht?«

Izabel musste nicht lange überlegen. »Nein. Die beiden kenne ich nicht. Hoffentlich ist denen nichts passiert.«

An der Gröpelinger Heerstraße stiegen sie aus, und Dora lud sie zu einem Kaffee ein. Sie selbst bestellte sich einen Espresso und ein Wasser, trank es durstig aus und rührte zwei Löffel Zucker in den Espresso, mehr, um den Zucker zu genießen als den Espresso. Hinter den Tischen saßen mehrere Männer in Arbeitskleidung, anhand derer sie arbeitsuchende Rumänen zu erkennen glaubte. Das Koffein belebte sie beide, und sie kamen ins Gespräch, und bald kamen sie auf die Inschrift auf der Uhr zurück, die Izabel berührt hatte.

»Was da wohl passiert sein mag«, sagte sie. »Schrecklich, wenn so ein Paar zu Schaden gekommen wäre. Denn sonst würde die Polizei ja wohl nicht das Bild von der Uhr veröffentlichen.« Sie begutachtete das Foto erneut, ließ sich den Text noch einmal übersetzen und rückte nachdenklich ihre Brille zurecht.

»Da fehlt das Foto von der Vorderseite. Warum wohl? Ist die Uhr vielleicht zerstört?«

Dora kratzte den Rest Zucker aus ihrer Tasse und sagte nichts.

»Ich kenne die nicht«, sagte ihre Freundin.

»Aber wenn sie hier in Bremen waren«, fuhr sie fort, »ich meine hier, in Gröpelingen, dann müsste die alte Leana sie kennen. Sie kennt alle, die hier wohnen. Ich werde ihr mal das Bild zeigen, aber was soll ich sagen? Ach, eigentlich ...«, sie verstummte. Und nach einiger Zeit sagte sie schließlich leise: »Es geht mich ja eigentlich nichts an.«

Dora gab noch einen Kaffee aus, bezahlte, brachte Izabel noch zu ihrem winzigen Zimmer, das sie mit zwei anderen Frauen teilte, und machte sich auf den Rückweg. Am nächsten Tag würden sie zu einer Familie in Findorff gehen und dort putzen. Vielleicht könnten sie sich danach treffen? Ihrem verletzten Arm ginge es schon besser, sie würde das hinbekommen.

Hatte sie ihre Freundin zum Spionieren verleitet? War das in Ordnung? War das etwas, dessen sie sich schämen würde? Nun, im Zusammenhang mit dem Fall erschien ihr das aber auch wie die Auswertung von Tagebüchern, als vertretbare Methode kriminalistischer Arbeit, um die Wahrheit zu finden. Auf dem Rückweg zur Straßenbahn überlegte Dora verzweifelt, wie sie aus dieser Bredouille wieder herauskommen könnte, und verdrängte diesen Gedanken. Das würde sich irgendwie ergeben. Sie ging noch einmal zurück in das Café. Wenn ihr schon in den letzten Stunden so vieles bekannt vorgekommen war, würde das vielleicht helfen, sich an Dinge zu erinnern, die sie glaubte vergessen zu haben. Außerdem war sie noch immer durstig und kaufte sich eine Limonade. Während sie trank, sah sie die Männer, die in kleinen Gruppen an Tischen saßen oder draußen vor den Fensterscheiben standen. Von ihnen wurde sie kaum weiter beachtet, denn man hatte sie ja zusammen mit Izabel gesehen.

Über die verschwundenen jungen Männer wurde nicht gesprochen. Viel wichtiger war den Anwesenden die Frage, wann man einen neuen Job bekommen würde, wieviel Geld es dafür geben würde, was die Familie zu Hause machte oder wie die Fußballmannschaften abgeschnitten hatten. Als sie den Gesprächen nichts weiter entnehmen konnte, ging sie zur Kasse und kaufte zwei Brötchen für den Abend. Mit der Bedienung plauderte sie einen Moment, fragte nach einer Tageszeitung, und als sie erfuhr, dass es keine gäbe, jedenfalls keine Bremer Tageszeitung, verließ sie den Raum.

Sie lief ein wenig ziellos durch einige der angrenzenden Straßen, fand aber nichts Neues. Und so ging sie zielstrebig über die Gröpelinger Heerstraße Richtung Innenstadt, vorbei an dieser seltsamen Mischung von Call-Shops, Sparkassenfilialen, Hörgeräteläden und Dönerbuden. Ein Anruf bei Schilling, dem sie Bericht erstattete, brachte die Erinnerungen an die zurückliegenden Morde zurück, aber der Rhythmus dieses Stadtteils nahm sie gefangen. Erste Lichter flammten in der beginnenden Dämmerung auf, und sie stieg in die Straßenbahn und fuhr nach Hause.

Am nächsten Tag saß sie schon wieder in dem Café, und die Bedienung erkannte sie wieder. Izabel hatte angerufen und berichtet, dass die Familie aus Findorff abgesagt hätte. Nun habe sie einen freien Tag. Allein würde Dora nichts aus den Männern im Café herausbekommen, soviel war sicher. Außerdem hatten sie sicher andere Sorgen, es sei denn, sie wären persönlich von diesem Fall betroffen.

Also wartete sie schweigend, aber mit gespitzten Ohren auf Izabel und las in einer Bildzeitung. Dort war das Foto auch veröffentlicht worden. Als ihre Freundin hereinkam, sah sie auf, bevor sie weitere Seiten durchgeblättert hatte.

Nach einer warmen Begrüßung und nach einer zweiten Tasse Kaffee für sich und einem Espresso für ihr Gegenüber wurde sie zu einem kleinen Spaziergang durch den Grünzug West eingeladen. Wie würde sie das Gespräch noch einmal auf die beiden verschwundenen jungen Männer lenken können? Sie war ratlos.

12

Am nächsten Morgen ging es gelassen bei den Schillings zu. Aus irgendeinem Grund mussten seine beiden Kinder später zur Schule, und er genoss ihre Anwesenheit. Während er sich über die Zeitung beugte, hörte er im Haus Rosas unverkennbare Stimme, die singend über den Flur ging und anschließend das Badezimmer für mindestens eine halbe Stunde blockieren würde.

Schilling trank fahrig noch eine Tasse Kaffee, wollte aufstehen und setzte sich wieder, überrascht, dass es ihn um diese Zeit schon zur Arbeit zog. Normalerweise war für ihn das Frühstück eine kurze Angelegenheit von drei Tassen Kaffee. Noch während er den Tisch deckte, kam Ayşe herein, half, dann setzten sie sich zusammen hin. Er schob ihr einen Kaffee zu, und sie beide warteten auf ihre Kinder.

Schilling hatte den Bremer Teil der Zeitung auf der Suche nach Neuigkeiten zum Kaufhausbrand zum zweiten Mal durchgeblättert, denn manchmal erfuhr er etwas schneller aus den Medien als aus der Verwaltung. Rosa, noch müde aussehend, kam herein, setzte sich auf Schillings Schoß und lehnte ihren Kopf gegen seine Brust.

Schilling genoss die Wärme und ihren Duft. »Noch müde?« fragte er und um zu zeigen, dass er gesprächsbereit sei: »Freust du dich wieder auf die Schule?«

Ayşe schüttelte ihren Kopf. Dabei wedelte sie mit der Hand vor ihren Augen, um ihm anzuzeigen, was sie von dieser Frage hielt, und schob ihr einen Becher Tee hin.

Rosa kuschelte sich noch weiter zusammen und schien wieder einschlafen zu wollen. Bevor Schilling etwas sagen konnte, kam Harkan herein, gab seiner Mutter einen flüchtigen Kuss, nahm sich einen Becher Kaffee und goss Milch dazu. Lustlos ergriff er die Zeitung, studierte gelangweilt die erste Seite und legte sie dann achtlos beiseite, griff zu einem Brot und begann langsam zu essen.

»Sag mal, Papa«, begann er dann nach den ersten Bissen, »weißt du irgend etwas über Abzockerei bei Handys?«

Schilling, der gerade seine Tasse an den Lippen hatte, setzte sie wieder ab. »Abzockerei? Wobei?«

»Na, eben bei Handys.«

»Meinst du Spiele oder Abos?«

Obwohl Schilling immer genau darauf geachtet hatte, seinen Kindern und damit natürlich auch sich selbst derlei Dinge zu ersparen und sich von den IT-Experten der Polizei hatte beraten lassen. Natürlich wollte er nicht ausschließen, dass Spielehersteller oder Aboverkäufer inzwischen wieder eine neue Masche entdeckt hatten, die er nicht nur als Betrug, sondern als Degeneration einer Gesellschaft betrachtete, die es einigen Mitgliedern erlaubte, Kinder zu betrügen.

Und so beugte er sich besorgt vor und fragte: »Dein Handy?«

»Nein, nein«, wehrte Harkan die Frage ab, holte sein Handy aus der Tasche und ließ den Bildschirm aufleuchten, suchte in seinen Fotos und hielt ihm ein abfotografiertes Handydisplay hin.

»Hier, schau mal!« Er wies auf eine Anzeige in der Ecke, einen kleinen Werbebalken für Klingeltöne.

»Den hat Lisa angeklickt. Sie wollte die nur mal anhören. Nun soll sie im Monat 60 Euro bezahlen«, und als Schilling ihn überrascht ansah, fuhr Harkan fort: »Sie ist nicht die einzige, der das passiert ist. Weißt du, was sie da machen kann?«

Schilling trank seinen Kaffee aus und überlegte. Nach einer Weile sagte er: »Sie soll erst einmal nicht bezahlen. Ich erkundige mich dann, wie man dagegen vorgehen kann. Vielleicht weiß ich es schon heute Abend.«

Harkan warf einen Blick auf die Wanduhr. »Danke Papa. Ich muss gehen.« Er trank auch seinen Kaffee aus, stand auf und verließ das Esszimmer. Wenig später hörte Schilling, der bereits seine Unterlagen zusammengepackt hatte, wie Harkan die Wohnungstür zuschlug, verabschiedete sich von Ayşe und schwang sich auf sein Fahrrad.

Alle noch ausstehenden Untersuchungen der Beweismittel und der Obduktion waren bei Schilling eingetroffen.

Zuerst wurde er zur Analyse des Videos gerufen und vermisste Dora Harms. Sollte sie noch nicht wieder da sein? Er beschloss, ihr möglichst bald eine SMS zu schreiben.

Im Vorführraum erfuhr er wenig. Der gefilmte Mann, der durch den Personaleingang das Gebäude betreten hatte, war nicht zu identifizieren. Selbst seine Größe war nicht genau zu bestimmen, denn er bewegte sich die ganze Zeit gebückt. Anhand einer Vergleichsmarkierung an der Tür schätzten ihn die Fachleute auf ungefähr 180 cm Größe. Die blaue Steppjacke mit schwarzen Applikationen auf Schulter und Arm war ein Allerwelts-Modell, die schwarzen Puma-Sportschuhe und der schwarze Rucksack ebenso. Ungewöhnlich war der Zimmermanns-Hammer, den der Mann in der rechten Hand trug, denn in der Untersuchung konnte man dazu weiter nichts feststellen. Nur die Eingangstür hatte er damit bearbeitet.

Irgendwie wirkte das Video auf Schilling komisch. Obwohl maskiert, hielt der Mann den Kopf gesenkt – wusste er von den Kameras? Man konnte nirgendwo ein Stück Haut entdecken – Hals und Hände waren bedeckt. Was sollte das verbergen? Kannte er sich mit DNA-Spuren aus? Er bat den Vorführer, das Video zu beschleunigen und es mehrfach vorzuführen.

Der Mann ging im Zeitraffer noch seltsamer als vorher. Dreimal erschien die Gestalt am Eingang, um dann sofort wieder zu verschwinden. Dann wiederholte der Vorführer alles noch einmal im normalen Tempo. Schilling ließ sich das Video nochmals rückwärts vorspielen mit dem gleichen Ergebnis: Die Bewegung war irgendwie unnatürlich.

Als er diese Prozedur einige Male wiederholte, bemerkte er, dass das, was einige Ermittler als »Watschelgang« bezeichnet hatten, in Wirklichkeit eine Art Trippelschritt war, den rechten Fuß hatte der Mann nämlich ausgestellt. Das alles sah ganz und gar nicht natürlich aus, und Schilling tippte darauf, dass der Täter sich ausrechnete, so nicht erkannt zu werden. Aber warum dann überhaupt nur dieses eine Video? Klemm hatte von zwei Tätern gesprochen. Und hätten die nicht wenigstens eine Tasche dabei gehabt, um das im Tresor erwartete Geld transportieren zu können? In seinen Augen war das Video eher ein Täuschungsmanöver als die Dokumentation eines Einbruchs. Die Untersuchung der zersplitterten Tür stand noch aus – auch hier gab es ein merkwürdiges Detail. Woher wusste der Täter, dass die Tür nur mit einem Fallenschloss versehen war?

Konnte Inge Dunker vielleicht noch mehr finden als er selbst? Er ließ ihr das Video schicken, ging zu dem rekonstruierten Tatort und ließ sich die Abmessungen des Flurs zeigen. Nun benötigte er eine zweite Person und bat Werner Hess, den Gang nachzuahmen.

Zusammen mit den Ermittlern klebte er weiße Klebemarkierungen für die einzelnen Schritte auf den Fußboden. Unwillkürlich musste er dabei grinsen, denn das erinnerte ihn sehr an die gelegentlichen Theaterbesuche. Choreographen markierten die Schrittfolgen ihrer Tänzer oder Schauspieler auf die gleiche Art und Weise. Dann instruierte er Werner Hess, genau diese Positionen einzuhalten und dabei seine Füße so zu verdrehen, wie er es bei der Person auf dem Video gesehen hatte.

»Nu is genug!« Werner Hess war kurz vor dem Aufgeben, aber Schilling, hoch über der Szene auf einem Stuhl, kontrollierte seinen Gang nochmals anhand des Videos, das er auf sein Handy geladen hatte. Diesmal sah es ziemlich ähnlich aus wie auf dem Original.

»OK. Wie ist es dir ergangen?« Kaum hatte Schilling diese Frage gestellt, als er sich an die unsäglichen Seminare erinnert fühlte, die mit »warmen Socken und bequemer Kleidung« zu absolvieren waren und in denen ständig diese Frage gestellt wurde. Auch Werner Hess grinste. Sie waren damals zusammen in diesen Seminaren gewesen.

»Ist sehr komisch. So würde ich nie gehen. Als ob ich durch Schlamm stapfen würde.«

Werner Hess machte die Bewegung vor, und seine Füße platschten auf das Linoleum.

»Und dann dieser verdrehte Fuß. Das Bein ist so komisch geknickt. Wenn der immer so geht, ist das sehr auffällig. Jeder würde das bemerken. Erinnert irgendwie an Quasimodo auf der Bühne oder im Film. Da würde es passen. Aber normalerweise ...«.

Dann zog er seinen Kopf ein wie der Mann auf dem Video. »Und erst das hier. Dadurch geht man ganz besonders merkwürdig. Ich würde sagen, alles total gestellt.«

Schilling nickte. Das war auch sein erster Eindruck gewesen. Aber was genau bedeutete das? Welche Person hatte diesen Gang vorgetäuscht und warum? Kopfschüttelnd ging er zum rekonstruierten Tatort.

Diesmal hatten die Ermittler mehr Materialien positioniert – Reste von Tischen und Stühlen, verkokelte Papierstapel und undefinierbare Reste. Einer der Ermittler dirigierte ihn zu der ausgebauten Stahltür.

»Das ist das interessanteste Fundstück. Schauen Sie hier – die Tür war verschlossen und ist nur wegen der großen Hitze aufgebrochen. Doppelt verriegelt, also nicht nur einfach zugefallen.«

Dann stellte er Schilling parallel zur Tür und drehte eine Lampe so, dass sie die Tür von der Seite beleuchtete.

»Das ist die Innenseite«, erklärte er. »Das ist die Seite, auf der die Männer waren. Schauen Sie hier.«

Mit seinem Finger wies er auf Beulen und Schrammen, die durch das seitliche Licht hervorgehoben wurden.

»Von wann die sind, kann ich natürlich nicht sagen. Aber ich vermute, die Männer haben versucht, aus dem verschlossenen Raum zu entkommen. Sie haben gegen die Tür getreten und Möbel dagegen gerammt. Hier, gucken Sie mal. Da kann man es sehen.« Er zeigte auf eine scharfe Schramme unten an der Tür.

»Und die Türklinke ist auch verbogen. Jemand hat mit viel Körpereinsatz die Klinke heruntergedrückt.«

Das warf ein neues Licht auf den Fall. Jemand hatte die beiden Männer eingesperrt, Feuer gelegt, und sie hatten verzweifelt versucht zu entkommen.

Eine Tür ging auf, ein Kollege aus der IT-Abteilung kam herein und ging auf Schilling zu.

»Ich habe hier die Funkzellenauswertung. Das war leider ein wenig kompliziert, weil so viele Leute mit ihren Handys unterwegs waren. So eine Analyse ist nicht besonders zuverlässig. Das Signal wird zu sehr hin und her reflektiert, es gibt keine genaue Ortung.«

Er legte einen großen Stadtplan der Bremer Innenstadt auf den Tisch, stellte seinen Laptop daneben und schaltete ihn an.

»Hier haben wir insgesamt vier beteiligte Funkzellen, aber wir haben nur eine abgefragt. In der Zeit von 19 bis 22 Uhr sind das Unmengen von Daten.«

»Schauen Sie mal – diese Personen bewegen sich von einer Zelle zur anderen.« Er wies auf ein gelb und ein blau gefärbtes Feld.

»Ich erspare Ihnen mal die Details, wie wir das alles auswerten. Die bewegen sich. Das sind Passanten. Die hier sind statisch. Sie bleiben in einer Zelle.«

Eine Reihe von Punkten blinkte auf.

»Beziehungen dieser Handys, die in Zusammenhang mit anderen Straftaten standen, haben wir nicht gefunden. Dafür haben wir zwei fiktive Anschlussinhaber gefunden – und die Nummern kommen nicht aus Deutschland.«

»Wie, fiktiv?«, mischte sich Inge Dunker ein.

»Das ist eine Anmeldung aus Monaco. Jemand hat sich da mit einem fremden Namen angemeldet, Frau Dunker. Wir konnten nicht ermitteln, woher die Nummern kommen, aber um 9.32 Uhr wird mit ihnen telefoniert, dann, nach einer Viertelstunde, hört die Aktivität auf. Angerufen haben die eine Nummer in Berlin, auch fiktiv. Die lassen wir gerade zurückverfolgen – soll angeblich aus Bulgarien kommen. Ich vermute, das waren unsere beiden Männer, die das Feuer gerochen haben und dann jemanden angerufen haben, bevor sie starben.«

»Wenn wir das alles zusammenzählen und die Obduktionsergebnisse mit dazu nehmen, haben wir also unsere Vermutung bestätigt. Die Männer sind nämlich erstickt und anschließend verbrannt, sagt jedenfalls der Pathologe. Ein klarer Mordfall.« Schilling räusperte sich.

»Dann haben wir folgende Personen im Haus: Klemm, die beiden Männer, jemand, der die beiden Männer herein lässt und den Mann vom Überwachungsvideo. Wenn die beiden Verbrannten nicht die gleichen Männer sind, die an den Tresor wollten und Klemm gefesselt haben, haben wir noch zwei zusätzliche Personen.«

»Kombiniere«, sagte Inge Dunker und mimte einen pfeifenrauchenden Detektiv. »Drei haben wir auf jeden Fall. Klemm und die beiden Toten. Einer von den beiden war vielleicht auf dem Video. Bleiben zwei. Einer ist tot, also bleibt nur der Klemm.«

»Moment mal«, widersprach Werner Hess. »Aber da gibt es noch mehr Möglichkeiten. Die beiden Männer sperren Klemm ein und werden selbst vom Videomann eingesperrt. Oder jemand hat sich im Kaufhaus versteckt, und der Videomann ist einer von den beiden.«

»Aber wer profitiert in dieser ganzen Geschichte? Ich versteh's nicht. Klemm verdient nix, wenn er seine Bude abfackelt. Er verdient auch nix, wenn er die beiden einsperrt. Wenn's da einen dritten Typ gegeben hat, woran hat der was verdient?« Inge verzog ihr Gesicht. »Alles blöde Theorien. Wir brauchen was anderes.«

13

Bisher hatte sich Dora noch nicht weiter gemeldet, und die beiden gingen davon aus, dass ihnen nichts anderes übrig blieb, als erst die noch nebulösen Dinge aufzuarbeiten, denn in gut geführten Akten mit ihrer scheinbaren Exaktheit verbargen sich oft viele Unklarheiten.

»Geh'n wir mal davon aus, dass der Buchhalter absichtlich übergebügelt wurde. Wessen Karre ist das? Also, der einzige, den wir jetzt noch checken können, ist dieser Klemm. Da müssen wir zu ihm düsen, der ist ja wieder aus dem Knast raus.«

»Du meinst, wir untersuchen seine Garage?« Schilling schüttelte missbilligend den Kopf. »So blöd ist der nicht. Also wenn überhaupt, hat der irgendwo einen Schuppen oder so.«

»Ich hab so'n Gefühl. Diese Brüggemann, diese Personalchefin. Die weiß was. War doch auch noch seine Assistentin und Stellvertretende Geschäftsführerin. Hat ihn den ganzen Tag gesehen. Na? Was passiert da? Kenn ich von Bernd. Wir tun mal so, als ob es nur wegen der Vollständigkeit ist. Wir fragen ganz dumm, wie die beiden Männer reingekommen sind.«

Sie verzog ihr Gesicht, nahm die Autoschlüssel und kurze Zeit später waren sie in der Neustadt angelangt.

Die Personalchefin war überrascht, sie so schnell schon wiederzusehen und fügte für alle Fälle ihrer Miene schnell das Angebot eines künstlichen Lächelns hinzu, um sich von jedem Vorwurf der Unhöflichkeit freizusprechen. Sie nahm wieder die aufrechte Haltung einer elegant gekleideten Frau an und präsentierte sich in grauem Kostüm – das jedem Betrachter als Ergebnis delikater Entscheidungen erscheinen musste.

»Wie die Männer reingekommen sind, weiß ich nicht. Natürlich haben alle Angestellten einen Schlüssel und hätten aufschließen können. Aber ehrlich, das kann ich mir nicht vorstellen. Natürlich kann man immer Geld brauchen, aber so?« Sie schüttelte den Kopf, und ihre Ohrringe begleiteten das mit einem gedämpften Klimpern. »Ich glaube nicht, dass einer von den Angestellten so schwer in Schulden steckt, um so was zu machen.« Prüfend sah sie die beiden an, fand aber nichts in ihren Gesichtern. Inge Dunker wusste es besser. Eine Überprüfung der Angestellten hatte ergeben, dass sich vier von ihnen in einer schwierigen finanziellen Lage befanden. Aber ob das der Auslöser für eine solche Aktion war?

»Ich denke mal, die haben sich irgendwie getarnt und haben sich irgendwo versteckt«, fuhr die Frau fort. »Vielleicht als Hilfskräfte aus einem der Lager.«

»Welche Lager?«, wollte Schilling wissen.

»Aber natürlich haben wir Lager und Garagen. Denken Sie doch nur an die vielen Deko-Gegenstände.« Birgit Brüggemann lächelte sie an. »Aber was wollen Sie da überprüfen?«

Schilling überging die Frage, legte einen schmalen Schreibblock mit Kugelschreiber vor ihr auf den Tisch und bat sie um die Adressen.

»Na, so genau weiß ich das nicht. Durch den Brand sind ja die Unterlagen fast alle vernichtet worden. Aber so ungefähr.« Sie schrieb Adressen und zeichnete die Lagepläne der einzelnen Lager ein. »Sonst wüsste ich von keinen Lagern.«

Inge nickte Schilling zu. »Na ja, ist ja nur Routine. Falls wir das mal benötigen. Wir fragen da mal wegen irgendwelcher Hilfsarbeiter nach.«

»Die könn' wir uns sparen. Die Lager in der Stadt – überflüssig«, sagte Inge Dunker, als sie wieder im Auto saßen.

»Aber!«, fuhr sie fort und ihr Gesicht leuchtete triumphierend auf, »vielleicht ist das ja 'ne Sackgasse. Sie erinnern sich an die Schreibtischunterlage?«

Als er nickte, fuhr sie fort: »Das waren noch 15 Blätter. Ich hab gedacht, wer weiß, wer weiß. Blätterste die mal durch. Und da hab ich was gefunden, auf Blatt sieben.«

Von Vorfreude über das erfüllt, was sie ihm gleich eröffnen würde, zog sie ihr Handy hervor und zeigte ihm eine kaum lesbare Skizze.

»Ich hab's genau entziffert. Da ist irgendwas zwischen Riede und Syke, genaue Kilometerangaben hab ich hier.

Aber ich kann nicht genau lesen, was das sein soll. Könnte Schuppen heißen, könnte aber auch was anderes heißen. Da bin ich nie gewesen, aber das muss ungefähr hier sein.«

Sie zeigte auf einen Punkt der Landkarte, die sie inzwischen hervorgeholt hatte.

»Außerdem, wir sind schon auf dem Breitenweg. Nich so weit weg. Wir probieren's einfach aus. Da fahr'n wir hin.«

Beim ersten Mal fuhren sie an dem Gebäude vorbei. »Vielleicht ist es das da.« Auf dem Rückweg zeigte Schilling nach links. »Das da könnte es sein.«

Das Lagerhaus stand vielleicht 50 Meter hinter einer verfallenen Scheune, auf deren Dach schon kleinere Bäume und Büsche sprossen. Inge Dunker schaltete einen Gang herunter und ließ den Dienstwagen langsam an dem mit Wellblech verkleideten Haus vorbei rollen. Es machte einen ziemlich heruntergekommenen und verlassenen Eindruck. Das Dach war alt, das Gras auf dem Rasenstück davor ungemäht. Unkraut spross auf dem Zufahrtsweg. Die vorderen Türen und Fenster waren mit schweren Latten zugenagelt, und das Wellblech war mit Rost überzogen. Ringsum standen hohe Büsche und verdeckten den unteren Teil des Gebäudes. Kein Schild, kein Briefkasten war zu sehen. Der Zaun lag in Teilen im Gras.

Damit hatte Schilling nicht gerechnet.

»Sieht aus, als ob es leer steht!«

»Oder das ist Tarnung. Wegen der Einbrecher und so.« Inge stieg aus und untersuchte den Boden.

»Bingo! Hier sind irgendwelche Autos langgefahren, erst kürzlich. Haben wir Reifenabdrücke von dem Anschlag auf den Buchhalter?«

Schilling schüttelte den Kopf und stieg langsam aus. Mehrere Reifenspuren führten zum Haus. Hatte das etwas zu bedeuten?

»Wir drehen um«, sagte er zu Inge. Die schaute ihn skeptisch an. Auf der Straße fuhren keine Autos. Seit den letzten zehn Minuten hatten sie kein anderes Auto gesehen. Sie wendete und fuhr hinter den Schuppen.

»Wir gehen die Einfahrt hoch«, sagte sie. »Das ist zwar ein Privatgrundstück. Aber wir sagen einfach, wir hätten einen verdächtig aussehenden Kerl im Schuppen verschwinden sehen.«

»Na gut. Wir gehen aber nur bis zum Schuppen. Ich sehe hier kein Schild, das auf einen Privatweg hinweist.«

Dessen war er sich zwar nicht sicher, aber sie gingen trotzdem zu dem Schuppen, und er drehte sich immer wieder um. Das Lager sah verkommen aus. Sein Gefühl riet ihm, zurück zum Auto zu gehen.

»Das ist allerdings ein wenig seltsam«.

»Wie – seltsam? Wie sollte es denn sein?«

Schilling antwortete nicht und blickte auf das große Vorhängeschloss, das ihnen den Zugang versperrte. Eigentümlicherweise war es ganz neu und glänzte noch. Mittlerweile standen sie gut hinter den Büschen versteckt. Man dürfte sie von der Straße aus kaum sehen können. Zu beiden Seiten des Hauses war Ackerland, auf dem die vom Regen benetzte Aussaat für das neue Jahr bereits in hellem Grün glänzte und von der Sonne beleuchtet wie lackiert aussah.

Jetzt sah Inge Dunker das Schloss auch und ließ ein paar Flüche los. Er beobachtete kopfschüttelnd, wie sie auf eine wackelige Kiste stieg und versuchte, durch Ritzen ins Innere zu sehen. Dann sprang sie wieder herunter und ging ums Haus herum.

»Hinten sind Fenster, da können wir reinschauen.« Sie war wieder zurück und zeigte nach rechts. Schilling sah sie so skeptisch an, als hätte sie ihm gerade eine Currywurst angeboten. Verunsichert warf er einen nervösen Blick auf die Straße, als fürchtete er, einer der Nachbarn würde sie belauschen. Aber da war niemand.

Trotzdem ging er vorsichtig um das Gebäude, stieg auf eine Kiste an der Hauswand, blickte in methodischer Reihenfolge durch das erste Fenster, dann durch das zweite, dann durch das dritte. Schließlich blieb er vor dem Haus stehen und dachte nach. Er wartete, bis Inge die Initiative ergriff und auf die Kiste stieg. In das Halbdunkel des Gebäudes leuchtete sie mit dem Licht ihres Handys durch das Fenster. Dann sprang sie zurück.

»Von wegen alter Schuppen« sagte sie und runzelte die Stirn.

»Brandneue Fenster mit einbruchsicherem Glas und ’ner Alarmanlage.« Sie stieg erneut auf die Kiste, diesmal aber viel vorsichtiger.

»Und drinnen irgendwelche Nähmaschinen oder so.«

Als Schilling erneut durch ein Fenster hineinblickte, sah er genau diese im Dämmerlicht der Fenster auf langen Tischen stehen, begleitet von weiteren Geräten, die er nicht so richtig zuordnen konnte. Alles sah picobello aus. An den Wänden waren Kartons bis zur Decke hochgestapelt, aber es gab kein Auto. Das sah eher aus wie ein Warenlager, und er stieg enttäuscht zurück. Dann besann er sich einen Augenblick, um das Gesehene nochmals Revue passieren zu lassen. Nein, das war kein Warenlager. Die Nähmaschinen standen auf Tischen, darüber hingen Lampen, daneben weitere Maschinen. Hier hatte jemand gearbeitet.

Als sie in Gedanken versunken zu ihrem Auto zurückgingen und er in den Himmel starrte, stolperte Schilling über Reste einer alten Holzkiste am Wegesrand, sie fiel auf die Seite, und er bemerkte im gleichen Augenblick mehrere bunte Stofffetzen, die unter der Kiste gelegen hatten. Als er sie in die Hand nahm, sah er zwei kleine, gestickte Krokodile und einen roten Reiter. Gerade wollte er sie wieder wegwerfen, als Inge sie aus der Hand nahm.

»Natürlich«, sagte sie. »Das isses. Hier hat er gefälschten Kram versteckt.«

Sie bückte sich, um nach mehr zu suchen, fand aber nichts weiter. Und als Schilling sie ratlos ansah, fuhr sie fort: »Der kauft irgendwo den gefakten Kram. Kann man zum Beispiel in Tschechien. Dann vertickt er das als Originale. Vielleicht nicht in seinem Laden, sondern anderswo.«

Sie zeigte auf eines der kleinen Krokodile.

»Oder er kauft irgendwo preiswerte Klamotten und näht diese Dinger drauf. Die gibt’s auch irgendwo zu kaufen, und dem Zoll fällt sowas nicht auf. Und schwupps ist ein Lacoste- oder das Ralph Lauren-Shirt fertig. Da drinnen wird genäht.« Sie zeigte auf den Schuppen. »Und vielleicht hat er auch Stickmaschinen.«

»Wie jetzt? Ich wusste natürlich, dass es das gibt, aber so einfach …. Darüber habe ich mir noch nie Gedanken gemacht.« Er runzelte die Stirn. Das entsprach nicht seinen Erwartungen an eine teure Marke.

»Nee, so ist das nicht. Nur wer die faken will, näht die auf oder klebt se irgendwie fest. In die teuren Dinger ist das reingestickt.«

Verwundert sah Schilling sie an. Inge mit ihrem graubeigen und zu großen Anorak, die grauen Haare wie zu einem Nest aufgetürmt, klobige, braune Schuhe mit dicken Sohlen und einer braunroten, ausgebeulten Hose. Woher wußte sie das? Interessierte sie sich heimlich für Mode? Er kam zur Sache zurück.

»Dann braucht er aber irgendwen ...« Schilling schlug sich auf die Stirn. »Na klar, die Nähmaschinen und die sonstige Apparate. Wir brauchen nur noch auf den zu warten. Aber jetzt ...«

Mit schnellen Schritten ging er wieder zum Auto zurück.

»Jetzt müssen wir erstmal zurück, bevor uns jemand hier sieht und er vorgewarnt wird.«

Als sie wieder im Auto saßen, sagte er: »Aber reicht das aus, um zwei junge Männer umzubringen? Und wieso sollten zwei Rumänen – nehmen wir mal an, die kommen tatsächlich daher – da involviert sein? Scheint mir ein wenig abwegig.«

»Und kann er den Kram überhaupt in seinem Laden verkaufen?« Inge Dunker hatte ihre Zweifel. »Also blöd sind die Typen, die da einkaufen, sicher nicht. Vielleicht vertickt er sie einfach weiter? Für Schwarzmärkte und so.«

Kaum waren sie einige hundert Meter gefahren, als Inge Dunker auf freier Stecke abrupt auf die Bremse trat. Obwohl Schilling ihre flotte Fahrweise gewohnt war, drehte er sich stirnrunzelnd zu ihr um.

»Achtung, Chef, da fährt jemand zu der Hütte!« Schon war Inge mit dem Auto hinter einer Baumgruppe verschwunden, und sie stiegen aus. Und tatsächlich, ein weißer Transporter ohne Beschriftung parkte rückwärts vor dem Gebäude, ein großer Mann stieg aus, öffnete die Tür und fuhr langsam hinein.

Nach einiger Zeit öffnete sich die Tür des Lagerhauses wieder. Der weiße Transporter tauchte auf, fuhr über die

Zufahrt zur Hauptstraße und dann in ihre Richtung. Die beiden sprangen in ihren Passat, der in einer Einfahrt parkte, Inge ließ den Motor an und nahm langsam die Verfolgung auf, als der Transporter an ihnen vorbei fuhr.

»Hinterher!« Es blieb ihnen keine Zeit, eine Strategie zu entwerfen, also fuhren sie in großem Abstand einfach hinterher.

Schilling war allerdings gespannt, ob ihr Wagen dem Transporter folgen konnte, ohne bemerkt zu werden. »Wahrscheinlich nicht«, dachte er.

Inge Dunker blieb hinter dem Wagen von Achim bis zur Abfahrt Industriehäfen. Auf der geraden Autobahn war viel Verkehr, also konnte sie sich gut hinter anderen Autos verstecken. Wer fuhr den Wagen? Und warum fuhr er Richtung Oslebshausen? Konnte es Klemm sein? Sie hatte beim Vorbeifahren versucht, einen Blick auf den Fahrer zu werfen, aber der Transporter war zu schnell gewesen.

Kurz vor der Abfahrt steigerte sich der Verkehr, und der weiße Wagen musste deswegen nun langsamer fahren. Doch plötzlich gab er Gas und fuhr die Abfahrt herunter Richtung Häfen. Hatte er sie bemerkt? Inge blieb an ihm kleben wie Pech, zwischen ihnen fünf Autos.

Sie fuhren die gewundene Straße vorbei an Fastfood-Läden, Tankstellen und Baumärkten, dann durch einen Eisenbahntunnel. Vor ihnen lag die Oslebshauser Landstraße, und der Transporter bog nach links ab.

»Ich kann nicht sehen, ob das dieser Klemm-Typ ist«.

Inge fasste das Steuer fester an, gab Gas, aber die Ampel zur Abbieger-Spur zeigte Rot. Als sie schließlich abbiegen konnte, lag die Ausfallstraße wie ein Trichter vor ihnen. Ein weißer Transporter war in einiger Entfernung zu sehen und folgte dem Lauf der Straße. Plötzlich bog er ab, Inge Dunker gab Gas und überholte in halsbrecherischem Tempo einige Autos, fuhr mit quietschenden Reifen um die Ecke. Sie kamen in das alte Gröpelingen, und weiter hinten war der Transporter zu sehen. Langsam wurde die Lücke zwischen dem Wagen und ihrem Passat kleiner, und Inge trat auf die Bremse. Hier waren die Straßen eng und wenig belebt, sie würde auffallen.

In letzter Sekunde sah sie die Mülltonne, die plötzlich auf die Straße geschoben wurde, unterdrückte die Regung, auf die Hupe zu drücken, und fuhr mit einem Schlenker knapp daran vorbei. Der Mann, der die Tonne geschoben hatte, fluchte und drohte ihr mit erhobenen Fäusten.

Der Transporter bog weit entfernt scharf nach rechts ab.

Sie folgte ihm, so gut sich das machen ließ, aber ihnen war bewusst, dass sie ihn jederzeit verlieren könnten.

Die Straße machte eine scharfe Kurve, dann noch eine in die andere Richtung. Und weg war der Transporter. Sie fuhren zurück, dann in Richtung Hafen, aber hier war auch nichts zu sehen. Der Fahrer kannte sich offenbar hier aus.

»Lassen Sie uns aussteigen und zu Fuß suchen, vielleicht ist er in eine Garage gefahren.«

Inge Dunker bremste und parkte den Wagen am Straßenrand.

»Entweder er hat uns bemerkt und uns abgehängt, dann finden wir ihn hier nicht mehr, oder er hat irgendwo geparkt. Mit etwas Glück finden wir ihn dann.« Schilling blieb ruhig.

»OK, Chef. Ich renn mal Richtung Hafen.«

Niklas klappte seinen Jackenkragen hoch und setzte seine Baseball-Kappe auf, schließlich hatte Klemm ihn schon einmal gesehen und würde ihn sicher wiedererkennen.

Nach etwa 20 Minuten war er ziemlich sicher, dass er den Transporter verloren hatte. Er stand wieder auf der Gröpelinger Heerstrasse und drehte sich um. Wo hatten sie geparkt? Unwillkürlich zog er sein Handy heraus und wollte gerade seine Kollegin anrufen, als Inge sich meldete.

»Ich hab ihn. Ist gerade aus der Görlitzer Straße gekommen und düst Richtung Heerstraße. Verdammt, unsere Karre ist zu weit weg. Ich krieg den nicht mehr«

»Wo sind Sie? Ich komme gleich.«

Einen Moment blieb Schilling stehen, überlegte kurz und rannte auf die andere Straßenseite. Mit etwas Glück würde er von hier aus den Transporter sehen können. Er stellte sich hinter einen Baum und behielt die Straße im Auge. Und richtig, da kam er. Aber kein Klemm am Steuer, sondern ein massiger, dunkelhaariger Mann. War das ein Komplize?

Schilling nahm sich vor, das so schnell wie möglich zu überprüfen.

Mit seinem Handy fotografierte er den Wagen von hinten und machte sich auf den Weg zu Inge Dunker. Hatten sie nur kostbare Zeit bei der Verfolgung einer sinnlosen Spur verloren oder gingen sie, ohne sie zu sehen, dicht an der Wahrheit vorbei?

Wenig später liefen sie aus verschiedenen Richtungen die Straßen ab, in denen der Transporter geparkt haben könnte. Hatte er auf der Straße gestanden oder in einer Garage, um dort die Ware abzuladen? Aber sie entdeckten kein Geschäft, nur eine Garageneinfahrt, etwas versteckt gelegen. Schilling beschloss, diese beobachten zu lassen, beorderte ein Zivilfahrzeug dorthin und entschied nach einem Gespräch mit Inge, Klemm nochmals vorladen zu lassen, um ihn zur Sanierung zu befragen. Dann fuhr er nach Hause.

Abends saßen sie mit Bornemanns in der »Treseburg«, für ihn gleich um die Ecke und für Bornemann auch nicht so weit weg. Seine Frau Claudia bestellte ein Wasser und ein Glas Wein, während er die Speisekarte studierte. Schilling betrachtete Ayşe. Sie liebte diese Art von Essen nicht, doch sie liebte ihn, aber mit ihm war es immer etwas komplizierter mit den Restaurants, er gab kalorienarmem Essen und vor allem klitzekleinen Portionen den Vorzug, und es gab immer eine kleine Diskussion um seine Auswahl. Bei den Bornemanns hingegen ging es ruhiger zu. Sie waren anpassungsfähiger. Eigentlich hätte er auch gern ein Glas Wein getrunken, aber vermutlich würde er heute Abend noch einige Akten durchblättern müssen oder sich zumindest telefonisch auf den neusten Stand bringen zu lassen. Da war es immer besser, bei klarem Verstand zu sein. Bornemann sah von der Speisekarte auf.

»Anja lässt grüßen. Sie wollte eigentlich mitkommen.«

»Und warum hat sie es nicht getan?«

»Sie musste noch arbeiten.« Schilling nickte. Anja war Bornemanns Tochter und studierte bereits.

Der Kellner kam mit ihren Getränken, und als sie bestellten, wählte er nur eine leichte Fischsuppe. Sie hoben ihre Gläser und stießen an. Und dann saßen die beiden also in

Gedanken bei ihrem gemeinsamen Fall, den sie allerdings nicht im Restaurant vor ihren Frauen besprechen wollten, denn es erschien ihnen beiden unpassend, sich bei einer erholsamen Pause mit beruflichen Dingen zu beschäftigen. Schilling war Bornemann dankbar für diese stillschweigende Übereinkunft. Während Ayşe lebhaft eine bizarre Geschichte aus ihrem Rechtsanwaltsbüro präsentierte, hing er seinen Gedanken nach, als er plötzlich eine Stimme hörte, die er kannte, aber nicht so richtig zuordnen konnte.

»Niklas?« Er wandte seinen Kopf in die Richtung, aus der die Stimme kam, und sah einen Mann direkt auf sich zukommen. Er hatte offensichtlich gut gegessen und auch viel getrunken, denn er schwankte. »He, Niklas, ich bin's, Lucas. Was hört man über dich – du bist bei der Kripo?«

Niklas sah ihn mit einem Blick an, der ihm verdeutlichen sollte, dass er hier störte und antwortete kurz angebunden.

»Lucas! Lange nicht gesehen. Meine Freunde, meine Frau, Lucas, ein alter Schulkamerad«, stellte er alle vor und stand auf, um Lucas keine Gelegenheit zu bieten, sich mit an den Tisch zu setzen. So wie es aussah, war Lucas der gleiche lästige Schwätzer geblieben, der er schon in der Schule gewesen war.

»Ich war hier was essen und wollte gerade gehen. Und da sehe ich dich. Weißt du was?«

»Bitte, Lucas, mal später, wir haben hier ein vertrauliches Gespräch.«

Lucas warf einen Blick zu Ayşe, die schweigend auf ihrem Stuhl saß. Niclas begriff, dass er schnell handeln musste, ehe sie noch auf die Idee käme, Lucas dazu aufzufordern, ihnen Gesellschaft zu leisten.

»Lucas, hier hast du meine Telefonnummer.« Er reichte ihm seine Karte. »Ruf mich doch mal an, wir treffen uns dann irgendwo.«

Niklas hätte niemals solch eine Distanzierung in einer Stimme überhört, doch als er sah, wie Lucas versuchte, den am Tisch Sitzenden die Hand entgegenzustrecken, drängelte er ihn ein wenig beiseite und lächelte.

»Oder brauchst du gerade meine Hilfe?«

Lucas sah ihn mit einem unmissverständlich spöttischen Lächeln an.

»OK, ich hab' verstanden. Ich wollte dir dies hier zeigen, wo du doch von der Polizei bist.«

Er kramte in seinem Jackett und holte die Restaurantquittung hervor. Niklas blickte ihn verständnislos an und da zeigte er mit dem Finger auf eine Zeile.

»Training«, las Niklas da, und es klingelte sofort bei ihm.

»Wie gut, dass du aufpasst«, sagte er zu Lucas. »Komm ich bring dich noch zur Tür, ich werde mich darum kümmern.«

Lucas grinste ihn an. Darum würde sich sein alter Kumpel Niklas kümmern, hieß das, und er, Lucas, hatte ihn auf die Spur gebracht.

Unbekümmert ging Niklas zum Tisch zurück und klärte die Anwesenden auf.

»Das war Lucas, ein alter Wichtigtuer. Er hat mir einen Kassenbon gezeigt, so einen, auf dem ›Training‹ steht. Ihr wisst ja, da geht's meist um Steuerbetrug in Restaurants, denn der Betrag wird nicht als Umsatz verbucht. Er will mich zurückrufen, aber so betrunken wie der war, hat er alles morgen früh vergessen.«

»Wie funktioniert das denn?«, fragte Ayşe, und Bornemann klärte sie auf: »Moderne Kassen in Geschäften und Restaurants verfügen über einen Trainingsmodus. Das ist eigentlich für die Einarbeitung von neuem Personal gedacht. Tja, aber dann wird die Rechnung nicht gespeichert. Pech für die Steuer.« Ayşe nickte nachdenklich.

Später abends musste er dann doch über diese kleine Szene nachdenken. Lauerten tatsächlich überall die Betrüger und war es so einfach, Umsätze zu manipulieren?

14

Als Dora ihre dritte Tasse Kaffee bestellte, war ihre Freundin noch immer nicht da. Entgegen ihren ursprünglichen Plänen war sie doch in Bremen geblieben, weil ihre Schwester in Rumänien noch immer krank war und erst zwei Tage später eintreffen sollte. Also hatte sie Dora gebeten, nach Gröpelingen zu kommen, und sie wollten sich nach ihrer Arbeit im Café treffen. Es war ein wenig kühler geworden, und Dora trug eine kirschrote Jacke, die ganz und gar nicht zu ihrer hellblauen Hose und den Turnschuhen passte. Neben ihr stand ihr Rucksack mit Handy, Handtasche und dem Zeitungsausschnitt. Der Kaffeeautomat kreischte, doch Dora hörte ihn kaum. Sie legte den Zeitungsausschnitt auf den Tisch, stand auf und beugte sich zum Fenster, um Ausschau nach ihrer Freundin zu halten, aber davor standen nur wieder Männer und rauchten. Sie dachte an die Arbeit, die sie suchten, an die daheim gebliebenen Familien, an die sie dachten, und an die Zukunft, auf die sie hofften. Dann hörte sie ihr Handy summen.

Izabel kam ihr auf der Straße entgegen, so wie sie es angekündigt hatte, und man sah schon aus der Ferne, dass sie sich nach einem anstrengenden Arbeitstag über die letzten Sonnenstrahlen auf ihrem Gesicht freute. Und so willigte Dora auch sofort ein, als Izabel vorschlug, einen kleinen Spaziergang zu machen, in ein anderes, besonderes Café – »du wirst schon sehen« – zu gehen und dort einen Kaffee zu trinken. Dora genoss jeden Schritt, die beiden plauderten vor sich hin. Sie war erstaunt, dass ihre Freundin sie nicht weiter nach ihrer Arbeit befragte, während sie selbst sich offenbar sehr für die ihrer Freundin interessierte. Nun war es inzwischen auch nachmittags, und vermutlich dachte Izabel, sie sei mit ihrer Arbeit fertig, die ihr wahrscheinlich nicht mehr bedeutete als eine Tätigkeit zum Erwerb von Geld.

»Lauter langweiliges Zeugs, Akten bearbeiten und sowas«, hatte sie ihrer Freundin über ihre Arbeit mitgeteilt. »In einem großen Bürogebäude in der Innenstadt«, was ja auch fast stimmte, bis auf die langweilige Arbeit. Einen Mann in ihrem Leben gäbe es nicht, auf den warte sie noch.

Und auf die Frage, wieso sie sich nicht auch in Doras Wohnung treffen könnten, hatte sie geantwortet: Ihre Wohnung würde gerade renoviert, was insofern der Wahrheit entsprach, als sie das für die nächste Woche geplant hatte. Aber ihr Unbehagen wuchs mit jeder Stunde. Wie würde sie das alles später Izabel erklären können?

Nun war sie schon zwei Tage mit ihr zusammen, und sie hatte das Gefühl, sehr tief in die Atmosphäre dieses Stadtteils eingedrungen zu sein. Bisher hatte sie nur drei Bekannte ihrer Freundin kennengelernt: Einen Mann, der sich immer wieder als Maler verdingte, eine junge Frau, die genau wie Izabel als Pflegerin arbeitete, allerdings bei ihren Arbeitgebern wohnte und nur ab und zu nach Gröpelingen kam, und eine ältere Frau, die anscheinend schon seit längerer Zeit in Bremen wohnte, aber noch immer kein Wort Deutsch sprach.

Izabel selbst war verheiratet, aber ihr Mann wohnte und arbeitete in Rumänien. Ihr gemeinsames Kind, das sie hin und wieder über Skype zu Gesicht bekam, wohnte bei ihrer Mutter. Angesichts dieser Lebensverhältnisse fühlte sich Dora gleichzeitig privilegiert und schuldig. Sie hatte immer mit Wehmut und Sehnsucht an ihre alte Heimat gedacht, gleichzeitig war sie froh, nein, sie war äußerst zufrieden, dass sie in Bremen lebte. Manchmal spürte sie das seltsame Verlangen, die Dinge so für sich einzurichten, wie sie es aus Rumänien in Erinnerung hatte, und fühlte sich gleichzeitig unwohl bei diesen seltsamen Anwandlungen.

Sie schüttelte den Gedanken ab, folgte Izabel in eine kleine Seitenstraße und lief mit ihr auf ein altes Haus zu.

»Das ist das Café.« Izabel zeigte auf das Gebäude.

Niemand hätte in diesem Haus ein Café vermutet. Tatsächlich sah es aus wie eines dieser typischen Bremer klitzekleinen Reihenhäuser mit einem kleinen, dreistufigen Auftritt, einem gitterumsäumten Vorgarten, der allerdings mit Kies ausgestreut war. Izabel stieg die Treppe hinauf und klingelte. Sie wartete wenige Sekunden, dann klingelte sie erneut, stellte sich auf den einen Fuß, dann den anderen, bis schließlich jemand die Tür öffnete. Sie begrüßte die ältere, in dunkle Kleidung gehüllte Frau an der Tür, schlüpfte hindurch und winkte Dora zu.

Der Flur war kurz, und sie gingen durch eine Tür auf der rechten Seite. In dem kleinen Zimmer im Erdgeschoß des Hauses standen fünf kleine Tische, mit bestickten Decken versehen. Um sie herum Stühle, fast alle von Frauen besetzt, die sie neugierig ansahen. Izabel begrüßte sie und stellte ihre Freundin vor.

»Weißt du, das ist so eine Art Privatcafé«. Sie gackerte bei diesem Begriff, ging zum Tresen in einer Ecke, nahm ein Mineralwasser mit Gläsern und zwei Kaffee. Dora staunte, trank dankbar das Wasser und nippte nur ein wenig am Kaffee und genoss den leichten Vanilleduft. Die beiden entspannten sich, und bald versiegte ihr Gespräch. Izabel war müde und sackte immer mehr in sich zusammen. Unauffällig beobachtete Dora ihre Nachbarn. Neben ihr saß ein Mann von Mitte 50, der sich ihnen leutselig zuwandte und sie fragte, seit wann sie in Bremen sei. Sie kamen ein wenig ins Gespräch.

»Ich bin eigentlich ganz allein hier«, bekannte der Mann. »Aber aus irgendeinem Grund kommt morgen mein komischer kleiner Bruder nach Bremen. Den habe ich ewig nicht mehr gesehen, und ich weiß auch nicht, warum er kommt. Ich habe immer gedacht, der interessiert sich nicht für mich. Und nun kommt er. Eigentlich seltsam. Aber das wird bestimmt auch komisch. Der hat immer viel zu erzählen.« Er rieb sein Kinn. »Der verdient in Bukarest viel Geld mit Luxusautos. Wie das funktioniert, weiß ich nicht. Also wegen Arbeit kommt der nicht her. Trotzdem schön, dass er kommt, und ich freu mich.« Dora war amüsiert, und es entspann sich eine kleine Diskussion über quasi abhanden gekommene Familienmitglieder. Aber plötzlich besann sich Izabel wieder auf ihre Pflichten als Gastgeberin und richtete ihre Aufmerksamkeit auf Dora.

»Einmal in der Woche haben wir in diesem Raum ein kleines Café. Sonst wohnt eine Familie in dem Raum. Aber wir räumen die Sachen beiseite, damit wir uns treffen können.« Sie lachte und war plötzlich wieder ganz lebhaft. »Wir sprechen hier über die guten alten Zeiten, weißt du.«

Doras Handy summte, sie öffnete ihren Rucksack und nahm es heraus. Dabei fiel die ausgerissene Zeitungsseite mit dem Uhrendeckel und der Gravur auf den Boden, und Izabel hob erstaunt ihre Augenbrauen. Dann ergriff sie das Blatt und entfaltete die Seite, um sie auf den Tisch zu legen. Sie sah Dora fragend an.

»Das hat mich irgendwie interessiert, und ich habe die Seite mitgenommen. Weißt du noch? Meine Jugendliebe?« Doras Stimme klang beiläufig. »Ich habe wohl vergessen, das wegzuwerfen. Na ja, irgendwie ist das schon interessant. Aber egal.«

Sie griff nach dem Blatt, um es zusammenzuknüllen, aber Izabel nahm es ihr aus der Hand.

»Wenn überhaupt ist hier der richtige Ort dafür«, sagte sie. »Ich finde das auch spannend. Mal sehen. Es ist traurig, wenn jemand verschwindet und damit auch oft die Erinnerung an ihn. Nicht nur für ihn selbst.« Sie klang fast ein wenig sentimental, die Angelegenheit hatte sie wohl berührt. Jedenfalls war sie an einer Klärung der Sache interessiert, denn sie wandte sich an den Nachbartisch und reichte den Zeitungsausschnitt mit einer kurzen Bemerkung hinüber.

Dora wollte bezahlten und sich auf den Rückweg machen, aber Izabel lachte nur, schob sie in Richtung Tür, und sie gingen zusammen aus dem Haus, denn es war schon spät geworden. Sie verabschiedeten sich und verabredeten sich für den nächsten Tag, falls Izabels Schwester bis dahin nicht eingetroffen wäre.

Bis zur Straßenbahn ging sie zu Fuß, überquerte die Kreuzung und stellte sich geduldig zu den anderen Wartenden, noch immer tief in Gedanken versunken, was nun für sie hier noch zu tun wäre. Während sie wartete, hörte sie den Männern und Frauen zu, die sich in dem kleinen Wartehäuschen drängten.

Plötzlich erschien Izabel mit einer alten Frau an der Kreuzung, winkte ihr heftig zu und lief auf sie zu. Sie winkte zurück und überquerte die Fahrbahn. Was sollte das bedeuten? Als die beiden auf sie zueilten, erkannte sie eine der älteren Frauen aus dem Café. Sie winkte hektisch mit den Armen, und ihr Gesicht war von Tränen überströmt. Izabel ergriff ihren Arm und hielt sie fest. Sie versuchten, gleichzeitig zu sprechen und verstummten dann beide. Als nach einer kurzen Atempause ihre Freundin auf den Zeitungsauschnitt zu sprechen kam, sagte sie ihr, dass sie bitte noch einmal die genaue Übersetzung des Textes hören wollte, wobei sie gleichzeitig andeutete, dass dies bitte nicht in aller Öffentlichkeit geschehen solle, mochte es noch so wichtig sein.

In einer unruhigen, fast hektischen Atmosphäre folgte sie den beiden zu einem kleinen Haus in ein winziges Zimmer. Inzwischen hatte sich die ältere Frau beruhigt, und sie setzte sich, stand aber gleich wieder auf, um Dora ihren Stuhl anzubieten, und setzte sich auf ein Bett. Es entstand eine längere Pause, und sie sah, wie sich die ältere Frau sammelte, während ihr Gesicht einen ängstlichen Ausdruck annahm.

Dann beugte sie sich vor, hielt Dora den Zeitungsartikel entgegen, stotterte ein wenig und schwieg dann. Dora schaute ihre Freundin fragend an, die die Frau auf dem Bett vorstellte. Magdalena lebte seit vier Jahre in Bremen, arbeitete immer wieder als Pflegerin und versorgte so ihre Familie in Rumänien. Dora überlegte, wie sie das Gespräch auf die verschwundenen jungen Männer lenken konnte und wandte sich rasch der Frau zu. Sanft nahm sie ihr den Zeitungsartikel aus der Hand und übersetzte den Text.

»Aber was bedeutet das?«, fragte Izabel, denn Romanian war verstummt und hatte resigniert den Kopf hängen lassen.

»Das kann man dem Text nicht so richtig entnehmen«. Dora setzte sich aufrecht hin. »Entweder die sind verschwunden und werden wegen einer Straftat gesucht, oder diese Uhr ist im Zusammenhang mit einem Verbrechen aufgetaucht. Oder sie brauchen jemanden, um Verletzte oder Verschwundene zu identifizieren.«

Noch während sie das sagte, merkte sie, wie schwer es ihr fiel, so diffus zu reden, ebenso diffus, wie viele der Zeugen, die sie kennengelernt hatte, nur in anderen Zusammenhängen. Und richtig, das war zu ungenau, denn Izabel fragte sofort zurück.

»Im Zusammenhang mit einem Verbrechen?«

»Das vermute ich nur. Das steht auch nicht in dem Artikel. Da steht nur ›zur Identifikation einer Person‹. Mehr nicht.« Die beiden Frauen reagierten mit Schweigen, aber die Botschaft war klar, und die ältere Frau begann erneut zu weinen. Dora sah Izabel fragen an.

»Das ist ihr Großneffe.« Eine lange Pause entstand.

»Und was machen wir nun?« Izabel hob hilflos ihre Hände. Die Unsicherheit, die die beiden Frauen ergriffen hatte, bekümmerte Dora; sie war nahe daran, sich als Mitarbeiterin der Polizei zu outen. Aber im Gegenteil, wenn dieser Fall überhaupt weiter aufgeklärt werden sollte, dann musste sie weiter die Unwissende spielen. Vielleicht war das gerechtfertigt, vielleicht sogar lobenswert, aber es schien ihr immer schwieriger, sich aus diesem ethischen Schlamassel lösen zu können, denn für sie war Moral nicht eine Frage des Gesetzes, das die Vergehen einiger dazu benutzt, moralische Regeln für alle aufzustellen.

»Gehen Sie zur Polizei, oder rufen Sie an, oder schicken Sie einen Brief oder sowas.« Sie beugte sich nach vorne und strich ihre Haare zurück. »Mehr weiß ich nicht. So würde ich es machen.«

Nun schien die alte Frau vollkommen zu resignieren. Ihr Oberkörper sank auf ihre Knie, und sie wiegte sich mit leisem Wimmern hin und her. Izabel setzte sich neben sie und legte den Arm um ihren Rücken. Dann sah sie Dora an und schüttelte sachte den Kopf. Dora stand leise auf und verließ den Raum, ging lautlos die Treppe hinunter und schloss sanft die Haustür.

Unterwegs rief sie mit ihrem Handy noch Niklas Schilling in seinem Büro an und hinterließ ihm eine Botschaft auf dem Anrufbeantworter.

15

Zu Schillings Überraschung schien es so, als habe Klemm ihn in seiner Villa schon erwartet und öffnete ihnen eigenhändig die Tür, nachdem sie einen gepflegten Vorgarten durchquert hatten. Diesmal wirkte Klemm souverän. Mit lockerem Schritt kam er aus dem Eingang und ging auf Schilling zu, im Stil jener Prominenten, die, für viel Geld schlicht gekleidet, mit wenigen einfachen Tätigkeiten wie Kochen oder Rasenpflege andere zu bewundernden Kommentaren verleiten. Er streckte Schilling seine Hände entgegen, als wäre dieser ein alter Geschäftspartner.

Es war eine Art weltmännischer Geste und Niklas war eine solche Showeinlage zuwider. Er gab ihm flüchtig die Hand und deutete mit einer fragenden Geste auf den Stuhl am Tisch in der Mitte des Raums.

Während sie sich setzten, sah er sich in dem Zimmer um. Es war groß und so dekoriert, wie er es nur aus teuren Wohnmagazinen kannte. In drei Regalen standen in Leinen gebundene Bücher oder Buchattrappen, die sorgfältig nach Farben geordnet waren, die im übrigen zur sonstigen Einrichtung passten. Der aus Natursteinen gebaute, moderne Kamin war zwischen zwei Türen platziert; die unauffällige Design-Stereoanlage war für jeden Besucher gut sichtbar, und einige moderne Gemälde, ebenfalls farblich wie für diesen Raum geschaffen, offensichtlich Originale, hingen in dessen Blickachsen.

Klemm breitete seine Hände aus. »Womit kann ich Ihnen dienen?«, fragte er, während er sich selbst auf einen Sessel setzte und auf die Plätze ihm gegenüber deutete. Gleichzeitig nahm er eine Broschüre hoch und blätterte darin, so als wolle er ausdrücken, dass sie nur irgendwelche Polizisten wären, die gleich wieder zu gehen hätten.

»Ich wollte Sie noch einmal befragen«, erklärte Schilling Klemm. »Ich habe mir gedacht, dass sie nun unsere Fragen etwas gelassener beantworten können. Es sind ja schließlich einige Tage vergangen. Und ich habe mir gesagt, dass Sie natürlich auch sehr an der Aufklärung dieses Verbrechens interessiert sind.«

Klemm blickte ihn nur stumm an und nickte gelassen. Schließlich sagte er: »Ja, ich, also ... Habe ich nicht schon alles gesagt? Wozu wäre das alles sonst gut gewesen?« Er deutete in Richtung Bremen und wartete mit einem feinen Lächeln auf Schillings Reaktion.

Was hatte Klemm sich wohl gedacht, als Schilling ihn um ein neues Gespräch gebeten hatte, und das bei ihm zu Hause? Statt ihm sofort zu antworten, schaltete er den digitalen Rekorder ein und nannte Datum, Tageszeit und die Namen der Anwesenden. Zunächst bat er ihn noch einmal um eine genaue Rekonstruktion des Tathergangs mit möglichst genauen Zeitansagen und verglich das mit seiner Vorlage. Das stimmte weitestgehend überein, hatte aber die gleichen unerklärbaren Lücken wie bei der ersten Aussage.

Danach fragte Inge Dunker: »Herr Klemm, wir haben im Zusammenhang mit dem Brand eine Reihe von bisher unerklärbaren Dingen festgestellt. Zunächst ist für uns nicht vorstellbar, wie die beiden Männer in das Gebäude gelangt sind. Ihre Angestellten haben alle übereinstimmend gesagt, dass sie die beiden bemerkt hätten. Sie haben aber nichts gesehen. Können Sie mir erklären, wie die beiden in ihr Büro gelangt sind?«

Schilling erwartete eine Wiederholung seiner Darstellung vom Brandtag: eine Menge von Ungewissheiten.

»Eine schwierige Frage. Lassen sie mich bitte überlegen.« Während Klemm sich zurücklehnte und mit der Hand sein Kinn umfasste und dabei seinen Mund zuhielt, warf er einen kurzen Blick in die Runde. Sie saßen in einem beeindruckenden Raum, der fast die Atmosphäre eines Cottages besaß, jedenfalls die eines Besitzes, die Schilling nur aus Filmen kannte.

Dann erlebte er eine Überraschung. Klemm stand aus seinem mit englischem Leinen überzogenen Sessel auf, hob den Kopf, blickte ihn an und sagte: »Könnte sein. Ich glaube auch, die Männer wären von den Angestellten bemerkt worden. Vielleicht hat die jemand reingelassen, oder die haben die Tür unten geknackt.«

Klemm hielt seinen Blick fest auf Schilling gerichtet und ignorierte Inge Dunker, die ihn aufmerksam beobachtete und schweigend zuhörte.

»Wir haben immer wieder neue Angestellte und auch Aushilfskräfte in unserem Haus. Und natürlich haben uns immer wieder Angestellte verlassen und eine andere Stelle angenommen. Nicht ausgeschlossen, dass einige unzufrieden mit ihrem Gehalt waren oder mit den Arbeitsbedingungen, obwohl ich mir das eigentlich nicht vorstellen kann. Und jeder kann sich heute einen Schlüssel nachmachen lassen.«

Schilling nahm das alles mit ausdrucksloser Miene auf. »Davon haben ihre Angestellten aber nichts berichtet. Auch ihre Personalchefin nicht. Und Sie selbst haben ...«

Noch bevor Schilling weitersprechen konnte, begann Klemm weiterzureden, und diesmal richtete er sich an Inge Dunker.

»Als Sie mich befragten, wer alles Zugang zu dem Gebäude haben könnte«, begann er, »hatte ich die Befürchtung, Sie könnten glauben, dass ich etwas damit zu tun hätte. Außerdem war ich durcheinander. Da war ja schließlich diese Sache mit dem Schimmel. Ich war auch noch zu aufgeregt. Beinahe wäre ich ja selbst verbrannt. Bitte, glauben Sie mir, darüber habe ich eben erst nachgedacht.«

Beide Kommissare registrierten den dünnen Schweißfilm, der auf Klemms Gesicht lag und der im Schein der schweren Messingstehlampen funkelte. Dass er nach einem plausiblen Ausweg suchte, stand fest. Aber belog er sie jetzt? Immerhin erschien Schilling ein solches Szenario sehr gut möglich.

Inge fragte: »Haben Sie da bestimmte Personen im Verdacht?«

Ja, natürlich, das habe er, antwortete Klemm. Zum Beispiel den alten Hausmeister oder auch den Buchhalter. Er müsse genauer darüber nachdenken.

»Meinen Sie mit Buchhalter Herrn Munderloh?«

Klemm sah ihn verblüfft an. »Kennen Sie ihn?«, fragte er. Ja. Er habe ihn als Buchhalter beschäftigt. Seine alte Fachkraft sei krank geworden und gestorben, und da habe er ihn angestellt. Er habe aber den Eindruck, Munderloh sei unzufrieden gewesen, insbesondere mit seinem Gehalt.

»Und ich glaube, er hat sicher Geld unterschlagen«, fügte Klemm hinzu. »Ich kann es ihm bloß nicht nachweisen. Jedenfalls hatte er ständig Geldsorgen.«

Inge Dunker zog eine Augenbraue hoch und machte sich eine Notiz. »Geldsorgen?«, fragte sie.

Ja, es sei so gewesen, dass er ihm häufig Geld geliehen habe. Der Mann sei als Buchhalter gut gewesen, und, na ja, warum nicht?

»Haben Sie darüber Unterlagen?«, warf Schilling ein.

»In unserer Firma machen wir so etwas informell«, erklärte Klemm. »Wissen Sie, ich fühle mich als Firmeninhaber verpflichtet, mich auch um das wirtschaftliche Wohl der Angestellten zu kümmern«, und nahm dabei jene grandseigneurhafte Haltung reicher Gutsbesitzer an, die ihre Arbeiter scheinbar wie ein verständiger Großvater behandeln.

»Haben Sie noch anderen Angestellten solche Darlehen gegeben?«

»Das war nicht nötig«, sagte Klemm. »Die können alle besser mit Geld umgehen als Herr Munderloh.«

»Wieviel haben Sie ihm insgesamt geliehen?«

»Wieviel?«, sagte Klemm mit einer Geste zu Inge Dunker. »Das muss ich erst wieder im Kopf zusammentragen. Wissen Sie, die Unterlagen waren ja alle im Büro.« Plötzlich schien ihm ein Licht aufzugehen.

»Natürlich!«, sagte er. »Das hat er ja gewusst. Die lagen in dem Stahlschrank in meinem Büro. Und jetzt sind sie weg.«

Schilling räusperte sich. »Nun, momentan sieht diese Angelegenheit noch anders aus. Herr Munderloh wurde von einem Auto überfahren und ist tot.«

Klemm sah sie einen Moment lang an, als versuchte er, die Bedeutung dieser Bemerkung zu erfassen. Dann schüttelte er mit Entschiedenheit den Kopf. Nein, das sei ja entsetzlich. Es tue ihm leid, dass er Munderloh verdächtigt habe. Schließlich ...

»Aber Sie werden doch bei ihm in der Wohnung nachschauen, ob er an dem Überfall beteiligt gewesen ist?«, fuhr er fort. »Immerhin, das mit dem Unfall wird er ja wohl kaum geplant haben.«

»Herr Munderloh ist nicht einem zufälligen Verkehrsunfall zum Opfer gefallen. Er wurde absichtlich überfahren. Wir gehen von einem Mordanschlag aus. Können Sie uns etwas dazu sagen?«

Nein, ließ Klemm nach einer Pause von sich hören. Er kenne Munderlohs Bekanntschaften nicht. Also vielleicht habe dieser einen Komplizen ..., nein, so weit wolle er nicht gehen. Die Polizei werde das schon herausfinden. Das sei sowieso nur so eine Idee gewesen. Er könne sich nicht erklären, wie das alles passiert sein könnte, und er habe lange und gründlich nachgedacht. Und er habe nie die Absicht gehabt, jemanden zu verdächtigen. Aber dennoch, irgendwer müsse es ja schließlich gewesen sein.

Schilling und Inge Dunker hatten verabredet, zunächst nichts zu den beiden toten Männern verlauten zu lassen und wechselten das Thema.

»Aber wer hätte denn ein Interesse daran gehabt, das Geschäft auszurauben? Die beiden Männer und der dritte Mann aus dem Flur – woher wussten die denn, dass Sie noch im Büro sind? Und woher wussten die von dem Tresor?«, fragte Inge. »Und was ist das für eine Sache mit dem Schimmel?«

Klemm zuckte die Achseln. Mit einer Erklärung, wer den Einbrechern geholfen habe, könne er nicht dienen. Da sei eben nur Herr Munderloh, der jetzt ja vielleicht ausscheide, es sei denn, er habe einen Helfer gehabt. Und natürlich der ehemalige Hausmeister, der wütend auf ihn gewesen sei, nein, übertrieben, er sei eher unzufrieden mit seinen Arbeitsbedingungen gewesen.

Schilling steuerte einen Kommentar bei. »Man kennt ja seine Angestellten vielleicht nicht so gut. Mit dem Gehalt erfüllen Sie ja erst einmal nur ihre Verpflichtung als Arbeitgeber. Aber mehr auch nicht.«

»Je länger ich darüber nachdenke, umso fraglicher scheint mir dieses Szenario. Aber man weiß ja nie. Sehen Sie, manche der Angestellten erschienen wie die Güte selbst, aber kann man in ihre Köpfe gucken? Oder in die ihrer Männer? Vielleicht sind darunter ja einige ehemalige Alt-68er, wer weiß das schon?« Und, nachdem er einen Moment nachgedacht hatte: »Das waren doch die mit den Kaufhausbränden, oder nicht? Also, wer weiß, ob da nicht jemand ...«

Er unterbrach sich selbst: »Natürlich, das muss ja nicht nur jemand vom Personal gewesen sein. Vielleicht gibt's die ja noch, diese Kaufhausanzünder.«

Bevor er sich in diese Theorie vertiefen konnte, sagte Schilling: »Könnte sein. Wissen wir aber nicht.«

»Aber vielleicht haben Sie da ein paar Tipps für uns?«, pflichtete ihm Inge bei. »Wir können zwar alle Ihre Mitarbeiter überprüfen, aber nur ihre Vermögensverhältnisse. Das sind kurze Gespräche, Sie wissen schon. Alles andere ist kaum leistbar.«

Klemm stand auf, ging zu seinem auf Hochglanz polierten Biedermeier-Sekretär aus hellem Birnbaum und kam mit einem Blatt Papier und einem teuer aussehenden Füllfederhalter zurück.

»Also, das sind nur Vermutungen, ich weiß nicht so recht. Ich möchte hier niemanden verdächtigen. Aber wenn ich an diese Kaufhausbrände denke ..., die Männer waren doch eigentlich auch ganz normal, oder?«, fragte er.

Schilling starrte ihn nur an, als hätte er Mühe, diesem Gedanken zu folgen.

»Also Sie sollten ein deutliches Interesse an, … einige mögliche Verdächtige ...«

»Gut, gut«, unterbrach ihn Klemm. »Ich denke, die Sache ist klar. Also meiner Kenntnis nach – alles Gerüchte, möchte ich anmerken – sollten Sie sich vor allem um ...« Er machte eine Pause und schrieb eine kurze Liste mit einem guten Dutzend Namen auf, markierte einige der Einträge mit dem Hinweis, dass diese Personen nicht mehr im Kaufhaus arbeiteten, hob das Blatt hoch und überreichte es Schilling mit einem ärgerlichen Kopfschütteln.

»Noch 'ne Routinefrage: Wo waren Sie, nachdem Sie aus der U-Haft entlassen wurden?« Inge dachte an Munderlohs Tod.

Er sei in seiner Wohnung in Bremen gewesen, seine Zweitwohnung. Bestätigen könne das allerdings niemand.

Damit war das Gespräch beendet. Aber als Schilling den Rekorder ausschaltete, stellte Inge Dunker noch eine Frage.

»Also, das ist ja irgendwie möglich. Irgendein Mitarbeiter war darin verwickelt«, sagte sie. »Wo arbeiten die denn alle? Haben Sie auch Lager oder so?«

Klemm lehnte sich zurück und sagte: »Verständlicherweise habe ich die Adressen nicht genau im Kopf. Aber wir haben drei Garagen in der Innenstadt und ein Lager direkt in der Altstadt.«

»Wo ist das?«

Klemm blickte sie verwundert an: »Na, auch in der Innenstadt, das muss ja nah am Geschäft sein.«

»Sonst nichts?«

Klemm überlegte ein wenig. »Sie meinen jetzt nicht Wohnungen oder so, die nichts mit dem Geschäft zu tun haben?«

Inge nickte.

Nein, das sei alles, antwortete er. Er gebe ihnen gerne die genauen Adressen, die müsse er aber nachschauen.

Schilling überlegte, ob die Aussicht bestand, noch etwas aus ihm herauszukriegen, wenn sie ihn mit auf die Wache nehmen und ihm erneut mit Untersuchungshaft kommen würden. Wenn er ihn nochmals ins Verhör nahm, würde es ihm vielleicht gelingen, ihm eine Aussage zur Unstimmigkeit der Zeitangaben zu entreißen oder zu der Lagerhalle auf dem Land, die sie der Lösung des Falls einen Schritt näherbringen würde. Aber wenn er das tat, riskierte er gleichzeitig möglicherweise weitere Vertuschungsmaßnahmen. Sie würden besser zunächst Augen und Ohren offenhalten, um weitere Unklarheiten oder Spuren zu entdecken, und sorgfältig das eine gegen das andere abzuwägen.

Er stand schließlich auf und drehte sich zur Tür, als sein Telefon eine SMS ankündigte.

»Das eine Opfer heißt vermutlich Andrei Florescu. Haben eben einen anonym abgegebenen Brief mit Foto erhalten«, stand da.

Schilling starrte auf das Foto. Es zeigte einen attraktiv aussehenden jungen Mann mit mittelblonden Haaren, schiefen Zähnen und einem freundlichen Lächeln, bekleidet mit einer Jacke, gestreiftem Hemd und Halstuch. Ein Schnappschuss, aus einem größeren Foto ausgeschnitten, wie er unschwer an den schiefen Rändern erkennen konnte.

Er steckte das Handy wieder ein, und als Klemm sie mit einer jovialen Geste über den mit weißem Teppichboden bedeckten Flur zur Tür begleitete, blieb er unvermittelt stehen und fragte: »Haben Sie eigentlich auch Kontakte nach Rumänien, Herr Klemm?«

16

Der Anruf des Revierleiters aus Gröpelingen erreichte Schilling in einem schlechten Moment. Er hatte angespannt alleine in seinem Zimmer vor seinen Unterlagen gesessen, vor den Akten der Gerichtsmedizin, den Berichten seiner Kollegen, denen der Feuerwehr. Lag der Fall in dieser Form offen vor ihm, und konnte er die Lösung nur nicht erkennen, oder fehlte die entscheidende Passage? Er wusste nicht, wo er ansetzen sollte, und das missfiel ihm.

Inzwischen waren mehrere Video-Fragmente aus Überwachungskameras aufgetaucht, die wie durch ein Wunder auch von dem Brand verschont geblieben waren. Zu seinem Erstaunen hatte Schilling darauf den Geschäftsführer gesehen, wie er mit einem großen, massiv gebauten Mann durch das Kaufhaus ging, auf verschiedene Stellen im Gebäude deutete und dabei gestikulierte. Was hatte das nun wieder zu bedeuten? Der Mann würde zu dem ersten Video passen, fand Schilling. Wer konnte das sein? Hatte er Klemm geholfen, die beiden Rumänen zu überwältigen und einen Überfall zu simulieren? Das musste er überprüfen.

Solche Überprüfungen, fast hätte er gesagt, Puzzlespiele, waren Aufgaben, die meist Inge Dunker übernahm, die einen unfehlbaren Sinn für Lücken und Widersprüche hatte.

Er war aufgestanden, in den Flur und dann die Treppe hinauf in die nächste Etage gegangen, in der Hoffnung, dass das Gehen sein Gehirn ein wenig beflügelte.

Normalerweise waren alle Türen im Flur geschlossen, und nur wenige seiner Kollegen signalisierten ihre Anwesenheit durch einen Einblick ihn ihre Arbeitssphäre. Aber nun stand Steinbrücks Tür weit offen. War Dora zurückgekehrt und er hatte das verpasst? Ohne zu zögern ging er zur Tür und schaute in das Zimmer, um zu seinem Erstaunen Steinbrück hinter seinem Schreibtisch vorzufinden, der – war das wirklich so? – äußerst mürrisch aufsah, ihn zu sich herwinkte und ihn ausfragte.

Als der Anruf des Revierleiters aus Gröpelingen kam, war Steinbrück bereits bei seiner dritten Frage. Ohne eine weitere Erklärung für sein frühzeitiges Erscheinen abzugeben, hatte er sich nach neuen Fällen und den damit beauftragten Kommissaren erkundigt und gerade zu der Frage angesetzt, wo Dora Harms eigentlich sei, als Schilling unwillkürlich auf sein Handy blickte, das er aus einem unerfindlichen Grund in der Hand gehalten hatte. Er machte hektisch eine entschuldigende Geste und ging zur Tür.

Was ihm der Revierleiter zu melden hatte, versetzte ihn in Panik. Ein zweiter Hausbrand, diesmal genau dort, wo der Transporter verschwunden war und wo Doras Freundin übernachtete.

Unschlüssig drehte er sich zu Steinbrück um und wollte gerade zu einer ausweichenden Bemerkung ausholen, als dessen Telefon klingelte. Automatisch nannte Steinbrück seinen Namen und Geschäftsbereich, hörte ungefähr zehn Sekunden lang zu, wurde dann blass. Er hielt den Hörer zu und wedelte Schilling aus seinem Büro. Niklas hörte noch »Könntest du jetzt bitte aufhören, mir …«, und gleich danach stand Steinbrück auf und schloss seine Tür ab.

Sicher seine Frau. Was hatte Steinbrück hier zu suchen, und was wollte seine Frau von ihm? Schilling beschloss, sich keine Gedanken darüber zu machen, wählte sofort Doras Handy an, und seine Unruhe steigerte sich, als sich nur ihr Anrufbeantworter meldete.

Sofort rief er Volker Matuschek, den Gröpelinger Revierleiter, an und wurde an dessen Handy weitergeleitet. »Ich konnte eben nicht sprechen. Was ist passiert?«

»Ich bin gerade vor Ort, und es qualmt noch immer, die Feuerwehr ist aber schon…«. Der Rest ging in Rauschen und Stimmengewirr unter. »Ich kann jetzt nicht. Kommen Sie hierher!« Das Telefon verstummte.

Die Gröpelinger Heerstraße wirkte an diesem Abend wie ausgestorben, und selbst die Taxistände erschienen unbelebt. Sonst wirkte das Viertel in der nahenden Dämmerung trostlos und heruntergekommen.

Ein beißender Brandgeruch drang ins Auto, als er sich dem Haus näherte, und Schilling sah durch das Seitenfenster eine Rauchsäule hinter den Fassaden aufsteigen. Als er abbog, blockierte eine große Anzahl von Feuerwehrwagen und Polizeiautos den Weg. Männer in Schutzanzügen liefen hektisch hin und her, und schon hatten sich Trauben Schaulustiger gebildet. Je näher er auf das Haus zukam, desto schlimmer wurden seine Albträume. Eine teilweise verkohlte Hausfassade ragte vor ihm auf, und rabenschwarzes Wasser lief über das Pflaster hin zu den Gullys.

Schilling fotografierte mit seinem Handy das Haus und bat dann Inge Dunker, sofort nach Gröpelingen zu kommen.

Er bückte sich unter der Polizeiabsperrung hindurch, näherte sich dem Brand und erstarrte vor Schreck, als er das Haus aus der Nähe sah. Ja, das war dieses Haus – hier hatte Doras Freundin gewohnt, und Dora war natürlich oft bei ihr. Noch richteten Männer die Schläuche auf das Haus, aber der Brand schien erst einmal gelöscht. Sofort wählte er wieder Doras Nummer – wieder keine Antwort.

Zwei Feuerwehrleute hinderten ihn aber daran, noch näher zu kommen, als Volker Matuschek hinter ihm sagte: »Warte noch einen kleinen Moment, Niklas. Es ist nicht so schlimm, wie es aussieht. Wir gehen gleich mit der Feuerwehr rein.«

Wenig später bot sich ihnen ein Bild der Zerstörung. Die Gläser in den Fenstern waren zersprungen, der Boden war nass und die Treppe mit unidentifizierbaren Relikten übersät.

»Da oben ist niemand mehr«. Ein Mann im Schutzanzug kam die Treppe herunter und hatte seinen Helm abgenommen.

»Der Brand wurde früh bemerkt und hat nicht zu viel Schaden angerichtet. Wenn Sie nach oben gehen, dann nur in Begleitung. Achtung! Der Boden ist voller Schutt und Glasscherben, einige Möbel liegen kreuz und quer in den Räumen. In die hinteren Räume im Erdgeschoss können Sie noch nicht. Die müssen wir erst überprüfen.«

Kurze Zeit später begleitete ihn ein anderer Feuerwehrmann mit Schutzanzug nach oben in die erste Etage. Die meisten Räume waren verrußt, der Putz angekohlt. Das

Brandmuster an den Wänden sah wie ein seltsames Graffiti aus, so, als habe jemand mit einer riesigen Spraydose darauf gemalt.

Schilling lief in den Zimmern herum, hob ein paar Relikte auf, drehte etwas um, das wie geschmolzene Plastikflaschen aussah und legte es vorsichtig wieder zurück. Dann gingen sie zusammen ins Dachgeschoss.

Dort identifizierte er ein Teil als einen halb verbrannten Aktenkoffer. Behutsam zog er seine Handschuhe an und hob vorsichtig die Reste des Deckels mit einem Kugelschreiber hoch. Vorsichtig lehnte er ihn an einen Stuhl, dann zog er sein Handy aus der Jackentasche und machte mehrere Aufnahmen vom Inhalt, nämlich von ebenfalls zur Hälfte verbrannten Papieren. Vorsichtig nahm er das oberste Papier hoch, legte es in eine Asservatenhülle und betrachtete es.

Eine kleine, ausgedruckte Liste mit unvollständigen Zahlenreihen war auf der linken Seite noch sichtbar, der Rest rechts war verbrannt.

Dann hörte er, wie ein zweiter Feuerwehrmann in den Raum kam und zu dem ersten Mann sagte: »Die Frau haben wir ins Krankenhaus gebracht. Jetzt sollten wir den Brandherd suchen und überprüfen, ob wirklich alles gelöscht ist.« Er nickte dem ersten Mann zu.

Niklas drehte sich entsetzt um. »Welche Frau?«

Überrascht sah ihn der Neuankömmling an und antwortete: »Na, die Frau mit der Rauchvergiftung.«

»Haben Sie den Namen?«

»Nein. Haben wir nicht. Eine junge Frau, vielleicht um die Dreißig. Kurzes, braunes Haar. Jeans, T-Shirt, Joggingschuhe.«

»Wohin wurde sie gebracht?«

»Ins Diakonie-Krankenhaus Gröpelingen.«

Hastig klappte Schilling den Kofferdeckel wieder zu, bedankte sich kurz bei dem Mann, bat ihn, auf das Beweisstück aufzupassen, dann rannte er die Treppe hinunter.

»Haben Sie schon eine Idee, was da oben passiert sein könnte?« Inge hatte sich schon bis zum Hauseingang durchgearbeitet.

»Ich muss sofort weg ins Krankenhaus«, sagte er hastig. »Hier – dieser Zettel. Oben ist ein Kollege mit einem Aktenkoffer mit mehr Unterlagen. Bitte kümmern Sie sich drum. Ich rufe gleich zurück.«

Hektisch rannte er zu seinem Auto und startete mit quietschenden Reifen.

Er war jetzt in Panik, raste am Liegnitzplatz vorbei Richtung Diako-Krankenhaus.

»Sie scheint stabil zu sein«, sagte der Arzt mit einem unaussprechbaren Namen, der ihn vor der Intensivstation angehalten hatte, und zog seine buschigen Augenbrauen zusammen. »Es gibt zwar Anzeichen für eine schwere Rauchvergiftung, und sie ist im Moment bewusstlos. Aber ich bin optimistisch.«

Er lächelte beruhigend. Schilling konnte seine Erleichterung nicht verbergen.

»Aber sie können nicht mit ihr sprechen.«

Der Arzt wollte noch etwas sagen. Schilling sah ihn zögern, überlegen.

»Was ist mit ihr?«

»Sie müssen andererseits realistisch sein, Kommissar. Eine solche Situation ist immer gefährlich und die weitere Entwicklung ist kaum abzusehen. Überleben ist immer unsere Priorität, und die Prognose sieht gut aus …«

»Aber?«, fragte Schilling.

»Wir wissen nicht, wann sie aufwacht. Sie könnte auf unbegrenzte Zeit im Koma bleiben. Oder sie könnte bald aufwachen und …«

Für Schilling schien eine Welt zusammenzustürzen. Diese Worte, die Doras Zustand scheinbar den Geschicken des Zufalls überließ, hatten ihn in jenen Zustand des Zweifels gestürzt, den er beim Tode seiner Großmutter empfunden hatte, dazu die Hoffnungslosigkeit, die einen überfällt, wenn die Zukunft verhüllt erscheint.

»Kann ich sie sehen?«

»Durch das Fenster.«

Schilling folgte dem Arzt zur Intensivstation hinauf, und der reichte ihm eine Plastiktüte.

»Die Sachen haben wir bei ihr gefunden. In ihrer Jacke.«

Schilling steckte die Tüte in seine Tasche und stellte sich vor eine Fensterscheibe mit Blick auf ein Bett. Die Situation war ihm wohlvertraut: der scharfe Geruch von Desinfektionsmitteln, die Monitore mit ihren zuckenden Linien und blinkenden Lichtern, die Tropfflaschen. Alle Betten waren belegt. Schilling konnte unter dem Gewusel der Atemschläuche nichts erkennen. Jemand lag in einem weiß bezogenen Bett ganz hinten an der Wand. Ein Büschel kurzer brauner Haare schaute unter der Atemmaske um ihren Kopf hervor. Ängstlich beobachtete er die Form unter dem Laken, doch dann sah er, wie sie sich hob und senkte, als sie ein- und ausatmete, und fühlte sich erleichtert. Hinter ihm eilten Pfleger mit Rollwagen den Flur hin und her. Als sein Handy summte, blickte ihn der Arzt missbilligend an. Schilling starrte noch einmal auf die kleine Figur unter dem Laken und sah dann auf seinem Display: »Polizeirevier Gröpelingen«. Er drehte sich um und eilte auf den Flur.

Wie aus einer anderen Welt drang dann Doras Stimme an sein Ohr: »Herr Schilling, ich bin hier auf der Wache in Gröpelingen. Wo können wir uns treffen?«

Ungläubig starrte Schilling auf die Tür der Intensivstation und dann wieder zurück auf sein Handy.

»Als das Feuer ausbrach, waren wir gerade im ersten Stock«, begann sie, als sie wenig später zusammen in einem der ungemütlichen Büroräume der Wache saßen. »Wir haben es alle zu spät gemerkt. Irgendetwas klirrte leise, und plötzlich war der Raum voller Rauch, auch der Flur und die Treppe, Izabel schrie wie verrückt, und man konnte fast nichts mehr sehen. Dann sind wir zusammen aus dem Haus gerannt. Anschließend habe ich sie in ein Café gebracht und sie versorgt.«

Dora war noch sichtlich schockiert von den Ereignissen, als er in dem Revier ankam, denn sie war in Panik aus dem Haus geflohen und hatte alles stehen und liegen gelassen, auch ihre Tasche mit Handy, Ausweisen und Schlüsseln. Sie roch wie ein Lagerfeuer, ihre Augen waren blutunterlaufen, und sie fror. Gleich nach dem Brand hatte sie ihre Freundin beruhigt, in ein Café gebracht und war zur Wache gelaufen, um Schilling zu benachrichtigen. Niklas schnupperte an sich selbst. Auch er war mit dem Geruch von Rauch überzogen.

»Und wer ist die Frau im Krankenhaus?«

»Keine Ahnung«, antwortete Dora. »Ich wusste nicht einmal, dass da noch jemand im Haus war.«

Schilling griff in seine Tasche, holte den Plastikbeutel aus dem Krankenhaus hervor und kippte den Inhalt vorsichtig auf den Tisch.

»Das hat der Arzt bei ihr gefunden, mal sehen, was darin ist.«

Schilling öffnete die Tasche. Der schwache Duft eines Parfüms umfing ihn. Dora beugte sich vor und schnupperte. »Das riecht wie Velu. Ich wusste gar nicht, dass es das noch gibt. Meine Mutter hat das immer aufgetragen. Kommt aus Rumänien.«

Schilling konzentrierte sich auf den Inhalt. Es war keine große Tüte, aber der Inhalt war beeindruckend:

1 Foto eines jungen Mannes

1 Brief in einer Sprache, die er nicht verstand, vermutlich rumänisch

1 Chip oder ein ähnliches elektronisches Bauteil

1 Handyladegerät mit neuem Handy

1 ausgedrucktes Blatt Papier, auf der Rückseite Notizen, beides unlesbar für ihn

1 Probeflacon mit Parfüm, zerbrochen

1 Zettel mit Telefonnummern, Vorwahl Rumänien, die er ja bereits kannte

1 Streifen Antibabypillen

1 Kugelschreiber

Einiges an Bargeld.

Schilling legte alles bis auf Brief, Notizen und Handy zurück und erweckte das Handy zum Leben. Das Display leuchtete und forderte ihn zur Eingabe eines Passworts auf. Schilling seufzte. Er drehte das Handy um, und da stand es, jedenfalls vermutlich, aufgeschrieben und mit Tesafilm überklebt. Er reichte das Handy an Dora weiter. Sie gab das Passwort ein und auf dem Display erschienen zwei Meldungen, die Dora gleich übersetzte. »Zwei verpasste Anrufe. Ich hör mal rein.« Sie tippte auf den Bildschirm, drückte den Hörer ans Ohr und sagte dann nach einer Weile: »Zwei Mal der gleiche Mann. Er fragt, ob sie eine neue Liste hat. In der zweiten Voicemail sagt er, dass er sofort kommt.«

Sie tippte weiter auf dem Handy herum und sagte dann: »Der Rest ist gelöscht. Keine Anrufe, keine Mails – nichts.«

Dann nahm sie die Notizen in die Hand und überflog sie: »Also, ich würde gerne erst einmal zu meiner Freundin, mal sehen, wie es der geht. Sie wartet auf mich. Dann würde ich gerne nach Hause gehen und duschen. Können die Feuerwehrleute mein Handy suchen, bevor es jemand anders findet?«

Und so standen Schilling und Inge Dunker kurze Zeit später wieder vor dem Haus, auf das vermutlich ein Brandanschlag verübt worden war. Ein Ermittler der Feuerwehr führte sie ins Erdgeschoss, und sie gingen über einen winzigen Flur in ein hinten liegendes Zimmer.

»Schauen Sie die Stelle an, wo vorher der Teppich lag? Darunter haben wir Glassplitter gefunden, ich würde sagen, das war ein Brandbeschleuniger. Jemand hat ihn durch ein Kellerfenster geworfen, das vielleicht zufällig offen stand. Das Feuer hatte dort seinen Ausgangspunkt. Ich vermute jedoch, dass es noch einen weiteren Brandherd gegeben hat. Was haben denn die Zeugen gehört, die sie schon befragt haben?«

»Die beiden standen noch unter Schock und konnten sich nur an wenig erinnern«, sagte Schilling. »Aber eine der Frauen hat tatsächlich davon gesprochen, dass es leise geklirrt hätte.«

»Wir sehen uns morgen die Brandstelle noch genauer an. Dann haben wir mehr Licht.«

Noch spät am Abend erreichte ihn Doras Anruf. Sie sei wieder in Ordnung, und auch ihrer Freundin gehe es gut, aber sie wisse nicht, wo sie nun bleiben solle.

»Ich werde Morgen früh zu ihr gehen …«

Schilling unterbrach sie: »Das finde ich zu riskant. Sie haben Glück gehabt, dass Ihnen nichts passiert ist. Sie müssen hier abbrechen. Und außerdem ist Steinbrück wieder da.«

Zu seiner Verwunderung ertönte ein helles Lachen aus dem Telefon. »Ja, ich weiß. Ich weiß auch, weswegen er wieder da war. Aber er ist schon wieder weg. Da hing der Haussegen schief, und er wurde nach Hause zitiert. Das jedenfalls hat mir Carola erzählt. Und er hatte versucht, nicht aufzufallen, damit niemand dumme Fragen stellt. Und was meine Freundin betrifft, also, da muss ich hin. Ich kann sie nicht einfach auf der Straße stehen lassen.«

Schilling gab sich nicht so leicht geschlagen: »OK, und versuchen Sie möglichst schnell Ihrer Freundin zu helfen. Aber ich brauche Sie hier, alleine wegen der Übersetzungen.«

Sie lachte wieder unbekümmert. »Die sind schon in Ihrer Mail. Werden Sie sich um die Frau im Krankenhaus kümmern? Wenn sie Rumänin ist, brauchen Sie vielleicht einen Dolmetscher. Ich glaube, es wäre viel einfacher, wenn ich mit meiner Freundin zu ihr gehe, schließlich war sie im selben Haus wie wir.«

Er gab nicht auf. »Gut. Aber wenn das geklärt ist, kommen sie wieder ins Revier.« Beinahe hätte er noch »bitte« hinzugefügt, aber sie verstand das auch so zweifellos richtig, ähnlich wie jemand, dem man eine Entschuldigung anbietet, die dieser gar nicht erwartet hätte.

Schilling musste Jahre später oft an diese Konferenz und den Rest des Tages denken. Hatte die Lösung nicht eigentlich direkt vor seinen Augen gelegen? Was hatte er damals übersehen? Wenn man den Glauben an die Wirksamkeit von Konferenzen besitzt, dachte Schilling dann später, geht es einem wie den Personen, die an Vorahnungen glauben, auch wenn sich ihre meist als falsch erweisen.

15 Personen hatten sich in einem Konferenzraum im ersten Stock des Polizeigebäudes in der Vahr versammelt.

Schilling saß am langen Ende des Konferenztisches und begann mit einer Zusammenfassung aller bekannten Informationen. Die Aussage von Dora Harms, dass die Opfer zwar wahrscheinlich in Gröpelingen gewohnt hatten, sie das aber nicht eindeutig genug überprüfen hatte können. Der neu entdeckte Schuppen, in dem vielleicht gefälschte Mode hergestellt worden war. Die Fahrt des Transporters nach Gröpelingen. Die Frau mit Rauchvergiftung im Krankenhaus, die noch nicht aufgewacht war.

Noch immer hatte niemand die Akten gefunden, die der Buchhalter beiseite geschafft hatte. Dafür gab es aber klare Beweise, dass der Personaleingang nur mit Schlüsseln geöffnet und das Schloss nie geknackt worden war. Also musste jemand die beiden Männer mit einem Schlüssel ins Haus gelassen haben, falls sie diesen Weg gewählt hatten. Aber warum wurde dann die Tür zerstört?

Schilling projizierte schließlich noch die Reste der Liste, die er nach dem zweiten Brand entdeckt hatte. Seine Theorie, dass Klemm sein Kaufhaus selbst abgebrannt hatte, um die Versicherung zu betrügen, erschien ihm angesichts dieses Durcheinanders plötzlich nicht mehr so plausibel. Die Möglichkeit, dass es sich bei dem Brandstifter um einen gut organisierten Kriminellen handelte, war aber offensichtlich und dass ein Brandanschlag am wahrscheinlichsten sei, wenn es etwas zu vertuschen gab. Er präsentierte die Dinge, die sie aus dem Krankenhaus mitgebracht hatten.

»Diese Dinge, die Liste mit den Zahlen und die Fotos aus dem Gebäude am Wall sind alles, was wir zurzeit als unmittelbare Indizien haben.«

Inge Dunker, die neben ihm saß, erhob sich. »Aber vielleicht ist das überhaupt nur 'ne Vertuschung. Wir haben auch drei Tote. Und 'ne Vierte ist auch fast hinüber. Wir denken: Die drei Toten gehören zur Vertuschung. Es geht nicht nur darum, was abzufackeln.«

»Richtig gedacht, Inge!«, lobte ein Brandexperte über die vielen Stimmen im Raum hinweg.

»Einen der Toten aus dem Kaufhaus kennen wir vermutlich«, fuhr Inge fort. »Die Rumänen kommen aber entweder nicht mit den Daten rüber, oder sie finden nix. Ich denke, wir müssen was suchen, was mit den dreien zu tun hat. Und was der Täter den Gebäuden vielleicht vernichtet wollte. Wir haben auch den zweiten Kerl auf dem Video wahrscheinlich identifiziert. Das iss'n Privatdetektiv.« Fast spie sie das Wort aus. »Einer von diesen halbkriminellen Typen. War ein frisch entlassener Betrüger, vier Jahre im Knast, aber mit neuer Detektiv-Lizenz. Geschäftsführer einer Detektei, wo gibt's denn sowas? Was macht der da im Kaufhaus? Wir haben uns den vorgeknöpft, da ist er abgehauen. Nun sitzt er. Aber er hält die Klappe.«

»Gab es denn noch mehr da im Wallgebäude, oben in dem Raum?«, fragte Clara Post die beiden.

Inge schüttelte den Kopf. »Wir haben uns alles angesehen. Es war aber nix Besonderes dabei. Nur das übliche, Bürozeugs. Hier. «. Sie präsentierte Fotos der gefundenen Dinge und zählte sie auf: »Computer, na, vielleicht war da was drauf. Möbel – uninteressant. Drei, vier Aktenordner, da war vielleicht was drin. Irgendwelche geschmolzenen Geräte, sieht aus wie so Lesegeräte für Scheckkarten. Alles Dinge, die uns nix sagen.«

»Und diese Liste«, ergänzte Schilling. »Na gut, wir wissen nicht genau, wieviel da wirklich verbrannt ist. Sieht aber nicht nach mehr als zwei bis drei Seiten aus. Damit bleiben uns zwei Möglichkeiten: Diese Dinge sind zufällig mit verbrannt, oder jemand wollte so viele Spuren wie möglich mit vernichten.«

»Was sind das für Nummern?«, fragte ein Spezialist für Gewaltverbrechen.

»Wir haben alles mögliche probiert, aber die Nummern sind ja unvollständig. Bisher haben wir keine Lösung«, antwortete Schilling.

»Oft sucht man an der falschen Stelle«, bemerkte der IT-Forensiker in der Gruppe. »Schickt mir bitte mal die Liste rüber. Ich werde die Nummernkombinationen überprüfen. Also auf den ersten Blick sehen die jedenfalls nicht wie IP-Adressen aus, eher wie Telefonnummern oder Codierungen. Wird diese Frau im Krankenhaus observiert, damit wir eine Chance haben, sie zu befragen?«

»Wir arbeiten mit den Ärzten zusammen«, antwortete Schilling. »Wir werden benachrichtigt, wenn sich da etwas tut.«

»Gut«, sagte der Konferenzleiter, Martin Björnsen. »Was haben wir sonst noch?«

Wieder erhob sich Inge Dunker. »Die Handy-Auswertungen sind da. Wir analysieren dieses Gewirr. Bisher keine Ahnung, wer die Handybesitzer sind. Wir haben nur die ausgehenden Anrufe aus diesem Cluster. Wenig belastbare Daten. Wir rekonstruieren das jetzt zeitlich. Hier, so sieht's grafisch aus.«

Sie projizierte ein Diagramm.

»Hier! Ein Handy hat drei Mal versucht, diese Nummer anzurufen. Zwei Mal ohne Erfolg. Drittes Telefonat dann etwas länger. Der hat auf 'nen Anrufbeantworter gesprochen.«

»Und wer war der Angerufene?« Martin Björnsen öffnete fragend seine Hände, und Schilling antwortete:

»Das wissen wir nicht. Auch diese Nummer ist nicht gemeldet, kommt aber aller Wahrscheinlichkeit nach aus Rumänien. Wir haben nach Gewaltverbrechen mit einem ähnlichen Modus Operandi gesucht, aber keine unmittelbare Verbindung gefunden, weder hier in Bremen noch landesweit. Allerdings denke ich, das weist auf eine kriminelle Organisation hin. Oder auf den ehemaligen Geheimdienst in Rumänien ... na ja, auch eine kriminelle Organisation. Und noch etwas, aber vielleicht hat das nichts zu bedeuten: Schauen Sie sich den letzten Anruf an, der kommt von dem anderen Handy.

Der passt genau zum Zeitpunkt, als das Feuer ausgebrochen ist, dauert fast 18 Minuten. Der ging auch an eine nicht registrierte Nummer, vermutlich auch aus Rumänien, positioniert im niedersächsischen Umland, die sich aber von Bremen aus kurz nach der Tatzeit über eine Bundesstraße Richtung Süden bewegte und dann plötzlich verschwand. Ich habe das zeitlich überprüft. Es scheint, als hätten sie zu Beginn des Brandes jemanden angerufen. Dann vermute ich, sind sie erstickt, dann ist das Handy im Feuer geschmolzen.«

Er blickte betroffen in die Runde. »Das würde bedeuten, dass der Gesprächspartner das alles mitgehört hat, die Angst, den Brand, die Verzweiflung und den Tod.«

»Könnte sein, dass der wieder hier in Bremen ist. Der ist wütend und will die beiden rächen«, spekulierte Inge. »Oder der kommt noch. Schlecht rauszukriegen, bisher haben wir nix gehört.«

Martin Björnsen dankte den beiden und fragte Katharina Volacek, ob die Untersuchungen zu Klemms finanzieller Situation etwas ergeben hätten. Katharina stand gerne im Mittelpunkt, aber hatte diesmal keine neuen spektakulären Ergebnisse vorzuweisen und musste sich zurückhalten. Sie berichtete, sie habe alle verfügbaren Daten abgegrast und sogar alle Details in der Wohnung des Buchhalters angesehen.

»Jeden blöden Krimi bei ihm im Regal habe ich durchgeblättert, absolut nichts zu finden. Der Typ war Einzelgänger. Unsere erste Vermutung mit einer Erpressung können wir so nicht beweisen.«

»Und was die wirtschaftliche Situation des Unternehmens anbetrifft, das ist eine komische Angelegenheit. Scheinbar war der Buchhalter auch sein Steuerberater. Das wäre was ganz Neues, aber wir wollen das herausbekommen, ohne dass Klemm das mitkriegt. Momentan durchwühlen wir alle alten Steuererklärungen. Was wir allerdings herausbekommen haben: Der Umsatz ist scheinbar ständig abgesackt. Zunächst war der Betrag relativ gering, zwischen drei und fünf Prozent im letzten Jahr, aber dann wurde er immer größer. Im Frühjahr waren es elf Prozent weniger, basierend auf dem Jahresdurchschnitt. Sein Guthaben bei der Bank ist aber im selben Zeitraum ständig gestiegen, weshalb, wissen wir nicht. Also für den war dieser Brand letztendlich ein willkommenes Ereignis.« Sie fügte ein wenig lahm hinzu: »Jedenfalls vorläufig.«

Als er die Konferenz verließ und sein Handy wieder einschaltete, erwartete Schilling eine Nachricht auf seiner Mailbox. Er hörte sie ab. Es war Dora Harms.

»Herr Schilling, hier ist momentan alles ruhig. Wie ich aber erfahren habe, kommt ein ›Onkel Ervant‹ hier in den nächsten Tagen wieder an. Über den wird nur geflüstert wie über Voldemort in Harry Potter. Können Sie das recherchieren? Ich kann hier nicht ungestört telefonieren.«

Ehe er zurückrufen konnte, traf er auf dem Flur seinen ehemaligen Mitstudenten, der jetzt bei der Abteilung Wirtschaftskriminalität arbeitete, Joon Lübben. Kurz danach saßen die beiden in der Cafeteria und tauschten Erinnerungen aus.

Joon war ein erfahrener Ermittler, der die nötige Geduld hatte, sich mit Bergen von Akten zu beschäftigen, Beschuldigte immer wieder akribisch zu verhören oder Geschäftsunterlagen auf Unterschlagung zu überprüfen. Schilling ging zum Tresen und besorgte Getränke. Sie tranken, während sie ununterbrochen redeten, und Schilling war froh, dass er nicht in dieser Abteilung arbeitete, allemal, wenn er sich Joons Figur ansah. Denn dieser kam offensichtlich kaum von seinem Stuhl weg, während belegte Brötchen und Frikadellen immer einen Weg zu ihm fanden.

Als sie auf den Fall Kaufhausbrand zu sprechen kamen, winkte Joon ab: »Nach dem, was ich da so gehört habe, dauert es Jahre, um das alles aufzuarbeiten. Selbst wenn ihr den Klemm – so hieß er doch? – in U-Haft nehmt, werdet ihr nichts herausbekommen und ihn früher oder später wieder laufen lassen müssen. Immer, wenn viel Geld im Spiel ist, wird's schwierig.«

Nach einiger Zeit standen sie auf und verabschiedeten sich. An der Tür hielt Joon kurz inne.

»Übrigens, da scheint eine Gruppe von Kreditkartenbetrügern in der Innenstadt unterwegs zu sein. Meist sind das Karten von wohlhabenden Kunden aus Horn, Schwachhausen,

Oberneuland, Lilienthal und so weiter. Wenn du da irgendetwas hörst, ruf mich doch bitte an.«

Schilling nickte. Seine Hoffnung auf eine rasche Auflösung des Falls war in weite Ferne gerückt.

Um Viertel vor elf betrat er sein Büro. Wie bereits vermutet, war Steinbrück nicht da. Inge Dunker war am Telefon, winkte ihn aber herein und zeigte auf das Whiteboard. Er setzte sich und studierte die neuen Grafiken und Beschriftungen aus der Ferne. Ein neuer Eintrag betraf den in Gröpelingen benutzten Brandbeschleuniger, allerdings gab es da nur ein großes Fragezeichen, darunter die Vermutung »gleiche Substanzen wie am Wall?«.

Als nächstes rief er Ingo Schlichting an, den Brandexperten. Das Labor habe ihm soeben einen Bericht über die Proben von der Brandstelle geschickt. Es hatte sich bestätigt, was er, Schlichting, von Anfang an über den Brandbeschleuniger vermutet hatte – es war flüssiges Paraffin mit Benzin gewesen.

Schilling grub in seinen Erinnerungen.

»Ist das schwer zu bekommen?«

»Überhaupt nicht«, antwortete Schlichting. »Jeder kann es sich leicht beschaffen, auch in größeren Mengen, zum Beispiel bei eBay. Wir werden den Brandstifter nicht kriegen, wenn wir nach einem Käufer fahnden. Genau so uninteressant ist der Zünder, den der Täter verwendet hat. Das waren vermutlich Benzin, ein Lappen und Kaminanzünder. Beides überall zu kriegen.«

»Aber dann muss er vorsichtig gewesen sein, damit er sich nicht selbst anzündet.«

»Das stimmt!«, antwortete Schlichting. »Der Zünder muss schon gut brennen, damit sich das Paraffin auch richtig entzündet. Brennt es einmal, ist es sehr schwer wieder zu löschen. Also gut geeignet, wenn man so ein Haus abbrennen will.«

Schwer zu glauben, fand Schilling, dass der Täter erst umständlich einen Zünder richtig brennen lassen musste.

»Er hat das vielleicht alles in einem Plastikeimer gehabt und mit so einer Lötlampe angezündet. Das ist so ein Ding wie ein Campingkocher. Damit erreicht man schnell hohe Temperaturen.«

»Und?«

Schlichting wusste, was die Frage bedeutete. »Wir haben nichts gefunden. Aber die Nachbarn sagen, im Keller hätte viel Kram gelegen, Möbel, Stoff, Papier und Pappe. Wir wissen aber, dass der Täter eine Scheibe eingeschlagen oder eingedrückt hat. Unten im Keller lagen entsprechende Splitter auf dem Boden, und die Zeugen haben versichert, das Fenster sei vorher ganz gewesen.«

Das wiederum passte zu Doras Erinnerungen, die ein leises Klirren gehört, dem aber keine Aufmerksamkeit geschenkt hatte.

»Hört sich so an, als hätte der Täter die Scheibe eingedrückt.« Schilling hörte sein Gegenüber förmlich nachdenken.

»Aber das hilft uns auch nicht viel. Dass die Tat geplant war, steht ja ohnehin fest.«

»Was können wir jetzt damit anfangen?«, fragte Schilling vorsichtig. »Ich weiß nur wenig über Brandstiftung – ich habe nicht einmal gewusst, dass Paraffin ein Brandbeschleuniger ist.«

Schlichting antwortete nicht direkt. »Hier geht es um einen gemeingefährlichen Typen. Ein Mensch ist schwer verletzt worden, und ob der Täter damit zufrieden ist, bezweifle ich. Das heißt, dass er es noch einmal probieren wird. Sie sollten versuchen, den Brandstifter so schnell wie möglich zu finden.«

Schilling sah, wie Inge Dunker ihn aufmerksam beobachtet hatte und nun hinter seinen Stuhl trat, um seine Notizen zu lesen. Er legte auf und fühlte sich ein wenig hilflos, aber Inges Schwung riss ihn, mit und er beobachtete, wie sie seine Notizen auswertete und auf dem Whiteboard eintrug.

Der Drucker summte und spuckte mehrere Seiten aus, die Inge an sich nahm. Er sah, wie sich ihre Miene aufhellte.

Sein Respekt vor ihren methodischen Fähigkeiten wuchs. Mit einem Marker kreiste sie zwei Notizen ein. Die erste betraf den Brandbeschleuniger. Gleiches Verfahren? hatte sie darüber geschrieben. Eine Bemerkung in Klammern zu den

Motiven: »Geld als Motiv? Woher haben die beiden Rumänen und die Frau in Gröpelingen so viel Geld, dass sich ein Mord lohnt?«

Die zweite Bemerkung betraf die Telefongespräche der Brandopfer: Warum rufen die in Rumänien an und nicht bei der Feuerwehr? 1. können kein Deutsch; 2. sehen keinen Ausweg, nehmen Abschied; 3. fordern einen Rächer an?

Die letzte Bemerkung betraf die Reihenfolge der Verbrechen: Warum zu diesem Zeitpunkt? Munderloh/Frau in Walle zeitlich so dicht aufeinander? Was war passiert, hatte sich verändert? Schon vorher geplant, oder war das eine Reaktion? Wenn ja, auf was?

Inge überlegte kurz, blickte nach oben, als hoffe sie auf himmlischen Beistand.

»Also, ich hab nochmal nachgedacht. Es gibt folgende Möglichkeiten.«

Sie hob die Hand hoch und begann an den Fingern abzuzählen: »Erstens: Wir gehen erstmal von zwei Rumänen aus. Gewaltsamer Tod, unregistrierte Handys – das sieht doch sehr nach einer rumänischen Bande aus. Nehmen wir mal an, die sind im Kaufhaus, um zu klauen. Wer bringt sie denn wegen sowas um? Zweitens: Es gibt viel Bargeld in dem Kaufdings. Sie streiten sich mit irgendwem um die Kohle. Wäre zwar möglich, aber alle sagen, da war nur wenig Geld. Drittens: Sie haben jemanden schwer geärgert. Zum Beispiel beklaut oder beschubst. Da geht's normalerweise um größere Summen. Es gibt Streit und bums. Aber: Erstmal keine Hinweise auf sowas. Viertens: Der erste Brand war geplant – wer hat schon Brandbeschleuniger bei sich? Ergeben sich die beiden anderen Taten aus der ersten, oder war das ein Masterplan?« Sie kicherte ein wenig bei dem letzten Wort, das sie an Steinbrücks Vokabular erinnerte.

Dann stoppte sie kurz und schloß ihren Gedankengang mit: »Wie auch immer. Der Täter hat das mindestens bei den Brandfällen gut geplant. In Gröpelingen haben wir ja nix gesehen. Aber da am Wall? Der Typ, der auf dem Video war, der hatte nix dabei. Also entweder war's der nicht, oder er hat's irgendwie vorher in das Haus gebracht.«

Schilling erinnerte sich erneut an Joons Worte: Immer, wenn viel Geld im Spiel ist, wird's schwierig. Genau, dachte Schilling. Er hatte als Kind und Jugendlicher nie viel Geld von seinen wohlhabenden Eltern bekommen, um teure Dinge zu kaufen. Er verglich ihre Haltung mit den Tricks und Straftaten, zu denen Geldmangel, Luxusbedürfnis oder Genussgier oft Menschen verleiten und die er durch seinen Beruf kennen gelernt hatte.

Aber wo war das viele Geld, wenn es wirklich darum ging? Die Kosten für die Renovierung und Instandsetzung?

Wie auch immer, sie mussten herausbekommen, wer die beiden jungen Männer waren, und bei der Frau ... – ja, da mussten sie leider warten, bis sie wieder aufwachte.

Schilling riss ein beschriebenes Flipchartblatt vom Ständer, machte davon ein Foto, drehte die Notizen zu anderen Fällen um und begann zu schreiben.

An den oberen Rand schrieb er: Zeitplan

Er sah in seinem Handy nach und notierte:

?. Mai: Anreise der beiden Männer – oder sie wohnen schon in Bremen

?. Mai: Täter kauft Brandbeschleuniger, bringt ihn mit (aber wann?)

6. Mai: Kaufhausbrand

?. Mai: Täter ermittelt eine Bedrohung für ihn (Anruf? Recherche)

?. Mai: Täter besorgt sich ein Auto (oder hat es schon)

8. Mai: Buchhalter wird getötet/Täter lässt Auto verschwinden

?. Mai: Täter ermittelt eine weitere Bedrohung für ihn (Anruf? Recherche)

?. Mai: Täter kauft wahrscheinlich erneut Brandbeschleuniger

?. Mai: Täter erkundet vermutlich die Lage

13. Mai: Brand in Gröpelingen

Er starrte die Liste an und versuchte, sich einen Reim darauf zu machen. Eine Menge loser Fäden, die ins Nichts führten.

Es gab noch zwei vielversprechende Ansatzpunkte: Dora und die Frau im Krankenhaus.

Auf der Intensivstation erfuhren sie, dass die Frau in die Kardiologie verlegt worden war. Der Arzt versicherte ihnen, sie habe Herzrhythmusstörungen gehabt und hätte stabilisiert werden müssen. »Wir haben einige Medikamente angesetzt, und es scheint ihr gut zu bekommen. Aber sie ist immer noch bewusstlos.«

»Können wir zu ihr?«

»Nur kurz.«

»Welches Zimmer?«

Er führte sie zu dem Raum.

»Wir möchten nur ein Foto machen, wir müssen sie identifizieren.«

»Warten Sie bitte einen Moment. Wir müssen ihr ohnehin gleich eine andere Atemmaske aufsetzen. Dann bekommen Sie Ihr Foto.«

Sie lag alleine in einem Bett, umringt von Apparaten. Durch das Fenster mit Blick über den Park kam etwas Licht, aber der Blick war durch eine Folie auf der Scheibe verschwommen.

Das Kopfende war leicht hochgestellt. Sie lag tief in die Kissen gesunken, ihr Kopf war senkrecht stabilisiert, und eine Maske saß auf ihrem Gesicht, so dass sie fast wie ein Kampfpilot aussah. Wegen der Maschinen konnte man keine Atemgeräusche wahrnehmen.

»Halten Sie bitte den Fotoapparat bereit.« Die Stimme des Arztes klang sachlich, aber bestimmt, und sie beide nahmen ihre Handys in die Hand. Eine Krankenschwester stellte sich neben sie.

»Und nun?«

»Wenn ich die Maske abnehme, machen Sie ihre Fotos, dann verlassen Sie bitte das Zimmer.«

Bereits unten im Auto schickten sie ihre Fotos auf die Reise, und noch bevor sie Dora kontaktieren konnten, kam eine Nachricht per SMS, als sie auf der Waller Heerstraße fuhren.

»Schau mal einer an!« Inge Dunker klatschte in die Hände. »Eine junge, drogensüchtige Frau. Dreimal darfste raten, woher sie kommt. Auch Rumänien. Heißt Corina Olaru.«

Sie schüttelte den Kopf. »Einmal als Fahrerin in einem Schleuserfall vernommen. Wird befragt, sagt, sie habe keine Ahnung, sagt ›Wie, das sollen Asylsuchende sein? Ich dachte das wären Tramper.‹ Na gut, dann gibt sie zu, sie hat zwei Hunnis für die Fahrt kassiert. Untersuchungshaft wird angeordnet. Ha! Und nun kommt's: Sie wird wegen eines Verfahrensfehlers freigelassen. Lungert rum, ist in Betrügereien verwickelt, wird ab und zu aufgegriffen, dann wieder freigelassen. Aufenthaltsort unbekannt.«

Sie drehte sich zu Schilling um. »Könnte sie der Typ auf dem Video sein? Ich glaub's nicht.«

Der antwortete mit einem Kopfschütteln. »Die kommt mir zu klein und zu zierlich vor, aber wer weiß. Das müssen wir auf jeden Fall überprüfen. Aber wer hat dann das Haus angezündet?«

»Vielleicht ein Typ aus Rumänien. Wollte vielleicht Rache nehmen oder so.«

Nun war es an der Zeit, Dora anzurufen. Sie meldete sich nur ganz kurz und schickte dann eine SMS: »Rufe heute Abend an!«

Den Abend wollte Schilling im Kreise seiner Familie verbringen. Aber als er ankam, saßen nur seine Mutter und die Kinder am Tisch und aßen ihr Abendbrot. Er begrüßte sie, hängte sein Jackett auf, strich es glatt und setzte sich auch an den Tisch. Er sah seine Kinder gut beschäftigt und fragte sich, wo Ayşe war.

»Wie habt ihr den Nachmittag verbracht?«, fragte er seine Tochter.

»Ich war in der Schule, als Mama anrief und sagte, dass sie erst später abends aus dem Büro kommt. Dann hat Oma angerufen und gesagt, dass sie kommt, und hat mich abgeholt, dann sind wir shoppen gegangen«, antwortete seine Tochter, während sie vorsichtig auf ihrem Teller all das an die Seite schob, was ihr zu fett erschien.

»Shoppen?«, fragte Schilling und nahm sich ein Glas Wasser. Dann schaute er mit fragender Miene seine Mutter an.

»Ja, shoppen«, sagte diese, nachdem sie ihren letzten Happen hinuntergeschluckt hatte. »Ich weiß schon, was das ist. Ich gehe mittags immer in den Supermarkt zum Shoppen. Schließlich will dein Vater etwas zu Mittag essen.« Sie lachte ihn an und zwinkerte Schilling zu. Seine Tochter kicherte. »Und Rosa wollte gerne eine neue Jeans.«

»Ja!« Das Mädchen strahlte. »Ich habe bei einer Freundin einen Prospekt mit einem Gutschein gefunden. Da ist eine Boutique, die einem 40 Euro schenkt. Die hatte eben aufgemacht. Super!«

Schilling sah seine Mutter stirnrunzelnd an, und die verdrehte die Augen und klapperte mit den Liddeckeln. Rosa war nicht zu bremsen.

»Und? Hast du was für dich gefunden?«, fragte er, trank einen Schluck und griff sich mit den Fingern eine Salzstange. Schließlich würde Ayşe noch kommen und er wollte gerne mit ihr zusammen etwas essen.

»Erst nicht«, sagte sie mit dramatischen Tonfall. »Eigentlich alles zu teuer.« Sie biss von ihrem Brot einen Happen ab, wollte dann sprechen und warf ihrer Großmutter einen vorsichtigen Blick zu. Als sei das für sie selbstverständlich, kaute sie dann erst zu Ende, schluckte und fuhr fort: »Aber wir hatten ja diesen Gutschein.«

Harkan schien nur mit seinem Essen beschäftigt und interessierte sich offensichtlich nicht für Shopping, jedenfalls nicht für das seiner Schwester.

»Ich wollte noch etwas von meinem eigenen Geld dazugeben, aber Oma wollte das nicht.«

Schilling hatte sich inzwischen einen Kaffee genommen und sah von seiner Tasse auf.

»Und? Wie ist die Jeans?«

»Das ist die coolste Jeans der Welt!« Rosa war aufgestanden und begann, die Hose mit ihren Händen in der Luft zu modellieren.

»Das ist eine Bootcut in blue glaze.«

Schilling verstand nur Bahnhof.

»Kann ich sie sehen?«

»Nein, sie ist schon in der Waschmaschine. Und als sie sein verständnisloses Gesicht sah, fügte sie hinzu: »Ach

Papa, das macht man so, wegen der Schadstoffe.« Dann fiel sie ihrer Großmutter um den Hals und küsste sie.

Später, als Schilling seine Mutter zum Auto brachte, zog er eine Augenbraue hoch und sah sie fragend an.

»Ist meine Schuld, Niklas. Ich habe diesen Gutschein nicht richtig gelesen. Da stand kleingedruckt auf der Rückseite. ›40 Euro Rabatt nur bei einem Einkauf ab 199 Euro.‹ Aber das habe ich erst an der Kasse gemerkt. Das mochte ich ihr nicht antun.«

Niklas umarmte seine Mutter und dankte ihr. Ebenso wie man häufig hinter prahlerisch vorgetragener Güte Eitelkeit erkennen kann, ließ für ihn diese zurückhaltende Art Größe erkennen, und er liebte seine Mutter deshalb.

Dann ging er zurück ins Haus, um auf Ayşe zu warten.

18

Es war ein Uhr morgens. Eine sehr unchristliche Stunde, aber sie rief trotzdem an, und sein Handy summte leise neben seinem Bett. Er antwortete mit einer Flüsterstimme, rau vom Schlaf. »Hallo!«

»Hier ist Dora Harms. Tut mir leid, Sie zu wecken.«

Seine Stimme klang sofort wach. »Was gibt es?«

»Eine richtige Spur in diesem Fall. Ich habe keine genauen Details, aber wir haben den zweiten Namen und wissen nun auch einiges über die beiden. Die alte Frau, Tante Stefi, will sprechen. Sie ist eine weit entfernte Verwandte von Izabel.«

»Können wir uns gleich morgen sehen?«

»Ich muss zurück nach Gröpelingen und mit ihr für den Vormittag einen festen Termin vereinbaren. Ich informiere Sie dann, wo ich bin und wann es losgeht.«

»Eine Sache noch. Ich kann keine Probleme gebrauchen. Halten Sie sich zurück, bis wir da sind. Wir machen das jetzt gemeinsam.«

Sie stockte. »Ich … habe nur ein Problem.«

»Ein Problem?« Seine Stimme klang misstrauisch.

»Es ist wegen Izabel. Sie hat nichts mit dem Fall zu tun. Wenn es geht, würde ich sie gerne raushalten.«

»Wir werden sehen. Ich mache, was ich kann. Aber bis dahin nichts an irgendwen weitergeben.«

Nachdem Dora aufgelegt hatte, wanderte sein Blick zu Ayşe, die sich nicht gerührt hatte. Tat sie nur so, oder schlief sie wirklich? So leise wie möglich legte er sich wieder hin.

Am nächsten Morgen ließ Inge Dunker im Auto auf der Fahrt nach Gröpelingen ihrem Ärger freien Lauf.

»Samthandschuhe! Ich finde, wir sollten uns diese Tante schnappen. Wir verhören sie, bis sie uns alles erzählt. Wir verfrachten sie ins Polizeipräsidium, wenn es sein muss. Beinahe hätte es noch einen Todesfall gegeben. Muss nicht sein!«

Schilling hob beide Hände. Er hatte vorher deutlich gemacht, dass sie besonnen vorgehen mussten. Er wollte die Frau nicht verschrecken.

Tante Stefi saß steif auf ihrem Stuhl und blickte sie mit traurigen Augen an. Eine schwere, gestrickte Jacke ergoss sich über einen langen, gefältelten Rock. Sie bewegte ein wenig ihre breiten Kiefer, ohne etwas zu sagen. Dann weinte sie leise, seufzte schließlich tief und sprach stockend mit Dora, die sich neben sie gesetzt hatte.

»Ich übersetze nicht alles, was gesagt wird, das kann ich dann später nachliefern«, sagte Dora und blickte Tante Stefi anschließend freundlich an.

Schilling lehnte sich ein wenig zurück, schaltete die Aufnahmefunktion seines Handys ein, versuchte, sich zu entspannen und schickte eine beruhigende Geste zu Inge. Wichtig waren die Namen und möglichst viele Einzelheiten. Alles andere stand nicht zur Debatte. Inge zückte ihren Notizblock.

»Die beiden heißen Andrei Stoica und Bila Chioseolu.«

Einen Moment lang wirkte Tante Stefi unentschieden, dann lehnte sie sich vor und murmelte vor sich hin. Hin und wieder kommentierte Dora ihre Sätze, nickte ihr aufmunternd zu und strich manchmal über ihre alten, knotigen Hände, wohl um sich selbst zu beruhigen.

»Beides Studenten aus Bukarest«, sagte sie. Wieder murmelte die alte Frau vor sich hin. Dora hörte weiter zu, dann stand sie auf und bedankte sich anscheinend.

»Dann gehen wir«, sagte sie ruhig und begab sich zur Tür. Als er sich von Tante Stefi verabschiedete, schien ihm, dass ihre Augen noch trauriger blickten als zuvor, der Tod der beiden jungen Männer war nun zu einer amtlichen Gewissheit geworden.

Unten auf der Straße langte Dora in ihre Tasche, aus der sie einen Block hervorzog und sagte: »Es gibt eine neue Lage! Ich schreibe schnell alles auf, was sie gesagt hat.«

»Ich gebe mal die Namen durch«, sagte Inge und setzte sich ins Auto. Nach eine kleine Pause sagte Dora: »Das sind Studenten von der Universität Bukarest. Die haben so etwas wie Informatik studiert. Tante Stefi sagte irgend etwas von ›elektrisch‹ und ›moderne Apparate, die überall stehen‹.

Kommen aus ärmlichen Verhältnissen. ›Nette Kinder, nette Kinder‹, hat sie immer wieder gesagt. Plötzlich hätten sie mehr Geld gehabt, da gibt es einen Mann namens Onkel Ervant. Von dem sollen sie das haben. Wofür, weiß sie nicht. Und nun seien sie verschwunden.«

Sie wandte sich Schilling zu. »Moment mal, den hatten wir doch schon. Der wollte doch nach Bremen kommen. Sie kennt ihn nicht, aber das soll ein unangenehmer Typ sein. Sie hat ›Bandit‹ gesagt. Das ist ein altmodischer Ausdruck für Verbrecher, na ja, sie ist eben alt.«

Schilling sah in ihre Notizen, ob sie vielleicht etwas übersehen hatte, und sagte dann: »Vielleicht haben wir hier die Lösung? Dieser Onkel Ervant, das ist vielleicht doch der Mann auf dem Video und nicht dieser eine Detektiv. Wenn wir diesen Ervant finden, bekommen wir schnell heraus, ob er das war.«

»Haben Sie schon was herausbekommen?«, fragte er Inge Dunker. »Weiß man irgendetwas über die zwei?«

Man sah Inge an, wie sie sich ärgerte. Sie schnappte sich ihr Handy und kletterte aus dem Wagen.

»Für Deutschland ist da nichts bekannt. Und für Rumänien …«. Sie wedelte mit der Hand, was soviel hieß wie »Abwarten«.

Schilling zuckte daraufhin mit den Schultern, trat einen Schritt beiseite und fragte die beiden: »Also, was kann man mit Informatik in so einem Kaufhaus anrichten?«

»Na ja«, erwiderte Dora. »Die können natürlich den Inhaber erpressen, wenn sie sich reinhacken. Oder irgendwelche Geräte manipulieren.«

»Dann könnte Klemm die beiden umgebracht haben, weil sie ihn erpressten?«, fragte Schilling zurück.

Sie antwortete nicht, sondern überlegte.

»Was denken Sie?«, fragte Schilling drängend. »Wäre das schlüssig?«

Inge Dunker stand da und verzog ihr Gesicht. »Ich kann mir schon vorstellen, dass jemand wegen so einer Hackersache wütend werden kann. Aber deswegen gleich Leute umbringen?«

»Außerdem …« Dora Harms runzelte die Stirn und blickte ihren Chef erwartungsvoll an.

»Wieso sind die überhaupt da, in Bremen? Ich dachte immer, so eine Erpressung funktioniert anonym, über Bitcoins?«

Schilling erinnerte sich an die »Trainingsbuchung« im Restaurant. »Kann das sein, dass sie vielleicht die Kassen manipuliert haben? Irgendwie unterdrückte Buchungen für einen Steuerbetrug?« Inge lachte.

»Sie meinen ›kreative Buchführung‹? Da braucht man keine Kasse für zu hacken. Da nimmt man gefälschten Rechnungen, das bringt's. Weniger Steuern, was willste mehr?«

Zusammen gingen sie zum Auto. »Wir warten erst einmal ab, was bei der Recherche rauskommt. Irgendwelche Polizeiberichte, Verurteilungen, was weiß ich?«, sagte er. »Wenn die beiden kriminell geworden sind, wird uns das genügend Hinweise liefern. Dann kennen wir vermutlich ihre Spezialität.«

Man konnte sehen, wie die Ungeduld in Inge Dunker sogleich wieder aufflammte. Sie setzte sich hinter das Steuer und trommelte mit den Fingern aufs Lenkrad.

»Sind immer noch meilenweit entfernt von der Lösung«, sagte sie mürrisch.

»Dann bringen Sie uns auf Kurs, Inge.«

Sie warf ihrem Chef einen Blick zu. »Bisher hatte ich bei den rumänischen Banden nur nach Einbruch, Brandstiftung und ähnlichen Delikten gesucht. Jetzt nehm' ich mal die Informatik-Heinos mit dazu. Aber zu einer Bande gehören viele Typen. Wo sind die denn nun? Und auch die Frau. Was hat die denn bisher gemacht?«

»Außer ihrer kriminellen Karriere«, sagte Schilling, »wissen wir gar nichts.«

»Sie hat auch was mit Informatik zu tun«, sagte Inge Dunker, als erkläre das alles. Die beiden waren in ihr Büro zurückgekehrt und hatten recherchiert und endlich Berichte aus Rumänien erhalten.

»Und was noch? Die beiden jungen Männer wurden kurz vor ihrem Examen rausgeworfen, weil sie irgendwas gehackt haben. Ich versteh's nicht so richtig, hört sich an wie ein Geldautomat. Den haben sie manipuliert, irgendwie spuckte der Kohle für sie raus. Wusste der Typ am Telefon auch nicht so genau, wie.« Inge fand das umso bedauerlicher, als ihrer Ansicht nach die meisten Personen ihre Unwissenheit durch ihren Mangel an Intuition ergänzten.

»Die Frau scheint irgendwie abgestürzt zu sein. War in einen Drogenfall verwickelt. Hat aber an der gleichen Fakultät wie die beiden jungen Männer studiert. Gleiche Zeit. Die kennen sich bestimmt. Also, ich denk, die waren zusammen, haben vielleicht gemeinsam in der Bude da gewohnt. Dann haben sie irgendwas Kriminelles gemacht. Irgendwer ist denen auf die Schliche gekommen und peng.« Ihr fiel nichts mehr ein. »Ich muss das noch alles eintragen, vielleicht kapier ich dann mehr.« Sie zeigte auf das Whiteboard.

Schilling zuckte mit den Achseln. »Solange wir die Frau nicht befragen können …«

»Immerhin sind sie ja in dem Kaufhaus gewesen. Das muss etwas mit deren kriminellen Aktivitäten zu tun haben. Ich ruf nochmal die IT-Fritzen an. Die wissen's vielleicht. Ich glaub ich hab da zu wenig Ahnung.«

Schilling machte sich mit den Fotos auf den Weg zu Elena Hannover. Jemand, der den ganzen Tag an der Kasse arbeitet, konnte sich vielleicht an Gesichter von Kunden erinnern.

Immer in einem Haus voller Dekomaterial zu leben, hat sicherlich seine Auswirkungen. Irgendwann wird man auch wie eines aussehen, dachte er.

Steif saß die Hannover auf einem ihrer Cocktailsessel und hatte die Hände auf den Knien gefaltet. Als er ihr die Fotos zeigte, kramte sie zuerst umständlich nach einer Lesebrille und hielt sich die Fotos dicht vor ihr Gesicht. Schilling bemerkte, wie sie erst ihren Kopf schütteln wollte, sich dann aber besann und die Fotos noch einmal sorgfältig studierte.

»Ja, die habe ich drei, vier Mal gesehen. Die kaufte immer eine Kleinigkeit und bezahlte dann immer mit einer Kreditkarte. Erst habe ich gedacht, das ist eine Betrügerin …«. Sie verlor sich in Gedanken.

»Wieso haben Sie das gedacht?«

»Na ja, die konnte nicht richtig Deutsch, aber die Kreditkarte trug einen deutschen Namen, und die Unterschrift passte. Und es gab auch keine Probleme damit. Und wer schummelt schon mit so einer Karte, wenn es um zehn Euro geht?«

Nachdenklich hielt sie einen Moment inne und zeigte dann auf Schilling. »Aber, Moment mal, das fällt mir erst jetzt ein. Komisch, hatte ich vorher nie drüber nachgedacht. Es gab jedes mal hinterher ein Problem mit dem Kartenlesegerät, wenn sie da war. Erst druckte das Ding eine Fehlbuchung aus, dann, beim zweiten Mal, war es dann in Ordnung. Ob das was zu bedeuten hat?«

Das wusste Schilling auch nicht. Er fuhr ins Polizeihaus zurück, um sich mit Inge zu verständigen, fand an seinem Schreibtisch Klaus Neuber von der Abteilung Wirtschaftskriminalität vor, den er entfernt kannte, und setzte sich auf seine Schreibtischkante.

19

Neuber berichtete, sie hätten eine Menge Informationen und verschiedene Theorien zusammengetragen, aber noch nichts wirklich Bahnbrechendes gefunden. Aber da seien folgende Punkte.

Punkt eins: Klemm war fast pleite gewesen. Im Dezember lief sein Dispositionskredit aus, und persönliche Mittel waren nicht vorhanden, zumindest nicht offiziell. Woher zwischenzeitlich immer wieder Geld aufgetaucht war, sei rätselhaft, aber es seien immer wieder größere Summen reingekommen. Aber nun wäre es mit der Firma fast zu Ende gewesen, und er hätte alles verloren – Firma, Haus und auch seinen Ruf, der ihm angeblich viel bedeutete.

Punkt zwei: Er musste auf dubiose Geldquellen zurückgegriffen haben, offenbar um seinen persönlichen Besitzstand zu retten. Das sei alles nicht richtig nachvollziehbar, weil es sich um Bargeld handele. Aus Zeugenaussagen könne man jedoch schließen, dass er meist mit Bündeln von 50-Euro-Scheinen bezahlt habe.

Schilling wusste, was das bedeutete: Das war das primäre Kennzeichen von Geldwäsche, kleine Scheine aus dem Drogenhandel oder anderen illegalen Geschäften in großen Mengen.

Punkt drei: Seit Ende letzten Jahres waren auf seinen hier zugänglichen Konten nur noch geringe Zahlungseingänge verbucht worden. Daraus konnte man ableiten, dass es noch mindestens ein weiteres, bisher noch nicht entdecktes Konto gab.

Punkt vier: Anfang des letzten Jahres war Klemm nach Rumänien gereist. Anschließend tauchte ein größerer Geldbetrag auf einem seiner Konten auf, bar eingereicht, aufgesplittet in verschiedene kleinere Einzahlungen. Und ähnliche Vorgänge seien vorher nicht vorgekommen.

»Danke«, sagte Schilling. »Aber wie sollen wir herausbekommen, wie er das angestellt hat? Mit wem er sich da getroffen hat und was da gelaufen ist. Natürlich können wir ihn dazu befragen, aber da wird er eine einfache Antwort wissen. Und was hat das alles mit diesen ›Informatik-Rumänen‹ zu tun?«

»Was für Informatik-Rumänen?«, fragte Neuber.

Inge Dunker war bereits aufgestanden, stand vor ihrem Whiteboard, erklärte die bisher entdeckten Zusammenhänge und endete mit: »Wir müssen irgendwie herausfinden, was in Rumänien geschehen ist.«

»Frau Dunker, in Rumänien können wir nicht einfach anrufen und fragen: ›Hören Sie mal, dieser Klemm, der war bei Ihnen und hat sich irgendwie Geld besorgt. Können Sie das irgendwie rauskriegen?‹ Also, bei so wenigen Ansatzpunkten lachen die sich tot, wenn ich da anrufe.«

»Ich glaube, wir suchen besser was anderes«, erwiderte Inge Dunker.

Schilling hielt sich zurück und wartete neugierig auf das, was nun kommen würde.

»Irgendwie hängt das mit Computertechnologie zusammen«, erklärte sie. »Sobald wir herausbekommen haben, was viel Geld, ein Kaufhaus in Bremen und Informatik miteinander zu tun haben, werden wir alle überrascht sein.«

Neuber runzelte die Stirn. »Gut«, sagte er. »Was schlagen Sie vor?«

»Fragen sie in Bukarest nach, in welche kriminellen Geschäfte die zwei Männer und die Frau verwickelt waren, falls man das herausbekommen kann«, entgegnete sie ohne groß nachzudenken.

Schilling nickte bejahend und fuhr fort: »In der Zwischenzeit müssen wir herausfinden, ob Klemm eines dieser unregistrierten Handys angerufen hat oder ob er selbst ein solches Handy in seinem Haus hat. Das ist eine Aufgabe für die gesamte Sonderkommission. Könnten Sie diese Aufgaben bitte verteilen, Inge?«

»Und ... Moment noch«, sagte er, bevor sie herausging. »Eine Sache geht mir noch immer nicht aus dem Kopf. Informatik hin, Informatik her. Was hat das denn alles mit den gefälschten Markenklamotten zu tun? Ich verstehe den Zusammenhang nicht. Wenn er da groß im Geschäft wäre, klar, dann könnte er meinetwegen nach Rumänien fahren, warum auch immer. Da bekommt er auch vielleicht Geld, wenn er das lange genug gemacht hat, vielleicht sogar viel Geld. Aber reicht dieser kleine Schuppen für sowas aus? Und außerdem, das hat doch alles nichts mit irgendwelcher Computerkriminalität zu tun?«

»Also, ich habe mal den Stromverbrauch seines Schuppens gecheckt. Ist natürlich viel zu hoch für einen Schuppen. Da laufen irgendwelche Maschinen, haben wir ja auch gesehen. Aber lange nich so hoch wie für eine Massenproduktion von irgendwas. Wenn der damit Kohle macht, dann passiert das woanders.« Inge Dunker hielt dabei die Kopie einer Stromverbrauchsmessung hoch.

Neuber nickte, und Inge sagte: »Vielleicht doch, aber wir sehen nicht den Zusammenhang!«

Als Neuber wieder weg war und er den Verkehrslärm wieder hörte, setzte Schilling sich an seinen Platz, stand nach kurzer Zeit wieder auf und machte sich eine frische Tasse Kaffee. Er glaubte fest daran, dass ihn dies zum Nachdenken animieren und seine Nerven vibrieren lassen würde, außerdem noch für Herz und Seele gut sei. Dann beschlossen die beiden, zu einem Sanierungsspezialisten aufzubrechen. Die Umstände dieser seltsamen Geschichte mit dem Schimmelbefall mussten noch geklärt werden.

Wenig später saßen die beiden vor dem Schreibtisch eines jüngeren Mannes, dem die Energie nur so aus allen Knopflöchern strahlte und dem man ansah, dass er deshalb Geschäftsführer einer Sanierungsfirma geworden war, die sich auf die Beseitigung von Pilzbefall spezialisiert hatte.

»Schimmel muss immer schleunigst weg. Schimmelsporen sind äußerst schädlich für die Gesundheit«, sagte der junge Mann und entblößte dabei eine Reihe makellos perlweißer Zähne. Die beiden hatte ihn um eine Beratung gebeten und ungefähr die Dimension des Vorfalls geschildert, als er sofort schnippte und den Finger hob. »Klarer Fall, sie meinen das Kaufhaus am Wall!«

Eigentlich hatte Schilling genau das vermeiden wollen, aber nun war es unumgänglich geworden, und er sagte: »Natürlich, die Polizei muss in alle Richtungen untersuchen. Wir müssen genau wissen, was das bedeutet.«

Im Nachhinein entpuppte sich das Gespräch zu einer kleinen Lektion über Schimmel, bei dem er vor allem eines gelernt hatte, nämlich »Wenn irgendwer in deinem Haus Schimmel entfernt, dann ist man am besten so weit weg wie möglich.«

Nach dieser Lehrstunde war jedenfalls eines klar. Die Sanierungskosten wären gigantisch gewesen, und das Kaufhaus hätte über einen längeren Zeitraum geschlossen werden müssen – keine beneidenswerte Lage für jemanden, der sein ganzes Vermögen in so einen Betrieb investiert hatte und es nun verlieren würde. Oft gibt man ja fast sein altes Leben für sein Vermögen. Wenn dieses aber verschwunden ist, will man sein Leben wieder für sich haben, was ja aber auch verschwunden ist. Genau deshalb hatte der Geschäftsführer auch den Hauseigentümer verklagt.

Als sie sich verabschiedeten, summte sein Handy zwei Mal kurz. »Auto Fall Munderloh vielleicht gefunden«. Und, »Können Sie kommen?«, war die zweite SMS.

»Was ist hier passiert?« fragte Inge Dunker, als sie an einer Kiesgrube angelangt waren. Sie hatte Durst und wischte sich den Schweiß von der Stirn. Um sie herum schwirrten Insekten. Irgendjemand erstattete über Funk Bericht.

Ein Kriminalbeamter aus Niedersachsen kam dazu und furchte die Stirn. »Was ist das für ein Bremer Fall?«

»Wir sind auf der Suche nach der Person, die einen Buchhalter mit dem Auto überfahren und getötet hat. Munderloh heißt das Opfer.« Schilling spähte in die Kiesgrube und sah durch das Gestrüpp etwas blitzen. Daneben sah er angeseilte Männer, die am Hang ein ausgebranntes Autowrack in Augenschein nahmen. Schließlich bemerkte er noch den aufgeschrammten Rand entlang der Kiesgrube. »Ist das Auto von hier gekommen?«

Der Kriminalbeamte nickte. »Aber niemand ist im Auto.« Inge Dunker lächelte. Der Kriminalbeamte musterte sie. »Was ist?«

»Hab ich mir gedacht.«

»Was?«

»Dass da niemand in den Trümmern liegt.«

Sie gingen beide näher an die Grube, so dass sie das Wrack genauer sehen konnten. Dass das Auto einmal blau gewesen war, konnte man noch eben erahnen. Reifen und die Stoßstange waren zerschmolzen, ebenso wie Sitze und Innenverkleidung, ein zerbrochener Scheinwerfer glitzerte in der Sonne. Türen und Dach waren durch die Hitze verbeult, die Fenster fehlten. Der Kofferraum hatte sich leicht geöffnet, und die Motorhaube stand seltsam verdreht nach oben.

Sie sah sich um, betrachtete die Reifenspuren, bemerkte plötzlich Fußabdrücke auf dem Untergrund und bückte sich, um sie zu fotografieren. Dann zog sie ein Fähnchen aus der Tasche und steckte es neben die Spuren.

»OK, OK!«, sagte der Kriminalbeamte missmutig. »Wir nehmen die Spuren. Hätten wir vorher sichern sollen, aber wer weiß, von wem die stammen.«

Sie zog ihre Stirn kraus und richtete sich auf. »Die sind auf den Reifenabdrücken sichtbar, also später gemacht worden. Und …«

Schilling fasste sie am Arm und zog sie auf den Weg, der in einer großen Kurve unten in die Kiesgrube mündete.

»Was ist?«, fragte sie. »Die passen nicht richtig auf!«

»Ich weiß. Ich möchte nur, dass wir weiter mit ihm zusammenarbeiten. Darauf sind wir angewiesen. Immerhin haben sie die Nachricht an uns weitergereicht.«

Inge Dunker akzeptierte seine Voraussicht und nickte.

Unten am Autowrack stellte sich heraus, was sie bereits vermutet hatten. Ein alter Lada, innen ausgebrannt, mit eingedrücktem Kotflügel rechts und langen tiefen Schrammen an der rechten Seite stand vor ihnen. Natürlich ohne Nummernschilder. Sie blickte in das Innere und bemerkte seltsame, verkohlte Streifen, die quer durch den Wagen verliefen. Der Mann aus Niedersachsen bemerkte ihren Blick und sagte nur: »Brandbeschleuniger.«

»Das wird kein Zuckerschlecken, rauszufinden, woher die Karre kommt.« Sie gingen zurück zu dem Kriminalbeamten aus Niedersachsen. »Haben Sie Zeit, sich anzuhören, was wir wissen?«, fragte dieser sie. »Es kann aber ein bisschen dauern.« Aber sie baten ihn um eine möglichst rasche Übermittlung der Untersuchungsergebnisse. Vor ihrem Dienstwagen sah Inge Schilling an und sagte, bevor sie einstieg: »Also, jemand, der diese Kiesgrube kennt, kommt hier aus der Gegend, jedenfalls nicht aus Rumänien.« Dann schloss sie ihre Tür. Sie fuhren nach Bremen zurück und unternahmen einen Abstecher zum Polizeipräsidium in der Vahr.

Joon Lübben und seine Mitarbeiter waren diejenigen, die sie jetzt dringend brauchten.

»Also, hacken kann man alles Mögliche.« Joon breitete seine Hände zu einer fast entschuldigenden Geste aus und versuchte es mit einem freundschaftlichen Lächeln.

»Man kann sich in Spiele anderer Leute reinhacken, man kann Computer hacken, Konten – eigentlich alles, was du willst und was eine IP-Adresse hat.«

»Aber wie kann man damit Kohle machen, ich meine, viel Kohle?« Inge Dunker verstand nur so ungefähr, worum es ging.

»Da gibt es mehrere Wege«, antwortete Joon. »Man kann Leute erpressen, Lösegeld für gekaperte Rechner fordern oder so ähnlich. Das käme bei eurem Fall doch eher nicht infrage, denn Ihr denkt doch, dass der Klemm irgendwie mit den Rumänen zusammengearbeitet hat, wenn er selbst dabei verdient hat.«

Schilling nickte. »Was gäbe es denn für Szenarien, wenn die zusammenarbeiten würden? Ein Verdacht besteht auf jeden Fall, nämlich der Produktpiraterie.«

Joon schüttelte den Kopf. »Das passt auch nicht so richtig. Wenn der Mode fälschen will, braucht er keine Hacker. Ihr kennt doch diese Geschichte mit den Geldautomaten? Das wäre was: Eine Bande beobachtete Bankkunden, die Geld vom Automaten holten. Sie spionierten die Geheimnummer aus, fälschten die Karten und klauten Geld vom Konto. Das sind zum Beispiel Kriminelle aus Bacău in Rumänien. Aber mit dem Bankautomaten – das passt ja auch nicht.«

Er schlug sich gegen die Stirn. »Aber vielleicht gibt es ja einen Zusammenhang mit diesen mysteriösen Kreditkarten-Fälschungen in Bremen.«

Er setzte sich an seinen Computer, rief eine Seite mit lauter Abbildungen von Kreditkarten auf und zeigte sie den beiden. »Schaut mal, die kann man hier kaufen. Mit der Prüfziffer auf der Rückseite der Karte.«

Dann holte er eine Liste aus einem Aktendeckel auf seinem Schreibtisch. »Hier, das sind mysteriöse Käufe mit Kreditkarten aus Bremen, genauso mit EC-Karten. Irgendwo im Ausland wird damit eingekauft. Seit ungefähr einem Jahr ist das in Bremen überproportional angestiegen. Aber wir haben bisher noch nicht ermitteln können, wie die Nummern erbeutet wurden.«

Schilling warf einen beiläufigen Blick auf die Liste und beobachtete weiter fasziniert den Bildschirm. Kreditkarten einfach so kaufen?, dachte er und wandte sich dann wieder Joon zu.

»Überproportional?«, fragte er. »Könnte das etwas mit unserem Fall zu tun haben?«

»Das wäre eher etwas, das die Banken betrifft. Wenn jemand die Möglichkeit hat, an die Daten zu kommen, na, dann hat er sie. Bloß, die liegen nicht in Bremen. Die Nummern liegen nach einem komplizierten System verstreut auf Servern, praktisch nicht zu knacken. Aber es gibt manchmal gehackte Zahlungsabwickler wie zum Beispiel Global Payments in den USA. Gibt's aber auch nicht in Bremen. Ein Rätsel.« Er schüttelte bedauernd den Kopf. »Dazu kommt noch, das ist alles schwer vermintes Gelände. Die Banken halten da total dicht. Im Fall von diesen Betrügereien mit den Karten aus Bremen zum Beispiel. Die bezahlen einfach den Schaden und schweigen. Wir bekommen auch keine genaueren Auskünfte. Denn wenn diese Kreditkartengeschichte sich als unsicher erweisen würde, das wäre die Mega-Katastrophe, da würde diese ganze Kreditindustrie zusammenbrechen.«

»Aber«, fügte er zum Schluss noch hinzu, »an allen technischen Apparaten, die irgendwie etwas mit Bezahlen zu tun haben, können Manipulationen vorgenommen werden, wenn man nur weiß, wie.«

Dann klingelte Schillings Handy, und diesmal war es eine Kollegin von der IT-Abteilung: »Wir haben ein Handy ermittelt, von dem aus in dem Kaufhaus mehrfach in Rumänien angerufen wurde. Wir haben die Nummer überprüft, und langsam wird es interessant.«

»Wie, interessant?«, fragte Schilling.

»Das Gerät wurde mit einem falschen Namen angemeldet. Kein Problem, wenn man in einem Supermarkt ein Gerät gekauft hat. Das Aktivierungsdatum der Handynummer liegt im letzten Jahr. Laut der IMEI-Daten ist es in Deutschland gekauft und sofort aktiviert worden.«

Schilling dachte an die beiden anderen Handys und die nicht zu ermittelnden Rufnummern in Rumänien.

Das passte zusammen.

»Und die Anrufliste?«

»In den letzten sechs Monaten wurden 14 Anrufe mit diesem Handy getätigt, dazu gab es ein knappes Dutzend SMS. Ein Anruf und eine SMS gingen an eine Nummer in Gröpelingen. Wir überprüfen gerade die anderen Nummern, das sind nur drei insgesamt, aber ich glaube, das wird schwierig, die kommen alle aus Rumänien und sind wahrscheinlich nicht registriert.«

»Und die Anrufe nach Gröpelingen?«

»Da sind wir gerade dabei.«

»Und kann man rauskriegen, wo das Telefon jetzt ist?«

»Nein, nichts. Ich glaube, das Handy ist beseitigt worden.«

Als sie vor der Wallwache hielten, sagte Inge: »Ich muss zu meinem Whiteboard. Und Sie sollten nach Hause gehen, zu Ihrer Familie.« Schilling nickte.

20

Am nächsten Morgen fand er zu seiner Überraschung Inge Dunker und die Personalchefin des Kaufhauses in ihrem gemeinsamen Besprechungszimmer vor. Er unterbrach das Gespräch nicht, sondern setzte sich dazu.

»Ja, wir hatten manchmal Geldprobleme«, sagte Birgit Brüggemann gerade. »Seit einigen Jahren.«

»Was heißt das?«, fragte Inge Dunker.

»Na ja«, sagte Birgit Brüggemann. »Wie das eben so ist. Schlechte Saison, schlecht eingekauft, schlecht verkauft. Aber Herr Klemm hat immer wieder Geld besorgt, woher, weiß ich nicht. Neue Quellen eben.«

»Frau Brüggemann, wir werden sämtliche Unterlagen von Ihnen beschlagnahmen und sind uns relativ sicher, dass wir keine Aufzeichnungen über diese Geldquellen finden werden. Denn Sie waren an diesen ›neuen Quellen‹ beteiligt ,und sie müssen gewusst haben, woher sie kommen.«

Schilling hielt den Atem an. Das war neu, das hatte er nicht gewusst. Oder bluffte Inge etwa?

»Um genauer zu sein«, fuhr sie fort, »wir haben vor ein paar Stunden jemanden gefunden, der bereit ist, vor Gericht auszusagen, dass er gesehen hat, wie Sie diese kleine nette Produktionsstätte auf dem Land besucht haben. Gefälschte Modeprodukte.« Inge Dunker warf einen Blick in ihre Notizen »Nike, Lacoste, Donna Karan, Ralph Lauren, Dolce & Gabbana. Beteiligt war unter anderem ein Mann, der alles zwischen Gröpelingen und dieser Produktionsstätte hin- und herfuhr und den wir bereits geschnappt haben.«

Tatsächlich hatte sie erst am frühen Morgen durch einen Anruf der Kripo Niedersachsen erfahren, dass ein Auto mit Birgit Brüggemanns Kennzeichen vor dem Schuppen gehalten hatte, die Gelegenheit beim Schopf ergriffen und sie sofort zu einer Vernehmung in die Wallwache gebracht, um endlich Licht in diese Angelegenheit zu bringen.

»Das ist lächerlich«, warf Birgit Brüggemann ein. Schilling schwieg.

»Shirts, Polohemden, Pullover und was weiß ich sonst noch«, wiederholte Inge Dunker. »Das bringt viel Geld, selbst wenn man das nur für 30 Prozent des Wertes verkauft. Genug Geld, um einen aufwendigen Lebensstil zu pflegen.«

Jetzt schwieg Birgit Brüggemann. Vielleicht dachte sie über einen Anwalt nach.

»Aber damit endet die Geschichte noch nicht, Frau Brüggemann. Denn irgendwer will ein größeres Stück von dem Kuchen abhaben.« Wieder warf Inge Dunker einen Blick in ihre Notizen. »Ein Rumäne namens Onkel Ervant. Stimmt das?«

Keine Reaktion.

Inge Dunker fuhr fort. »Wenn also dieser Onkel Ervant auf Sie zukommt, Eintreiber zu Ihnen schickt und Ihnen droht, irgendwem Informationen über Ihre Geschäfte zu geben, dann zünden Sie zusammen mit Herrn Klemm Ihr Kaufhaus an, um Spuren zu vernichten, und nehmen dabei in Kauf, dass Menschen zu Schaden kommen?«

»Ich kenne keinen Onkel Ervant«, fiel Birgit Brüggemann ein. »Sie haben keinerlei Beweise!«

»Doch, die haben wir«, behauptete Inge Dunker und beobachtete sie ganz genau. »Wir haben einen Zeugen, der Sie in ihrem Auto gesehen hat. Wir werden jemanden finden, der Sie in Gröpelingen gesehen hat, vor Ihrem Lager in der Glogauer Straße.«

»Das heißt noch gar nichts«, erwiderte Birgit Brüggemann. »Da könnte ich auch einfach mal rumgelaufen sein.«

»Wir werden weitere Beweise haben, wenn wir ihre gesamten Finanzen auf den Kopf stellen. Wir werden jede Rechnung prüfen, jeden Artikel, den wir in Ihrem Haushalt finden. Wir werden beweisen können, dass Sie Geld aus dubiosen Quellen erhalten haben. Sie ersparen sich und uns viel Arbeit, wenn Sie das zugeben. Die Steuer wird die letzten 20 Jahre überprüfen, wir werden alle ihre Bekannten und Verwandten fragen.«

Kaum merklich veränderte sich etwas in der Körpersprache von Birgit Brüggemann, man sah ihr an, dass sie wütend wurde, denn sie schob das Kinn vor, ihr Mund kräuselte sich, und sie setzte sich aufrecht hin.

»Damit ist die Sache aber immer noch nicht zu Ende, Frau Brüggemann. Vor dem Tag, an dem das Haus am Wall abgebrannt ist, haben Sie noch mehrfach bei Klemm angerufen, aus Gröpelingen. Was haben Sie da gemacht? Unsere IT-Leute sind in diesem Moment dabei, Ihre gesamten Handy-Verbindungen zu überprüfen, und ich glaube, wir finden auch Telefonate nach Rumänien. Können Sie uns das erklären? Und auch Klemm wird Sie belasten, um sich freizukaufen.«

Birgit Brüggemann unterdrückte nur mit Mühe ihre Wut. Sie hob die Hand, um sich den Mund zuzuhalten, doch dann gab sie auf ließ sie für einen kurzen Augenblick die Maske fallen.

»Der Arsch!«, stieß sie hervor, denn sie wusste auch genau, wie ein Banknotenfälscher, dass Betrug etwas Schlechtes ist, ohne dass sich dieser deswegen ändert oder es ihm etwas nützt.

»Verhaften Sie sie, Inge«, sagte Schilling. »Unsere Arbeit hier ist getan.«

Nun brachen ihre Barrieren, aber die Geschichte, die sie nun hervorbrachte, half ihnen allerdings nicht viel.

»Ja, wir haben Markenware gefälscht. Nur hochpreisige Sachen, erstklassig gefälscht.« Sie schien sich über die gelungene Arbeit zu freuen. »Die Logos haben wir nicht einfach aufgeklebt, sondern eingestickt oder aufgedruckt, je nach Original. Er weiß, wie man das macht.«

»Und dann?«

»Dann haben wir sie über ein Internetportal verkauft, manchmal auch über eBay oder andere Plattformen, auch über Rumänien oder Bulgarien und was weiß ich sonstwo. Die Fälschungen waren so gut, da hat nie jemand etwas bemerkt. Aber …«

»Aber was?«

»Das Geschäft lief nicht gut. Doch, natürlich lief es gut, aber man konnte lange nicht soviel Geld damit verdienen, wie wir geglaubt haben. Die Maschinen, das Personal. Unterm Strich war das nur wenig Geld. Wir hatten auch schon daran gedacht, das alles fallen zu lassen. Das war das Risiko nicht wert.«

Bedauernd schüttelte sie ihren Kopf.

»Und erpresst hat uns deswegen keiner. Mich jedenfalls nicht. Und wenn ich was abbrennen würde, wäre das diese Hütte, nicht das Kaufhaus. Das ergäbe keinen Sinn.«

»Bringen wir's hinter uns und machen ein Protokoll. Ich bin sicher, der Staatsanwalt wird Ihr Geständnis zu Ihren Gunsten bewerten.« Inge Dunker stand auf und sie verschwanden durch die Tür.

Dieser Aspekt war für Schilling nun geklärt, aber ihm fehlte nach wie vor noch der Hintergrund für die beiden Brandstiftungen und die Fahrerflucht.

Er griff zum Telefon und wählte die Nummer des Diakonie-Krankenhauses in Gröpelingen. Kaum hatte er sich vorgestellt und nach dem diensthabenden Arzt gefragt, wurde er schon weitergereicht, und zu seiner Überraschung war Dora in der Leitung.

»Ich bin eben im Krankenhaus angekommen, ich hatte so ein Gefühl, dass sie vielleicht wieder aufwacht.«

»Und? Wie ist ihr Zustand?«

»Kann ich nicht sagen. Sie ist aus der Klinik verschwunden.«

»Ich dachte, sie hat eine so schwere Rauchvergiftung, dass sie noch mindestens zwei Wochen im Krankenhaus bleiben muss«, erwiderte Schilling und schüttelte den Kopf.

»Die Informationen hatte ich auch«, erwiderte sie. »Keiner hat hier mitgekriegt, wann und wohin sie verschwunden ist.«

»Sie ist einfach so aus dem Krankenhaus verschwunden? War sie nicht mehr auf der Intensivstation? Hat sie jemand abgeholt oder weggebracht?«

»Darüber weiß ich nichts. Sie wurde in ein normales Zimmer verlegt. Da war sie wohl alleine im Zimmer. Aber jedenfalls waren die Pfleger auf der Station sehr erstaunt und haben sie gerade gesucht, als ich kam.«

»Wie lange ist sie schon weg?«

»Eine bis zwei Stunden.« Er hörte, wie Dora in den Unterlagen blätterte. »Hier. Der Pfleger sagt, er sei vor ungefähr anderthalb Stunden im Zimmer gewesen. Da war sie noch im Bett.«

Um halb zehn, als er schließlich im Krankenhaus war, stellte er zusammen mit Dora die letzten anderthalb Stunden der Patientin in der Klinik nach und, sie beobachteten das Personal. Wenn man sich geschickt genug anstellte, konnte man aus der Klinik heraus, ohne aufzufallen.

»Aber im Nachthemd?« Dora schüttelte ratlos den Kopf. »Das muss doch jemandem auffallen.«

Wortlos klopfte Schilling in den angrenzenden Zimmern an, und nach kurzer Befragung wussten sie, wie Corina Olaru es angestellt hatte. Sie war in ein anderes Zimmer geflüchtet, hatte sich dort passende Kleidung genommen und wie eine normale Besucherin das Krankenhaus verlassen.

In den Panoramaeinstellungen der Überwachungskameras konnte er sie später sehen. Patienten standen vor dem Empfang, gestikulierten herum, Pflegerinnen wimmelten durcheinander, Patienten verließen das Krankenhaus oder kamen herein. Gruppen von Wartenden diskutierten miteinander. Und ohne Aufsehen zu erregen, konnte Corina Olaru das Krankenhaus verlassen. Sie wollten gerade den Raum verlassen, als Inge einen Schrei ausstieß und auf den Monitor zeigte.

»Da! Das ist doch Klemm, oder nicht?«

Schilling konnte das ungenaue Bild eines Mannes sehen, der offensichtlich wusste, wo die Überwachungskameras waren und sich in das Krankenhaus hinein bewegte.

»Er hat herausgefunden, wo sie ist! Wir müssen sie suchen! Sie ist in Gefahr!« Schilling steuerte auf seinen Wagen zu.

Sie beschlossen, alle drei nach Gröpelingen zu fahren. Dora wollte sich auf der Gröpelinger Heerstraße positionieren, nach Corina Olaru suchen und Hilfe anfordern.

»Wenn sie nur Rumänisch kann, wird sie hier auftauchen«, hatte sie gesagt und war verschwunden.

Das teilweise abgebrannte Wohnhaus war noch immer abgesperrt und wurde von zwei Polizisten bewacht. Konnte die Gesuchte in der Nähe sein? Die Spurensicherung hatte ihre Arbeit offensichtlich schon abgeschlossen, und im Haus war anscheinend niemand, als sie hineingingen. Inge schnüffelte und nickte heftig mit dem Kopf.

»Es muss hier im Haus noch was geben. Es muss. Ich riechs förmlich.«

Inge kräuselte die Nase und bleckte ihre Zähne, so dass sie aussah wie ein wütender Hund. Dann setzte sie sich auf die Treppe und hielt ihren Kopf mit abgespreizten Fingern. Nach einiger Zeit sagte sie: »Genau. Wo würd ich selbst was verstecken? Moment!«

Sie sprang auf, rannte aus dem Haus und kam einige Sekunden später mit einem Metallsuchgerät wieder. Sofort stiegen sie die Treppe hinauf und gingen in den Flur. Schilling ging voraus, und Inge Dunker folgte, unter dem Arm ihren Apparat, den sie über dem Boden hin- und herschwenkte. Dann bog er vom Flur ab und führte sie über einen kleinen, weiteren Flur zu dem Zimmer, aus dem sie die verbrannten Reste mitgenommen hatten. Vorsichtig umkreiste er dabei die ihm brüchig erscheinenden Stellen. Er durchquerte den Raum, kniete vor der nächsten Tür nieder und ließ seinen Blick schweifen. Vorsichtig trat er einen halben Schritt zurück, stieß die Tür zum Nachbarraum auf.

Der Raum war kalt und leer. Er kniete sich vorsichtig auf den Fußboden und ließ auch hier seinen Blick schweifen, kratzte mit dem Fingernagel an einer Stelle eine Rußschicht ab, zeigte dann schließlich auf einen Platz vor der Türschwelle.

»Inge, prüfen Sie doch bitte mal diese Stelle!«

Ein leises Piepen ertönte, als Inge Dunker ihr Suchgerät über den Fußboden schob, und gleichzeitig erkannten sie die Fuge in den Brettern. Inge schob ihr schweres Messer in den Fugen des Fußbodens hin und her, und mit einem kurzen Kreischen hoben sich die Bretter.

Schilling stieß ungläubig die Luft aus. Vor ihm lagen unversehrte Kartenlesegeräte, in Plastikfolie eingewickelt.

»Wir müssen dich nochmal stören, Joon.« Inge ging durch eine kleine Sammlung von Computern auf Joon Lübbens Schreibtisch zu. Sie hatten während der schnellen Autofahrt ständig Mutmaßungen angestellt, was die Kartenlesegeräte zu bedeuten hatten. Joon saß vor seinem Arbeitsplatz und diskutierte mit einem Kollegen. Er sah aufgeregt aus.

»Joon, hast du von dem Feuer letzte Nacht gehört?«, fragte Inge.

Joon wirkte überrascht. »Ein Feuer? Wo?«

»Nun, eigentlich kein Feuer. Eine Brandstiftung! Die Jungs von der Feuerwehr konnten das aber schnell löschen. Wir haben das Haus durchsucht und das hier gefunden.«

Schilling legte die Geräte auf seinen Schreibtisch.

»Wir überprüfen jetzt, ob das alles irgendwie auch mit dem Kaufhausbrand zu tun hat.«

Bei diesen Worten richtete sich Joon Lübben auf, und sein Gesicht spannte sich an. Er brachte die Geräte in ein anderes Büro und ging zu einem Kollegen. Dann legte er eines von den Geräten auf einen Tisch mit unzähligen Kabeln und einer ganzen Batterie von Messgeräten, und die beiden setzten sich vor den Tisch, platzierten ihr Werkzeug und mehrere große Leuchtlupen und schienen die Welt zu vergessen. Nach einer kurzen Zeit drehte sich Joon Lübben um.

»Tut mir leid, das geht nicht so schnell. Ist eben nicht mein Spezialgebiet«, sagte er in freundlichem Ton.

»Und wenn wir uns einen Kaffee reinwerfen und dann wieder zurückkommen?«, entgegnete Inge Dunker. »Ich glaub, wir müssen schnell wie der Blitz sein, da braut sich was zusammen.«

Joon schlug die Beine übereinander und versuchte, entspannt auszusehen. »Also, in Ordnung, wir beeilen uns. Vorläufige Ergebnisse in zehn Minuten?«

Die beiden hatten ihren Kaffee noch nicht ausgetrunken, als Joon in die Cafeteria kam, und sie sahen an seinem Gesichtsausdruck, dass er aufregende Neuigkeiten für sie hatte.

Schilling stand auf und sah noch aufgeregter aus. »Also, was ist?«

»Ich will's Euch zeigen. Kommt mal mit …«

Und als sie vor dem einen, halb aufgeschraubten Gerät standen, zeigte er mit einem winzigen Werkzeug auf zwei kleine Punkte aus Glas.

»Seht Ihr das? Das sind Miniaturkameras. Die können die Nummern der Kreditkarten, das Ablaufdatum und die Prüfnummer erfassen.«

»Und weiter?«

»Oh, ich wette, die können auch die Kartendaten auslesen. Das geht zwar über das Hardware-Security-Modul eines EC-Terminals, ist sehr aufwendig. Aber vielleicht haben die was Neues herausgefunden. Möglicherweise haben sie die Daten ausgelesen und irgendwie an einen Empfänger übermittelt. Aber um das zu überprüfen, brauchen wir mehr Zeit. Jedenfalls hier«, er zeigte auf ein flaches, knopfähnliches Modul, das an der Innenseite des Plastikgehäuses angebracht war. »Das hat jemand da rein geklebt. Ich denke, das ist sowas wie ein Proximity Coupling Device.«

Inge antwortete nur mit einem »Hä?«.

»Entschuldigung«, sagte Lübben. »Eine Schnittstelle, damit man kontaktlos auf Daten zugreifen kann. Also im Ernstfall hält da jemand eine Art Lesegerät hin und schwupp, hat er alle Daten aus dem Gerät. Theoretisch können die Daten und die Pins in dem Gerät nur verschlüsselt gespeichert werden, aber wer weiß, was denen eingefallen ist.«

Schilling dämmerte einiges. Er zog sein Handy aus der Tasche und zeigte Joon Lübben das Foto mit den mysteriösen Zahlenreihen.

»Könnte das Ergebnis so ausgesehen haben?«

Joon Lübben freute sich über die Frage. »Kann ich mir vorstellen. Schick mir die Liste, und wir überprüfen das sofort.«

»Und hier!« Schilling zeigte ihm ein weiteres Foto. »Das sind die geschmolzenen Apparate, die wir in dem Raum gefunden haben, in dem auch die jungen Männer gestorben sind.«

Lübben kniff die Augen zusammen und starrte das Bild an. »Das könnten mal Kartenlesegeräte gewesen sein. Wenn die Kameras hatten, können wir das feststellen.«

»Nich' zu fassen. Daher kommt die ganze Kohle. Den Klemm schnapp ich mir. Kommt ein Kunde, bezahlt mit 'ner Karte und zack, hat jemand die Daten.« Inge drehte sich zu Lübben um. »Hattest du nicht was von mysteriösen Käufen und Abhebungen im Ausland erzählt? Das isses! Bingo! Wir müssen nur noch die Nummern vergleichen.«

»Haben wir schon eine Nachricht von Dora? Wir müssen sofort nach Gröpelingen zurück.« Schilling klang besorgt.

21

»Komm in mein Auto«, rief Dora zu Corina Olaru, hielt sie fest, zog sie auf den Sitz und warf den Motor an. Wie vermutet, war die Gesuchte im Viertel herumgelaufen. Dora hatte versucht, die normalen Passanten zu ignorieren und ausschließlich nach Personen gesucht, die geduckt herumliefen, den Schatten von Hauseingängen suchten oder vorsichtig um Straßenecken schauten, und fand sie in einer Seitenstraße im Eingang eines geschlossenen Geschäfts.

Wo hätte sie auch sonst sein sollen, als in dieser Umgebung, denn schließlich war ihre Unterkunft ja abgebrannt, sie musste sich im Viertel verstecken, aber sie kannte sich hier vermutlich nicht richtig aus. Sie schwankte, wirkte entkräftet und war grau im Gesicht.

Deshalb war es leicht für Dora Harms gewesen, sie ins Auto zu ziehen, ohne Aufmerksamkeit zu erwecken.

Sie warf ihr einen Schokoladenriegel zu, den sie gerade erst aufgemacht hatte, und fing Corina in ihren Armen auf, als diese zu ihr herübersackte.

»Wir fahren in die Stadt«, flüsterte sie ihr ins Ohr.

Sie befreite sich aus ihren Armen und suchte den Türgriff.

»Bleib bei mir im Auto. Jemand hat das Haus angezündet und wollte dich umbringen. Er sucht dich gerade. Du bist in Gefahr. Ich bin Polizistin, bei mir bist du sicher.«

Corina sackte in ihrem Sitz zusammen, suchte erneut den Türgriff, aber Dora Harms richtete sie wieder auf und schrie sie fast an.

»Bleib hier! So kommst du nicht weit. Woher kommen diese beiden jungen Männer? Was haben sie hier gemacht? Und was dieser Onkel Ervant damit zu tun?«

Und als Corina nicht sofort antwortete, schüttelte Dora sie: »Du bist in Gefahr. Er will dich umbringen. Also. Was haben die beiden jungen Männer gemacht? Wer hat sie umgebracht?«

Wimmernd gab Corina nach und stotterte: »Der, der Mann hat es gemacht, der Mann! Sie haben mich angerufen.

Sie sterben!« Sie verdeckte ihre Augen mit den Händen und schluchzte. Ihr ganzer Körper bebte.

Dora schüttelte sie erneut, aber mehr als ein Wimmern war von ihr nicht zu hören.

Schließlich gab Dora Harms es auf, startete, und das Auto setzte sich langsam in Bewegung. Automatisch nahm sie ihr Handy aus der Halterung und steckte es in die Hosentasche, blickte aus dem Seitenfenster und sah, wie ein weißer VW-Bus heranraste und schlingernd direkt auf sie zukam.

»Da!« Corina schrie vor Panik, zeigte auf das Auto und klammerte sich am Armaturenbrett fest.

»Das ist er!«, schrie sie. »Weg! Weg!«

Der Motor heulte auf, während sie losrasten. Die beiden wurden gegen die Rückenlehnen gepresst, und Dora fuhr eine scharfe Linkskurve, weg von der Gröpelinger Heerstraße und hinein ins Viertel. Im Rückspiegel sah Dora, wie das weiße Auto sie verfolgte und immer näher kam. Dora stockte der Atem, Corina schrie, der weiße Bus ragte drohend in ihrem Rückspiegel auf. Sie schlingerte die Straße entlang. Ihre Beifahrerin suchte verzweifelt nach irgendetwas, um sich festzuhalten.

»Wer zum Teufel ist das?!«, schrie Dora.

Das Auto wackelte, als ein Stoß es von hinten traf. Corinas Gesicht glänzte von Schweiß.

»Das ist Klemm«, schrie sie mit gepresster Stimme.

Dora nutzte eine Lücke, schlingerte um die Ecke, und das Motorengeräusch schwoll ohrenbetäubend an.

»Ich habe keine Waffe«, sagte Dora und schlingerte um die nächste Ecke. »Ich hoffe, wir können ihn irgendwo abhängen.«

»Der will mich umbringen«, flüsterte Corina. »Der lässt nicht locker.«

Nach der nächsten Ecke, kurz bevor sie die Stapelfeldstraße erreichen konnten, ragte plötzlich das Heck eines geparkten Lkws mit infernalisch laut heulendem Motor vor ihnen auf. Sie bremste mit aller Kraft, konnte aber einen Aufprall nicht vermeiden und fiel in den Airbag, der sich mit einem ohrenbetäubenden Knall auffaltete. Ihr Kopf brummte noch, als jemand die Beifahrertür aufriss. Dann langte Klemm wie ein Catcher in den Innenraum und versuchte Corina, die wie eine schlaffe Puppe in ihrem Sitz zusammengefallen war, aus dem Wagen zu ziehen. Dora bekam ihre Arme zu fassen, doch er zog sie zu sich herüber. Mit einem Arm schlug er nach ihrem Gesicht, doch sie konnte ausweichen. Nun hatte er ihre Füße. Er kreuzte ihre Beine und zerrte sie zur Tür. Corina wehrte sich nur schwach, und ihr Kopf schlug auf die Konsole. Sie ruderte mit den Armen, doch sie hatte keine Chance. Dora verdoppelte ihre Anstrengungen und fasste Corina unter den Achseln. Klemm ließ sie los, schlug sie K.O., und ihre Beifahrerin sackte zusammen.

Einen Moment saß sie reglos da und überlegte, was sie unternehmen sollte. Dann stand er plötzlich vor ihrer Tür und riss sie auf. Klemm ging sofort auf Dora los. Er griff ihr an die Kehle und versuchte gleichzeitig, sie auch K.O. zu schlagen – vergeblich. Sie wehrte sich mit aller Kraft. Er zerrte sie aus dem Auto, obwohl sie sich ans Steuer klammerte. Als sie vor dem Wagen umkippte, flog ihre Brille im hohen Bogen auf das Pflaster. Dora fiel auf die Seite, und einer der großen Pflastersteine bohrte sich in ihre Seite. Sie brüllte vor Schmerz auf und stemmte sich so heftig vom Boden ab, dass Klemm wankte. Dann beugte er sich über sie und schlug dabei wütend mit der flachen Hand in ihr Gesicht. Corina war nirgends zu entdecken. Wie ein bedrohtes Tier kniff Dora die Augen zusammen, als Klemm mit ausgebreiteten Armen nach ihr griff. Sie verlor für einen winzigen Moment das Gleichgewicht, und um es zurückzugewinnen, lehnte sie sich leicht vornüber. Genau da traf Klemms Tritt ihren Kopf.

Sie kippte schlaff hintenüber, und Klemm hievte ihren Körper hoch und warf ihn in den Laderaum des VWs. Wie im Nebel hörte sie noch, wie er Corina aus dem Auto zerrte und sie in den Bully warf.

Er kam zurück, um nach ihr zu sehen, aber sie war ohnmächtig geworden.

Dora hatte keine Ahnung, wie lange ihre Bewusstlosigkeit angedauert hatte. Nach und nach tauchte sie daraus auf, nahm wahr, dass sie atmete, bewegte einen Arm, ein Bein. Sie lag in einem Auto. Und statt allmählich wie aus einem

Nebel aufzutauchen, durchzuckte ein brennender Schmerz ihren Kopf. Ich könnte ebenso gut tot sein, dachte sie. Nun lag sie zusammengekrümmt da, benommen, ohne Orientierung. Dann öffnete sie die Augen und sah nichts außer Dunkelheit. Hatte Klemm sie in einen anderen Kofferraum oder eine Kiste geworfen, oder wo war sie? Panik erfasste sie.

Sie betastete ihr Gesicht. Hatte er ihr die Augen verbunden? Ihr Atem ging viel zu schnell und war zu flach, und ihr Herz raste. Die Luft schien knapp zu werden. Blankes Entsetzen ergriff Besitz von ihr. Tastend streckte sie die Arme aus und fühlte eine Plastikplane. Dora drehte sich vorsichtig auf den Rücken und suchte eine Öffnung. Im Hintergrund hörte sie Stimmen. Sie musste die Plane öffnen, irgendwann würde die Luft knapp werden, und sie fühlte erneut Panik in sich aufsteigen. Da war ein Lichtspalt. Vorsichtig zog sie daran, und die Plane öffnete sich ein wenig. Nun konnte sie hören, wie Klemm auf Corina einschrie und sie mit krächzender Stimme antwortete. Es ging um die beiden jungen Männer.

»… Idioten wollten mir das Geld nicht geben. Ich sollte erst alle Geräte austauschen, … wollten meinen Schlüssel.«

Sie konnte nicht so richtig verstehen, was Corina antwortete, sie verstand immer nur: »Warum, warum …«.

»Blöde waren die, genauso wie der Munderloh, er wollte mich auch erpressen. Ich hab sie in das Zimmer geworfen und ihnen das Geld abgenommen.«

Nun hörte sie, wie Corina von Onkel Ervant redete.

»… wird er nicht«, hörte sie ihn. »Ich habe ja dich und diese andere Schlampe … Du weißt ja, was Euch passiert, wenn er …«

In diesem Moment fiel ihr ein, dass sie ja ihr Handy eingesteckt hatte. Vorsichtig und ohne Geräusche zu machen, zog sie es aus der Tasche und schaltete es an. Kaum hatte sie eine Nachricht abgesetzt, bog das Auto ab und hielt an. Sie hörte, wie zwei Personen miteinander kämpften, und dann wurde es wieder Nacht um sie.

22

Schilling stand ziemlich ratlos vor Doras eingedrücktem Auto und hörte sich das wilde Durcheinandergerede der Passanten an, das den Verkehrslärm übertönte.

Was war hier passiert? Sie mussten möglichst schnell wissen, was sie jetzt unternehmen sollten. Inge hatte sich bereits unter die Menge gemischt und befragte sie. Er bückte sich hastig vor und untersuchte den Wagen von innen, fand aber nichts.

Dann trat er auf etwas, es knirschte laut, er zog seinen Fuß zurück, bückte sich und sah unter dem Auto eine Brille liegen. Er hob sie hoch. War dieses zerdrückte Etwas nicht Doras Brille gewesen? Er schalt sich einen Idioten. Warum hatten sie sie hier in Gröpelingen alleine gelassen? War Dora hinter jemandem hergelaufen, suchte sie jemanden, hatte sie Corina entdeckt?

»Niemand hat etwas gesehen.« Inge Dunker war wieder da, und er zeigte ihr wortlos die Brille. Als sich ihre Augen weiteten, weil sie die Brille erkannte, griff er zu seinem Handy, um Dora anzurufen, als es genau in diesem Moment zu summen begann und ihre SMS anzeigte: »Bin hinten in Klemms Auto. Weißer Bully. Entführt. Mit Corina. Vorsicht! Ortung eingeschaltet.«

Wie bei allen seine Mitarbeitern konnte er erkennen, wo deren Handys gerade waren, wo sie sich also vermutlich aufhielten. Er blickte Inge Dunker an, zeigte ihr die SMS, startete den Passat, gab ihr sein Handy und wendete mit quietschenden Reifen.

»Wo ist sie?« Inge Dunker konzentrierte sich auf das Ortungssystem, telefonierte dann sofort mit der Einsatzzentrale und forderte zwei zivile Fahrzeuge an, die Richtung Bremer Kreuz fahren sollten.

»… Moment. Sie sind gerade auf dem Lehesterdeich. Er fährt über Nebenstraßen Richtung Osten. Will wohl nicht gesehen werden. Sieht aus wie normales Tempo. Den kriegen wir. So braucht der mindestens noch 25 Minuten.«

Besorgt blickte sie dann zu Schilling hinüber. »Da is' natürlich auch die verdammte Kiesgrube. Die mit Munderlohs Karre. Aber ich passe auf.«

Mit Blaulicht und Sirene raste er über die Autobahn, während Inge Dunker die niedersächsische Kripo informierte. Wo würden Sie Klemm aufhalten können? Und vor allem wie, ohne Dora zu gefährden? Er blickte auf das Ortungsgerät. Dora bewegte sich langsam über die Oberneulander Landstraße.

»Ich wett, der fährt Richtung Achim. Da kennt er sich aus.« Sie informierte die Einsatzleitung, beorderte die Zivilstreifen zur Abfahrt und instruierte sie.

Dann wäre Achim Ost die günstigste Ausfahrt für Klemm, dachte Schilling. Er musste vor ihm da sein und gab Gas. Kurz nach dem Bremer Kreuz stellte er die Sirene ab und holte das Blaulicht in den Wagen.

»Er fährt etwas langsamer. Ich würd sagen, der will über Achim Ost.«

Inge griff zum Telefon und ließ sich mit der Einsatzstelle verbinden.

»Könnt ihr eine Ampel auf Rot schalten, wenn wir das sagen?« Sie lauschte in den Hörer und nickte.

»Gut, ich bleib dran.«

Sie warteten ungeduldig südlich von der Abfahrt zusammen mit den zivilen Einsatzwagen. Auf dem Monitor kroch der blinkende Punkt langsam weiter, der Doras Handy signalisierte. Jetzt war er fast bei ihnen – sie hatten sich an der richtigen Position aufgestellt. Aus einer Seitenstraße heraus konnten sie sehen, wie nach wenigen Augenblicken der weiße Bully in normalem Tempo an ihnen vorbeifuhr, nur Klemm war auf dem Fahrersitz zu sehen. Der erste zivile Einsatzwagen hatte sich schon unauffällig vor sie gesetzt. Wo war Dora? Schilling folgte dem Bully in einigen Metern Abstand, hinter ihm das dritte zivile Polizeiauto. Er klappte die Sonnenblende herunter und hoffte, dass diese zusammen mit der getönten Windschutzscheibe sein Gesicht verdeckte.

»Jetzt!« Inge schrie ins Telefon und ließ die Ampel auf Rot schalten, und tatsächlich musste Klemm abbremsen und kam kurz hinter dem zivilen Einsatzwagen zu stehen.

Schilling bremste ab, Inge sprang aus dem Auto und ging Richtung Beifahrertür, während Schilling gleichzeitig an dem Bully vorbeizog, mit seinem Auto die Fahrertür blockierte und das dritte Auto den Bully von hinten blockierte.

Noch bevor er Klemm erreichen konnte, hatte Inge schon die Beifahrertür aufgerissen und zielte mit ihrer Pistole auf ihn. Vor ihr, im Fußraum, lag die zusammengekauerte Corina Olaru, bewusstlos. Dann ging alles blitzschnell. Als Klemm versuchte, seine Tür aufzudrücken, die aber ja blockiert war, standen schon zwei weitere Beamte vor der Windschutzscheibe und zielten ebenfalls auf ihn, Inge sprang auf den Sitz, und bevor Klemm sich wehren konnte, war er mit einer Handschelle am Lenkrad angekettet.

Was würde ihn im Kofferraum des Bullys erwarten? Mit klopfendem Herzen ging Schilling um den Wagen, hielt für eine Sekunde die Luft an, die er brauchte, um hinter einer Grimasse seine Furcht zu verbergen. Dann öffnete er die Heckklappe.

»Dora, ich bin's, Schilling!«, rief er ängstlich und eine Sekunde später streckte sich ein Arm durch einen Schlitz in der dicken Plastikplane, dann noch einer und Dora rief: »Vorsichtig, wenn Sie sie aufmachen.«

Er befreite sie behutsam aus der Plane, führte sie vorsichtig über die Straße, stützte sie, denn sie schwankte ein wenig und half ihr auf den Autositz.

Um sie aufzumuntern sagte er: »Stay here, I'll be back«, denn er wusste, dass sie Schwarzenegger-Fan war.

Als er zu dem Bully zurückkam, hatten Inge und die Polizisten Klemm bereits abgeführt. Er saß auf der Rückbank des zweiten Zivilfahrzeugs. Schilling warf einen Blick in den Bus und stutzte. Wo war Corina Olaru geblieben? Er beugte sich in den Bully und blickte hastig auf die Rückbänke, aber sie war verschwunden.

23

Am nächsten Tag erwachte Dora langsam und war erstaunt, um sie herum eine weiße, ihr unbekannte Umgebung vorzufinden, zunächst etwas unbegreiflich, aber doch ganz angenehm, weil es gleichzeitig mit Schmerzlosigkeit und Wärme verbunden war. Sie fragte sich, in was für einem Zimmer sie hier lag und wie spät es wohl sei. Dann hörte sie ein Klappern von Geschirr und Besteck von draußen und erkannte, wo sie war, nämlich in einem Krankenhaus. Und sofort tauchten in ihrem Bewusstsein die Erinnerungen an die Ereignisse des letzten Tages auf, Klemm, an die Entführung und die Fahrt mit Corina Olaru. Sie griff in ihre Haare, um diese zu ordnen und zuckte zusammen, als sie über ein Pflaster an ihrer Schläfe strich. Genau, deswegen war sie hier. Von gestern Abend hatte sie den Transport ins Krankenhaus nur verschwommen in Erinnerung, und die lokale Betäubung, die notwendig erschien, um die Platzwunde an ihrem Kopf zu nähen, hatte sie endgültig ausgeknockt.

Sie beschloss, im Bett zu bleiben und auf die Ankunft eines Arztes zu warten, der sie mit Worten oder Medikamenten wieder auf die Beine bringen würde. Denn sie glaubte an die Medizin, weil sie glaubte, es sei noch gefährlicher, nicht daran zu glauben.

Sie dämmerte ein wenig wieder ein, wachte wieder auf, sah auf ihrem Tischchen einen bunten Blumenstrauß, eine Karte mit Schillings Schriftzug darauf, und verfiel sofort wieder in so eine Art Dämmerzustand, als sich unvermutet die Tür öffnete und sie nicht nur wegen des Geräuschs vollkommen wach wurde, sondern weil Izabel mit einem großen Blumenstrauß in der Tür stand.

Zuerst war Dora sprachlos vor Freude über ein so großzügiges Geschenk und winkte sie hastig herein, weil sie mit ihr sprechen, sie fragen und sich bedanken wollte und setzte zu einer Begrüßung an. Dann jedoch verstummte sie, weil sie nicht so recht wusste, wie sie sich aus ihrer Bredouille würde befreien können und gab nur ein seltsam verzerrtes

»Ähhmm« von sich, denn nun war ja doch irgendwie die Stunde der Wahrheit gekommen.

Izabel war inzwischen näher getreten und betrachtete sie mit besorgten Blicken, griff über sie hinweg und schüttelte ihr Kopfkissen auf.

»Kannst du dich ein wenig hoch setzen, oder tut dir der Kopf zu weh?«

Diesmal antwortete Dora mit einem kläglichen Nicken, rückte ein wenig höher und verspürte keinen Schmerz – war sie wieder genesen, oder stand sie noch unter Schmerzmitteln? Izabel stützte sie ein wenig, küsste sie dann leicht auf die Stirn, und Dora kamen vor Scham die Tränen.

Wieder setzte sie zu einem Satz an, doch dann sagte Izabel: »Schhht!« und hielt sich einen Finger vor die Lippen.

»Ich weiß, was du sagen willst«, sagte sie zu Doras Erstaunen. »Ich weiß, wer du bist und was du machst.«

Und als Dora wieder zum Sprechen ansetzte, unterbrach Izabel sie gleich anfangs.

»Meine allerliebste Dora, wir sind Kollegen!«, und Dora Harms brachte nur ein krächzendes »Was?« zustande.

»Erinnerst du dich an den Neffen von Onkel Ion, Ionescu? Der ist bei der Polizei als Abteilungsleiter und hat 2008 zusammen mit dem FBI eine Internet-Betrügerbande lahmgelegt. Da ging es um vorgetäuschte Internet-Auktionen und gefälschte Kreditkarten.«

Dora war nun vollends durcheinander und wurde aus ihrer Verwirrung durch eine freundliche Krankenschwester gerettet, die vorsichtig die Tür öffnete, um zu sehen, ob sie wach wäre, um ihr ein verspätetes Frühstück zu bringen.

»Wo bin ich hier?« Dora richtete nun sich vollends auf. Schwindel und Schmerz schienen sie verlassen zu haben.

»Im St.-Joseph-Stift. Sie wurden gestern Abend ohnmächtig hier eingeliefert. Geht es ihnen gut? Ich schicke Ihnen sofort den Arzt vorbei.« Sie drückte auf eine Taste auf ihrem Handy, und kurze Zeit später erschien ein junger Arzt in ihrem Zimmer.

Als Izabel sich anschickte, den Raum zu verlassen, rief Dora: »Nein, bitte, bleib hier, geh nicht weg. Warte bitte vor der Tür, ich brauch dich hier.«

Nachdem sie der Arzt untersucht hatte, zufrieden mit ihrem gesundheitlichen Zustand war und lobende Worte für ihre Kondition fand, verließ er den Raum. Dann kam Izabel zurück, und nun konnte sich Dora nicht mehr beherrschen und schluchzte. Wie im Film liefen die Ereignisse noch einmal in ihrem Kopf ab, sie erinnerte sich an diese Panik, die sie im Kofferraum ergriffen hatte, und zitterte erneut. Dann fasste sie sich und sah ihr in die Augen.

»Ich weiß nicht, wie ich es dir sagen soll, Izabel«, begann sie, »ich habe so ein schlechtes Gewissen.«

Geduldig wartete Izabel einen Moment, unterbrach sie dann: »Ich arbeite für die rumänische Kripo. Ionescu hat mich da reingebracht.«

»Aber wieso, wieso diese Arbeit als Pflegerin?«, stotterte Dora, die noch immer nicht eine klare Linie erkennen konnte. »Du arbeitest doch hier als Pflegerin, und das schon seit drei Monaten.«

Izabel lachte. »Ja, das sollten alle glauben. Du hast es ja auch geglaubt«, sagte sie.

Einen Augenblick hatte Dora das Gefühl, dass ihr Geist verwirrt wäre, dann dachte sie ans Krankenhaus, an die Schwester, an den Arzt, um wieder klarer zu sehen, und fand den Mut, nochmals zu dem Fall zurückzukehren.

»Aber warum, warum diese ganze Sache?« Sie unterstrich ihre Frage mit einer weit ausholenden Geste, die man als »alles« hätte deuten können.

»Eine lange, lange Geschichte. Du erinnerst dich doch, wie es bei uns zuging?«, und Dora nickte. Das hatte sie noch gut in Erinnerung.

Eines Tages würde sich Rumänien in eine Demokratie verwandeln, das hatten sie damals alle gehofft, nach dem Ende der Securitate und der Wirtschaftskatastrophe. Wehmütig schaute sie zu Izabel hinüber, sah das Aufblitzen in ihren Augen und weinte ohne Tränen über das, was sie alles hatte zurücklassen müssen.

»Das alte Leben wollte ich so nicht weiterführen, genauso wie du, aber ich musste in Rumänien bleiben, wegen der Eltern. Und habe mich bei der Polizei beworben, weißt du, über Ionescu. Die haben zu meinem Glück gerade Frauen gesucht.

Na und dann, nach einiger Zeit, kam Ionescu wieder zu mir. Und dann hat er gefragt, ob ich nicht bei ihm, bei der Polizei Bukarest mitmachen will. Er vertraute mir und hatte Angst, in seiner Gruppe korrupte Polizisten zu beschäftigen, die mit korrupten Politikern zusammenarbeiten und seine ganze Arbeit sabotieren würden. Zuerst hat er mich zum Austausch nach Deutschland geschickt. Dann bin ich wieder nach Rumänien zurückgegangen.«

Doras Gedanken schweiften wieder zurück. Sie beide hatten sich ohne zu zögern für die Revolution engagiert und von einem neuen Leben geträumt. Izabel hatte es in Bukarest gefunden, aber für sie saßen die Erben der rumänischen Geheimpolizei, der Profiteure des alten Regimes noch überall.

Dora konnte den Weg ihrer Freundin nachvollziehen. Sie hatte von einem Austauschprogramm rumänischer Polizisten mit Deutschland gehört.

»Hast du schon von der Generaldirektion ›Antikorruption‹ gehört? Da habe ich dann zuerst gearbeitet, als verdeckte Ermittlerin an der Eftimie Murgu Universität Resita. Und wer ist in diesem Zusammenhang aufgetaucht?«, fragte sie.

Als Dora verneinend ihren Kopf schüttelte, erklärte sie: »Na, dieser Onkel Ervant und seine Truppe. Die haben nicht nur versucht, die Bankautomaten zu knacken, die haben auch probiert, sich in das Uni-Netzwerk zu hacken, geschützte Informationen zu klauen und Personen zu erpressen. Und zu seiner Truppe gehörten auch die beiden Toten und Corina Olaru.«

Bei Dora fiel der Groschen: »Und die beiden und Corina sind nach Bremen gegangen und du hinterher?«

»Genau. Und wie in der Uni in Resita haben wir auch auf verdeckte Ermittler gesetzt. Zuerst haben wir nicht geahnt, dass uns diese Spur nach Bremen führt. Dieser Klemm hat ein Geschäft mit gefälschten Markenklamotten in unserem Land aufgezogen, das haben wir gewusst. Aber er hat nicht genug Geld damit verdient, und dann ist er an Onkel Ervant mit seinen EC-Kartenlesegeräten gekommen.«

»Hatten die ein eigenes Computerlabor?«

»Nein, die haben die Möglichkeiten der Uni benutzt, nachdem sie den Dozenten erpresst hatten.« Dann warf sie einen besorgten Blick auf ihre Uhr. »Ein Wort noch, bevor jemand kommt: Ich werde Bremen gleich verlassen, der Spur dieses Onkel Ervant folgen. Du kannst deinem Chef erzählen, was du möchtest. Aber je länger niemand weiß, dass ich zu Ionescus Gruppe gehöre, desto besser. Und nun muss ich gehen.«

Sie zog ihre Jacke an und drehte sich zum Abschied noch einmal um. Sie grinste. »Es ehrt dich, wenn du ein schlechtes Gewissen gehabt hast. Ich habe sofort gewußt, dass du bei der Polizei bist, bei der naiven Geschichte, die du mir da aufgetischt hast. Ich hab recherchiert und dich in einer Zeitung der Polizeigewerkschaft gefunden. Zu deinem Trost: Ich hätte auch so gehandelt wie du.«

Und dann war sie verschwunden.

Nach einer ruhelosen Nacht hatte Schilling das Gefühl, dass ein Spaziergang und ein bisschen Sauerstoff ihm guttun würden. Nachdem er Corina Olaru zur Fahndung hatte ausschreiben lassen, beschäftigte er sich weiter mit Onkel Ervant, musste sich aber eingestehen, dass er ohne fremde Hilfe hier nicht weiterkommen würde, und beschloss, Dora einen Besuch abzustatten.

Er war ja bereits am frühen Morgen einmal bei ihr gewesen, hatte sie aber leider schlafend vorgefunden, und Schlaf war heilig für Schilling. Nun genoss er den Weg durch die Wallanlagen, machte einen Umweg über den Bürgerpark, der viel länger ausfiel, als er geplant hatte. Der Wind hatte ein wenig aufgefrischt, Laub wirbelte hoch, aber die Sonne wärmte ihn schon ein wenig. Er bog in die Schubertstraße ab, ging zur Konditorei Jacobs an der Ecke zum St.-Joseph-Stift und kaufte Pralinen für Dora. An der Tür konnte er dann der Versuchung nicht widerstehen, setzte sich, trank eine Tasse Kaffee und sah eine Frau in ein Taxi einsteigen und wegfahren.

»Ist das nicht diese Izabel?«, dachte er und schüttelte dann den Kopf. Die würde bestimmt kein Geld für ein Taxi ausgeben.

Durch das Koffein gestärkt ging er, um Dora zu besuchen, und ihm fiel ein Stein vom Herzen, als er sie zwar noch bepflastert, aber ansonsten munter vor sich sah.

Nach ein wenig Smalltalk – er hatte sich vorgenommen, nicht über die Ereignisse des letzten Tages zu sprechen – und einer Einladung an sie zu einem gemeinsamen Abendessen im Kreis seiner Familie, erhob er sich, um sich zu verabschieden.

»Ach übrigens, ich sehe schon Gespenster. Eben habe ich geglaubt, ich hätte diese Izabel gesehen. Draußen am Eingang. Sie stieg gerade in ein Taxi.«

»So?«, entgegnete Dora. »Kann ich mir kaum vorstellen. Die ist sicher schon auf dem Heimweg nach Rumänien.«

24

Zwei Tage vergingen, und es passierte nichts. Dann ließ Steinbrück Inge Dunker und Schilling in sein Zimmer kommen und wies mit der Hand auf zwei Sessel in einer Ecke seines Büros. Beide nahmen Platz. Steinbrück selbst öffnete sein Jackett und ließ sich hinter seinem modernen Schreibtisch nieder. Er war wieder zu seiner Arbeit zurückgekehrt und würde ihnen sicherlich nun erklären, was Social Media in der Polizeiarbeit ist. Er hatte Harkan schon dazu befragt, und der hatte ihm geantwortet: »Das ist eine Klicksammelei mit verdeckten Zielen«. Gerade rückte Steinbrück einen Montblanc-Füller zurecht, bis dieser exakt parallel zur einem Papierstapel lag, der seinerseits genauso exakt zur Tischkante lag. Schilling bemerkte es und ließ seinen Blick schweifen, zunächst über den Schreibtisch. Dieser Arbeitsplatz war nahezu leer. Links von ihm lagen zwei Plastikmappen, Kante an Kante. Auch die Stifte und ein unbenutzt aussehendes Radiergummi waren zusammen mit Telefon, Computer und Lampe akkurat an den Ecken des Schreibtischs ausgerichtet.

Steinbrück räusperte sich, nahm die erste Akte in die Hand und legte sie vor sich auf seinen Schreibtisch. Er vermied es, die beiden direkt anzublicken und betrachtete mit offensichtlichem Interesse seine polierten Nägel. Schließlich sagte er: »Wir haben es hier mit einer komplexen Situation zu tun. Das erfordert den Einsatz von, äh, sagen wir mal, Personen in höherer Verantwortung.«

Schilling und Inge Dunker schwiegen. Irgendwie war Schilling angesichts dieser Einleitung erleichtert. Obwohl sie den Einsatz seiner Mitarbeiterin gut vertuscht zu haben glaubten, bestand immer noch die Gefahr, dass Steinbrück hätte herausfinden können, welche Rolle Dora Harms in diesem Fall gespielt hatte. Schilling war sich sicher: Wenn Steinbrück das gewusst hätte, wäre diese Einleitung völlig anders ausgefallen. Er lehnte sich zurück in den Besuchersessel und sah aus den Augenwinkeln, dass auch Inge sich entspannte. Wer sich allerdings nicht entspannen konnte, war Steinbrück. Er setzte mehrfach zu einem neuen Satz an, räusperte sich dann und fragte sie schließlich in einem fast freundlichen Ton: »Haben Sie in diesem Fall auch wirklich nur so wenig wie nur möglich Informationen weitergegeben? Ich meine hier etwa nicht die Presse, das erscheint mir ja sowieso selbstverständlich, nach den Anweisungen, die ich Ihnen erteilt habe. Ich meine …«

Hier unterbrach er sich selbst und fügte lahm hinzu »Auch an … äh … andere Dienst … äh … Dienststellen?«

Schilling war verblüfft und schwieg, hatte aber offenbar mit dem Kopf genickt, was Steinbrück als Zeichen der Zustimmung auffasste. Er fixierte Inge Dunker, die regungslos dasaß.

»Äh, das ist …«, er rang nach dem richtigen Wort, »äh, in meinem Sinne.«

Und als ob ein Damm gebrochen wäre, verlangte er plötzlich von den beiden eine Darstellung der Dinge, die ihm noch unklar waren, kam aber nicht zum Kern der Sache.

»Was ist mit dem Buchhalter?«, verlangte er zu wissen.

»Ein rumänisches Auto war die Tatwaffe, das den beiden jungen Männern gehörte. Klemm hat die Schlüssel an sich genommen. Die waren wohl in der Tasche mit dem Geld. Dann hat er es wahrscheinlich gesucht und für den Mord an dem Buchhalter benutzt. Wir werten noch zur Zeit Überwachungskameras aus. Dann hat er es in der Kiesgrube versteckt und angezündet.«

»Und die Unterlagen des Buchhalters?«

»Die haben wir bisher noch nicht gefunden, die werden wir nur durch Zufall entdecken, denn wir haben all seine Bekannten abgegrast. Der wird sie gut versteckt haben, wenn er Klemm damit erpressen wollte.«

Steinbrück lehnte sich ein wenig zurück und blätterte in der Akte. Fast hatte Schilling das Gefühl, dass er zufrieden war.

»Dafür werde ich jemanden abstellen. Vielleicht finden wir sie ja. Äh, das brauchen Sie also nicht zu machen.«

Er konsultierte erneut seine Akte.

»Und diese Kartenlesegeräte, wo sind die, und wer weiß darüber Bescheid?«

»Wir haben inzwischen einen detaillierten Bericht von Joon Lübben. Diese Geräte haben nicht nur die Karten fotografiert, sondern auch alle Kartendaten nach einer bisher unbekannten Methode ausgelesen, und diese konnten dann über ein separates Modul einfach per Kontakt ausgelesen werden. Lübben sagt, genial einfach und gut zu reproduzieren. Man muss nur an die Geräte kommen.« Inge kicherte. »Er hat gesagt, man muss das richtige Modell in der Tasche haben. Dann lenkt man den Verkäufer ab, tauscht die Dinger aus. Und ab geht die Post.«

»Mm.« Steinbrück sah unzufrieden aus. »Also eigentlich weiß nur dieser Joon Lübben davon?«

Als Schilling nickte, notierte sein Chef den Namen.

»Und das Geld, das Klemm den Rumänen abgenommen hat, wo ist das?«

Schilling schüttelte den Kopf. »Da haben wir leider keine Spur.«

Steinbrück blätterte erneut in seiner Akte. »Haben Sie etwas über diesen Onkel Ervant herausgefunden? Ist er in Bremen? Hat er vor, sich an Klemm zu rächen?«

»Über diesen Ervant ist nichts weiter bekannt. Auch für die rumänische Polizei ist er offenbar ein Phantom. Er könnte allerdings der Mann auf dem Überwachungsvideo sein, denn er war an dem betreffenden Tag in Bremen. Wenn wir das diesem Detektiv nicht nachweisen können, wird's wohl so gewesen sein.«

»Natürlich will der sich rächen. Aber Klemm ist ja im Knast. Und die Kohle ist irgendwo«, warf Inge Dunker ein. »Wir werden mal lauschen und ihm eine Warnung zukommen lassen. Vielleicht erzählt er dann mehr.«

Steinbrück nickte. Und diesem Onkel Ervant war ja erst einmal nichts nachzuweisen.

Nervös rieb er die Hände aneinander, schien mehrfach zum Sprechen anzusetzen, räusperte sich dann und sagte schließlich: »Also, wie Sie beide wissen, haben alle Arbeitszusammenhänge mit Banken für uns besondere Konditionen.«

»Besondere Konditionen«, wiederholte er. Dann lächelte er kurz, weil ihm sein dann folgender Kommentar wohl gut gefiel. »Vermintes Gelände, sozusagen. In diesem Fall sieht es so aus, dass, sagen wir mal, die Kreditwirtschaft nur äußerst ungerne, äh, *ungerne*, in den Medien Schlagzeilen sehen würde wie ›Kartenlesegeräte auf einfachem Weg geknackt, sind völlig unsicher‹ oder so ähnlich.«

Er schüttelte betrübt den Kopf. »Deshalb wird es zwar zu einer Anzeige wegen Brandstiftung und wegen Mordes gegen Klemm kommen, jedenfalls soweit das nachweisbar ist. Und natürlich auch wegen Entführung. Aber nicht wegen Betrugs. Das ... äh, wird so in dieser Form nicht, sagen wir mal, praktikabel sein.«

»Und der Anschlag auf den Buchhalter?« Inge Dunker kochte vor Wut.

»Natürlich, wenn wir den nachweisen können, werden wir Klemm natürlich dafür belangen.« Steinbrück hatte jetzt seine Sicherheit wiedergewonnen. »Es wird schwierig genug sein, ihm die Brandstiftung nachzuweisen. Wir wissen ja dank Ihrer Arbeit, was geschehen ist, aber der Nachweis ist ja noch eine andere Sache.«

Schilling lehnte sich nach vorne, als wolle er das Wort ergreifen, aber Steinbrück kam ihm zuvor.

»Herr Schilling«, sagte Steinbrück betont sachlich und diplomatisch, »ich erhalte von äh ... sagen wir mal höher gestellten Behördenmitarbeitern fast täglich Anweisungen, die für uns von Bedeutung sind. Um ehrlich zu sein, ist dieser Fall für die von besonderem Interesse. Und nicht nur für die, denn es haben sich auch noch, äh, wichtige Personen aus der Wirtschaft zu dem Fall erkundigt, die anscheinend ein starkes Interesse daran haben, dass weder nähere Umstände noch Spekulationen an die Öffentlichkeit dringen. Da muss irgendetwas durchgesickert sein, wieso, weiß ich nicht. Vielleicht stand so etwas im Entwurf zur ersten Anklageerhebung. Jedenfalls steht es jetzt nicht mehr drin. Also, ich würde gerne das wiederholen, was ich am Anfang des Falles gesagt habe. Keine Weitergabe von Informationen an irgendwen. Und neuere Entwicklungen, falls da welche auftauchen sollten, nur direkt an mich.«

Er betrachtete seine Fingernägel und suchte nach einer passenden, abschließenden Formulierung. »Ich persönlich bin nicht ganz davon überzeugt, dass dies der richtige Weg ist. Ich treffe mich heute mit der Behördenleitung«, sagte er, und Schilling erkannte sogar ein leises Bedauern in seiner Stimme, »und ich werde dort nur die Ergebnisse unserer Erkenntnisse darlegen können. Mehr nicht.«

»Ist das alles?«, fragte Schilling höflich und stand auf, um das Zimmer zu verlassen.

Spannung, Spiel und Skurriles: Die BremenKrimis

Sämtliche Titel auch als E-Books erhältlich: 7,50 €

Hans-Peter Mester

Die Franziska-Reihe

Der Autor, ehemaliger Leiter des Ortsamtes West, kennt sich wie kein Zweiter mit menschlichen Eigenheiten und dem Leben »auf Parzelle« aus. Das merkt man auch seiner spannenden Krimi-Reihe an, die sich rund um Roman-Heldin Franziska Morgenstern – von Hauptberuf Stadtplanerin und aktive Kleingärtnerin – dreht. In diesem Milieu erlebt sie zahlreiche Krimi-Abenteuer: Mit viel Witz und einzigartigem Charme!

Bisher 6 Bände, je **9,90 €**

Falk Guder

Mordfälle im historischen Bremen

Im Bremen um 1900 gilt es für Kommisär Otto von Weyhe spannende Fälle vor historsicher Kulisse zu lösen: Ein von einer afrikanischen Lanze erstochener Bauer führt zu dunklen Geheimnissen in Deutsch-Südwest-Afrika. (»Tod im Herrenzimmer«) Und auch zur Freimarktszeit geht es auf Verbrecherjagd: Ein dilettantischer Bankraub führt auf die Spur eines Wanderzirkusses, in dem sich zusätzliche Überraschungen und Morde ereignen. (»Tod in der fünften Jahreszeit«)

Bisher 2 Bände, je **9,90 €**

Krimis aus und in Bremen

Martha Bull

Die Frau Friese-Reihe

Waltraud Friese, Rentnerin aus dem Bremer Peterswerder, erlebt mit ihren 74 Jahren allerlei detektivische Abenteuer: Egal, ob es beim Klassentreffen zu tödlichen Verwicklungen oder Offenbarungen in ihrer Familiengeschichte geht – Frau Friese nimmt mit dem ihr eigenen Spürsinn und der gewohnten Rüstigkeit einer in Kriminalfällen erfahrenen Seniorin jede Herausforderung an und beweist, dass sie auf keinen Fall zum »Alten Eisen« zählt.

Bisher 2 Bände bei Kellner, je **9,90 €**

Bernd Küpperbusch

Tödliche Brieffreundschaft

Nach der Wende beginnt Jürgen mit Nachforschungen in Norwegen zu seiner Brieffreundin aus den 1960er-Jahren. Aber die Umstände werden immer mysteriöser: Niemand kannte sie, sie scheint nicht existiert zu haben. Kurz vor seinem Eintreffen im hohen Norden geschehen Morde, die seine Nachforschungen zusätzlich erschweren. Mithilfe eines charismatischen Kommissars und des norwegischen Geheimdienstes kommt eine verzwickte Spionage-Geschichte ans Licht, die bis ins Dritte Reich zurückreicht und verblüffende technische Innovationen offenbart.

Politische Geheimnisse, die sechs Dekaden umspannen, vereint mit großen Gefühlen – Spannung pur.

Zum aktuellen Thema: Energie-Speichermedien

Kriminalroman, 264 Seiten, 12,5 x 20 cm,
ISBN 978-3-95651-098-4 **€ 9,90**